忠诚 勤奋 奉献 坚毅

江泽民师范学生品格

我是中师生

曾维惠 著

图书在版编目(CIP)数据

我是中师生 / 曾维惠著. —— 重庆 ：重庆出版社，
2021.8
ISBN 978-7-229-15802-6

Ⅰ．①我… Ⅱ．①曾… Ⅲ．①长篇小说-中国-当代
Ⅳ．①I247.5

中国版本图书馆CIP数据核字(2021)第071808号

我是中师生
WO SHI ZHONGSHISHENG

曾维惠 著

责任编辑：宋艳歌　李云伟
责任校对：刘小燕
内文插图：张涌
装帧设计：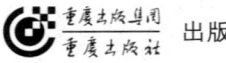

重庆出版集团
重庆出版社　出版

重庆市南岸区南滨路162号1幢　邮政编码：400061　http://www.cqph.com
重庆豪森印务有限公司印刷
重庆出版集团图书发行有限公司发行
邮购电话：023-61520646
全国新华书店经销

开本：890mm×1240mm　1/32　印张：11　字数：246千
2021年8月第1版　2021年8月第1次印刷
ISBN 978-7-229-15802-6
定价：36.00元

如有印装质量问题，请向本集团图书发行有限公司调换：023-61520678

版权所有　侵权必究

目录

1 写在前面

1 第一章 路漫漫

109 第二章 伤离别

169 第三章 藏心事

209 第四章 终诀别

261 第五章 不负韶光

301 第六章 各自珍重

中师生，中国基础教育的基石与脊梁。

二十世纪七八十年代，因为农村小学教师资源严重不足，国家开始实施让品学兼优的初中毕业生进入中等师范学校就读，毕业后分配到农村小学任教（极少数会留在城市小学）的招生政策，这些学生便被称为中师生。考上中师后，便能拥有城市户口，学校按月发放生活费，毕业后分配工作而且还是干部编制，众多的农村孩子便奔着这优厚的条件，努力学习，争取一考"跳农门"。

中师生们进入师范校时的年龄，小的只有十四五岁，大一些的也不过十七八岁。在中等师范学校里，他们全面发展，文选和写作数学政治历史地理生物物理化学体育，教育学心理学教材教法以及琴棋书画等，门门功课都要学习而且考试合格。中等师范学校培育学生的理念是：为小学培养全面发展、多能一专的人民教师。

中师生毕业后，绝大多数被分配到农村中小学，只有极少数能进入高一级学校深造。大部分中师生终生坚守在偏僻的农村中小学，兢兢业业，为人民的教育事业倾尽一生。

先后毕业的广大中师生们，是中国教育的基石，为中国的基础教育作出了巨大贡献。

写在前面

美丽的驴溪河畔,我来了。正值20世纪90年代初。

我踩着青春的节拍而来,踏着青春的浪花而来。美丽的驴溪河畔,用弥散着水草与泥土气息的风抚着我的脸庞,用热浪亲吻着我的脚尖儿,用母亲般的热情迎接我的到来。

踏上这一方神圣的土地——驴溪半岛,刚满15岁的我,便成了一名中师生。

或许,我并不是这部小说的主角,在这所提倡"多能一专"的师范校里,我也没有什么特长,我只是一个普普通通的中师生,也是一个爱观察爱记录的旁观者,我只想把我中师三年的所见所闻告诉大家,把我们中师生的生活与学习、理想与信念、个性与追求、忧愁与快乐告诉大家。或许,许多章节里都没有我的影子,我只是凭着别人的讲述把那些我没有看见的场景和没有听见的对话还原,但这并不要紧,因为这并不影响大家的阅读,因为大家关注的是这部小说本身,而不仅仅是我——平平凡凡的我。

把中师生活过得充实而精彩，是我的使命。

记录中师生活，是我的爱好。

心怀梦想，手捧青春，唯愿不负韶华。

我的到来，就这么简单。

忘了作个自我介绍。我叫江月，大家都喜欢叫我小月，或是月月。身高一米六八，不胖也不瘦，相貌平平，不太爱说话，还有点害羞，喜欢把及腰的长发扎成马尾。

第一章

路漫漫

1. 录取前后

　　初夏。当地里的麦芒闪耀着亮光播报着丰收的喜悦的时候，我们这些初三的学生，正在经历着中考前的煎熬。

　　在初三那段紧张难熬的日子里，经常听老师们说：

　　"中考，就是千军万马过独木桥。"

　　"中考，就是'狭路相逢，勇者胜'。"

　　"中考，决定你将来端铁饭碗还是瓦钵钵。"

　　"中考，决定你将来穿皮鞋还是穿草鞋。"

　　"中考，直接决定你能不能跳出农门。"

　　……

　　老师们个个都非常严肃，把中考说得那么残酷那么重要。

　　填报志愿的时候，我是茫然的，不知道自己未来的路在哪里。一位老师对我说："江月，你们家底子那么薄，也没有钱供你上高中上大学，你成绩好，直接考师范校吧，费用很低，学校有生活补贴，给家里减轻负担，三年后毕业当老师，就有工资了……"

　　我永远记得中考预考成绩出来的那一天。班主任老师来到我们家门前，大声地唤着我的名字："江月，江月……"听到老师的声音，我赶紧从屋里跑出来，站在离老师大概有五六米远的地方，愣愣地盯着老师，不再往前走，也不说话。老师把我的预考分数报出来，并且告诉我："上预选线了，从明天开始，到学校集中复习一个月，准备到县城参加中考……"我还是愣在原地，一动也不动。

后来，老师说："江月，通知预选线那天，你那表情，就像听我裁决命运一样……"

经过一个月的紧张复习，我们学校过了预选线的二十几个同学，在老师们的带领下，到城里参加了中考。我们住在一家名为"津城旅馆"的小旅馆里。最为可怕的是，临到考试了，我觉得所有的知识点都回忆不起来了。老师告诉我："想不起来没关系，这叫考前空白。现在只管好好吃饭好好睡觉，到了考场上，拿起笔，自然就想起来了。"老师说得没错，到考场上，一提起笔，学过的知识便从脑子里涌出来了。

还记得，中考的时候，我所在的考室临近河边，河风很大，仿佛一不小心就要把试卷给卷跑一样。然而，书桌上有贴心的监考老师们为我们准备的小小的鹅卵石，可以用来压试卷。监考老师还拿着扇子，见你热了，他会走过来给你摇几扇，还告诉大家：口渴了可以喝水，如果文具没带齐可以举手向老师要，等等。那时候的我哪里知道，监考老师那和蔼可亲的样子，便是自己多年以后站在教室里的样子。

中考结束后，便是紧张的面试和体检。说是紧张，原因在于这两项都是我们所没有经历过的。说起面试，我至今记忆犹新。跑、跳、掷这三项，都是我的强项，肯定不是问题。唱歌这一项，我唱了事前练习过的《没有共产党就没有新中国》。在练习的时候，音乐老师说我节奏很准，所以我在唱歌的时候也非常自信，这肯定也不会有问题。绘画这一项，照着给出的实物来画（上了师范校后才知道那叫素描），我想我的确是照着给出的实物来画了，但肯定不是素描的标准，自然拿不到多少分。在回答问题这一环节，面试老师问我为什么要当老师，我当然说了一些很早就想好的理由，无非就是教师是人类灵魂的工程师，等等。问到我的特长的时候，我说我喜欢打排球，面试老师微笑着说："我们师范校需要爱打排球的学生……"我暗自高兴，觉得这一项应该能拿到高分。

整个面试最让我脸红的要数写毛笔字了。中考前抽时间练过毛笔字，但这哪是几天就能练好的呀。我想，面试写毛笔字这一项，我应该会是零分。毛笔那个软呀，软得简直没办法写字，横不平竖不直，这样写出来能得分吗？

关于体检，老师让我们不要紧张，相信自己是健康的。测身高体重量血压吹肺活量……逐项进行。

体检结束后，班主任带着我们沿着长江边步行回家。班主任悄悄告诉我："总分和分数线都出来了，你考上了江津师范校，回去等通知书吧。"

终于盼来了四川省江津师范学校的录取通知书。初中时的校长亲自把录取通知书送到了我的家里。拿到录取通知书的那一刻，我问自己："我应该是跳出农门了吧？我是不是端上铁饭碗了？我将来是不是有皮鞋穿了？"

我把录取通知书念给不识几个字的爸爸妈妈听："四川省江津师范学校新生录取通知书。江月同学：根据《四川省中师招生简章》的规定，报经重庆市教育委员会批准，你被录取为我校一九九

*级统招新生，学制为三年，希你按入学注意事项，于一九九*年八月三十日至三十一日准时来校报到入学。学校地址：江津县白沙镇……"

斗大的字不识一箩筐的爸爸妈妈，见我考上了师范校，三年后就能当老师，领工资吃饭，虽然说不出什么大道理来，但那高兴劲儿一眼便能看得出来。

录取通知书背面的"入学注意事项"，爸爸妈妈让我给他们念了好多遍，兴许是担心哪一项没有准备好而影响我开学。

入学注意事项

一、凭准考证和此通知报到。途中注意安全。

二、户口迁移（姓名以准考证为准，不得有误）和粮油、副食品供应从一九九*年九月一日起转移到我校。

三、自备被褥、蚊帐、运动衫、裤、运动鞋等生活用品；自备《新华字典》、《现代汉语词典》及其他学习用具。

四、团员档案及组织关系经乡团委转到我校。

五、自备锄头一把、箩筐一挑、扁担一根，报到时缴验。

六、缴最近一寸半身正面脱帽照片四张。

七、预缴第一学期书籍课本费……

爸爸按录取通知书上的要求，拿着我的录取通知书，到公社去给我办户口迁移，转粮食关系等。这样一来，我考上了师范校的消息便像长了翅膀似的，很快就传开了。于是，各种各样的说法铺天盖地而来：

"哎呀呀，这是我们生产队第一个靠读书当工人的。"

"啧啧啧，不得了，平时不爱说话的姑娘，哪想到还有大出息。"

"人家那姑娘读书好勤快哟，跟她老汉种庄稼一样专积（专积：方言，专心积极的意思）。"

"这下子跳出农门了，不用日晒雨淋了，福气啊。"

……

我们一家人都在快乐地为开学做准备。

爸爸亲自给我编了一挑箩筐，还说，大家都要带箩筐，怕弄错，便找来红漆，让我在两只箩筐外侧分别写上了"月"字。妈妈找来红布，一圈一圈地缠在锄头把上，缠得很紧实。妈妈说："这样好认，还不磨手。"

学校规定的劳动工具准备好了，还得准备全套床上用品、生活用品和运动装。家里经济条件差，要添置全套床上用品，还真是困难。乡卫生院的徐婆婆知道我考上了师范校，特意送来一床新棉絮和一床锦缎被面，妈妈再给我买了白布做了包单，铺盖就这样解决了。听妈妈讲，当年我出生时，便是徐婆婆接生的。另外也收到了老师和亲戚们送来的一些东西：枕头套是英语老师代老师送的，箱子是姨妈送的，暖瓶、香皂盒是舅娘送的……剩下的如凉席、洗衣桶、洗脸盆、牙膏牙刷毛巾、搪瓷碗、勺子筷子等，妈妈也一应为我备好。

妈妈在为我准备好了两套运动装（说是两套才方便换洗）后，还特意为我添了两套新衣服：一件的确良白衬衫加一条深蓝色的确良长裤，一件的确良红花衬衫加一条浅灰色的确良长裤。望着两套新衣服，我感到很开心，记事以来，还没有过一次添两套新衣服的喜悦呢。

"小月，那两件棉布罩衫和两条蓝布裤子还可以将就穿，开学的时候也带去。"妈妈对我说，"屁股上补过疤的裤子就不要带了，回家来的时候穿穿。"

"嗯。"我回答着。

我脚上的橡胶凉鞋已经补过几次了，最近鞋襻儿又断了。爸爸如往常一样，在往年穿坏了的旧凉鞋上剪下一块橡胶来，把火钩烧烫，把鞋襻儿的两头烙软烙化，再把那块橡胶给粘上去，断了的鞋襻儿又接上了。我用剪刀把多余的橡胶块修掉，尽量修得齐整些看起来顺眼些，因为我觉得我要穿着这双凉鞋去开学。

妈妈盯着我这双凉鞋看了一阵后，第二天，便咬牙为我买了一双新的水晶凉鞋，蓝晶晶的，很漂亮，不到开学，我舍不得穿，只是时常拿出来看看。师范校的体育课要求准备运动鞋，我原本有一双白网鞋，虽然补过两次，但还可以穿。妈妈还是为我添了一双白面绿底的白网鞋。妈妈说："开学要穿新的，补过的那双也带去，在下雨天和参加劳动的时候穿。"

该准备的都准备好了。在翻着日历数着时间准备开学的日子里，我畅想着未来的中师生活。

2. 报到闯祸

日历终于翻到了8月31号这一天。我在屋侧掐了一柄蕨草，夹进日记本里，便准备向着新的生活奔去。

把缝好的铺盖以及枕头都塞进一个蛇皮编织袋里，几套衣服以

及牙膏牙刷等极小的生活用品都装进箱子里,再加上凉席、胶水桶等,正好放在箩筐的两头。爸爸挑着满箩筐的东西,锄头自然由我负责扛着走。

我和爸爸走了一段原本可以坐车的路,节约了一元钱的车费。等到白沙的公共汽车到了,我们每人花两元钱买了车票,坐上了开往白沙的公共汽车。这一路的心情是快乐的。车上的人很多,车里很闷热,我有点晕车,但想到这公共汽车是朝着向往已久的师范校奔去,坐车的感觉便渐渐美好起来,连汽车在马路上卷起的尘土都是美好的。

坐了近两个小时的公共汽车,到了白沙汽车站。下了车,爸爸一路打听师范校在哪里。我们穿过街巷,沿着江边,来到了渡口。这个渡口很特别,并不是要渡过江去,而是在江的内侧再横着一条河(进校后听班主任介绍,才知道这是驴溪河),需要横穿过这条河,才能到达对面的江津师范校。渡口不是我们通常想象的需要坐船过河,而是用几条船搭成的船桥,每人需交过河钱才可以通过船桥,到达对岸。

船桥上人来人往。爸爸挑着满箩筐的东西走在前面,我提着锄头走在后面。我并没有把锄头扛在肩上,而是用一只手提着,我是担心如果扛在肩上会伤到走在我后面的人。可是,尽管我很小心地把锄头提在手中,尽管我走得小心翼翼,我还是闯了祸。

突然,我感觉手中的锄头的尖角钩到了什么东西。这一瞬间,不只是我停下了脚步,一位刚从我身边经过的阿姨也停下了脚步。她回转身,低下头来,掀起那条漂亮的长裙一看,天啊,裙子被钩破了一个小口子。我可吓坏了,心想:"这可怎么办?要赔好多钱吧？我们可没有多余的钱啊……"一向憨厚的爸爸见这情景，也不知道说什么才好。

阿姨看了看我提在手中的锄头，看了看我爸爸肩上挑着的满箩筐的铺盖凉席箱子胶水桶等，应该知道我是到师范校去报到的学生，她什么也没有说，转身就离去了。

我长长地舒了一口气。

这位阿姨，在我中师生活的第一天，便给我上了非常重要的一课——待人要宽容。

穿过船桥，爬一小段陡坡，便来到了立有四根柱子的校门口。当时我很奇怪：这么神圣的学校，校门就是这四根柱子吗？但如果说这不算校门，那学校的校门又在哪里呢？

踩着长满了青草的大操场，一路往前走。噢，前面有一幢古色古香的楼，排面上排着十六个大字——勤奋学习，实事求是，尊师爱生，严肃活泼。

来到咨询台前，知道了应该先在办公楼前去查看分班情况。在办公楼前，终于发现了校牌——四川省江津师范学校。大门两侧书有一副对联：上联"甘做春蚕蜡炬"，下联"毋忘国运民情"。这一刻，我才真正有到了新学校的感觉。

在办公楼前的那块黑板上的公示栏里，我找到了自己的名字，知道自己分到了三班，还在名单上看到了班主任的名字——高修远。我不禁想起屈原《离骚》中的句子："路漫漫其修远兮，吾将上下而求索。"

在一幢老教学楼里，找到了属于我的教室。

"叮咚、叮咚——"因为是木板楼，所以上下楼的声音很响，跟打鼓一样，时而缓，时而急，时而稍显安静，时而特别嘈杂。

趁排队等候的时机，我打量着我们的班主任高修远老师：二十几岁，国字脸，宽额头，剑眉下有一双深沉的大眼睛。说话的声音很响亮，但能听出声音里的柔情。他身穿一套蓝色运动装，想必是个喜欢体育的班主任。

"总务处在那边，去缴费吧。"高老师站起身，走出教室，朝总务处的方向指了指，对一个女同学说，"女生院也在那边。"

这时候我才发现，高老师真是高啊，应该有一米八几吧。

我拿出录取通知书，递给了高老师。高老师给我开出了报到单，便让我去总务处缴费，缴了费再来他这里报到注册。

爸爸在教室外的巷道上守着行李，我去总务处缴费。我走出教学楼，再穿过一条林荫道，便来到了总务处。趁着排队的时机，我开始打量着不远处的女生院。女生院是土墙瓦房，院门口有女生和家长们进进出出，有挑着箩筐的，有背着背篓的，有扛锄头的，有提尼龙编织口袋的，也有只提着空水桶的，或是端着一个空盆儿的⋯⋯

等我缴了费再回到教室来报到注册的时候，教室里热闹起来了。

"都不要挤都不要挤，排队排队。"一个女生说话很快，像放连珠炮似的，她飞快地翻动着那两片薄嘴唇，继续说，"喜欢挤的，都排到后面去，等大家都注册完了再来⋯⋯"

我打量着这个女生：中等个儿，圆脸，小嘴巴，薄嘴唇，扎着短马尾，上身穿一件雪白的衬衫，下身配一条刚到膝盖的黑色一步裙，一副很干练的样子。她在队伍的前后穿梭，马尾一翘一翘的，仿佛在给它的主人助威。

"你插队没有？"女生指着一个男生问。

那个男生不紧不慢地抬起头来，不紧不慢地把女生打量了一番，没有说话。不过，他的眼睛分明在说："你觉得呢？我插队了吗？"

女生仿佛看懂了男生的神情，她说："刚刚看到你还在后面的。"

男生并没有急于解释，他看了女生好几秒，才慢吞吞地说："刚刚就是之前，之前的情况，会和现在的情况一样吗？事情总是发展变化着的。"

"你……"女生一时语塞。

女生没有再看男生的脸，而是看男生手上缴费的收据。

"杜大星。"女生看了这个叫杜大星的男生一眼，说："杜大星，我认识你了。"

"早晚都是要认识的。"杜大星平静地说。

女生意味深长地盯了杜大星一眼，便又忙去了。

那个叫杜大星的同学，和我之间隔着两个同学的距离，我打量着他：瘦高个儿，少说也有一米七，戴着一副黑边眼镜，黑发里夹杂着些许白发，就是大家说的少年白吧。不管是之前和那女同学说话的时候还是现在，他都是一副不苟言笑的神情，看起来像一个小老头儿……

"哎哎哎，排队排队。"又是那女生的声音，"把队伍排整齐，开学第一天，要拿出点精神劲儿来，跟隔壁班比一比。"

这时候，闯进来一个小个子男生，他东张西望着，应该是刚刚找到这里吧。

"排队排队。"女生一边请他排队，一边看他手上拿着的录取通知书，念出了声来，"郭东。"

"你看你，今天早上吃的是泥巴呀？"女生笑着问。

"嘿嘿——"那个叫郭东的男生伸出手来，擦了擦嘴，再擦了擦脸上的汗水。这一擦不得了，他把刚才从嘴上擦下来的泥，再擦到了脸上。

"郭东，要不要我借个镜子给你照一照？"女生说，"免费照。"

郭东知道自己的脸花了，便扯着袖子擦脸。哪知他的袖子上也有泥，擦得额头上也花了。这时候，他真成一只大花猫了。

"嘻嘻嘻——"有人忍不住笑了。

"郭东，东郭先生。"有人喊了出来。

"嘻嘻，邋遢大王。"有人开了个玩笑。

这时候，又一个小男生挤进了教室，满头大汗，大声喊道："哎呀，队伍排得这么长啊？都排成一条长虫了。"

"哈哈哈！"终于有人忍不住，大声地笑出来。

一直忙着登记注册和讲解注意事项的高老师也被逗乐了，他抬起头来，望着这个说"排成一条长虫"的小男生，说："这么说来，我肩上的担子可就重了啊，得把一条长虫变成一条长龙。三年后，可不能放一群大虫出去当教师，为害人间啊。"

小男生挤了挤小眼睛，捂着嘴，笑了。

"小虫，你叫什么名字？"杜大星问那个小男生。

"你，是在和我说话吗？"那个小男生问。

"当然。"杜大星说。

"小虫站不改姓坐不改名，小虫名叫刘胜。"小男生说。

"噢，牛神。"杜大星一本正经地说。

13

在我们的方言中,"刘"和"牛"没什么区别,"胜"和"神"也仅仅是音调的区别。

"吴亚妮同学,你去女生寝室帮我看看女生们铺床的情况。"高老师对那个一直跑来跑去的女生说。

"好的高老师,我马上去。"那个女生说完,便风风火火地出了教室,朝女生院奔去。

我知道了,那个干部模样的女生叫吴亚妮。我在脑子里记住了刚才那几个名字:小老头儿——杜大星、干部——吴亚妮、东郭先生加邋遢大王——郭东、牛神——刘胜。真好,刚来一会儿,我就认识了四个同学。

我拿着录取通知书和缴费的收据,在高老师那里报了到,注了册,领到了一沓油印的纸质票——一个月的饭票和菜票,还有一沓开水票。

"爸,这是饭票和菜票,还有开水票。"在往女生院走的路上,我拿出厚厚的票,一样一样地对爸爸说。

"好,吃饭和用热水都不要钱。"爸爸高兴地说,"三年读完,就领工资吃饭了。"

我和爸爸很快就来到了女生院门口。门口有一处修鞋的小摊儿,好几个女生正排队修鞋。进了女生院,看见一片忙碌景象:有晾衣服的,有洗头的,有提着热水还走得飞快的,有大声呼喊的,有在屋檐下收拾东西的,有在寝室门口等人的,有急匆匆赶路的……我找到了属于我们班的3号寝室。

"同学,你叫什么名字?我来帮你找床铺。"吴亚妮很热情地说,"每个床铺的床沿上都写了名字。"

吴亚妮在正对着门的床的上铺整理衣服。

"江月。"我一边说，一边自己寻找床铺。

找到了，我的床铺在进门靠墙往里走第二个床位，是上铺。我的名字下面写着"李心雨"三个字，我知道，我将要和一个名叫李心雨的同学成为上下铺的室友了。而且我发现，下铺已经铺好了。

"你好！我是李心雨。"

正在这时候，一个穿着粉色泡泡袖连衣裙的女生微笑着跟我打招呼。

面对新同学的礼貌，我突然紧张起来，但理智告诉我，应该回应新同学的问候，我赶紧说："你好……我是江月……"

我悄悄地打量着她：中等个子，剪着短发，圆盘似的脸上略带羞涩。

"要不要我帮你铺床？"李心雨问。

"不用了，谢谢你！"我说。

见我不让帮忙，李心雨便站到对面的床铺前，看着我和我爸爸收拾床铺。

爸爸爬到上铺，开始给我挂蚊帐。挂好蚊帐后，爸爸便准备离开师范校了。

"小月，我走了。"爸爸说。

"吃了饭再走。"我说。

"不了，我回去吃。"爸爸说。

"嗯，坐车回去，不要走路，很远。"我对爸爸说。

昨天晚上，我听见爸爸对妈妈说，他把我送到学校后，会走路回去，节约两元钱的车费。

15

"哎呀，怎么没有找到我的名字呢？我都找了两遍了，不会把我安排到别的班上去了吧？"一个女生在尖叫。

"你叫什么名字？"吴亚妮问。

"我叫林涛。"那个女生说。

"我来帮你找。"吴亚妮说完，便挨着床铺找林涛的名字。

然而很遗憾，没有找到写有"林涛"的床铺。

"林涛，是'波涛'的'涛'吗？"吴亚妮问。

"对。"林涛说。

"哈哈，我敢保证，你被分到男生寝室去了。"吴亚妮说，"不信，你去问一问高老师。"

不一会儿，林涛从教室里跑回来，一进寝室，便大声嚷嚷着对吴亚妮说："你还真猜对了，真把我当成男生分到男生那边的109寝室去了。"

正好吴亚妮的下铺空着，这床铺便属于林涛了。

收拾好了床铺。我看着床前的劳动工具，在考虑应该将它们放在哪里。李心雨说："统一放在外面屋檐的角落里。"

"我帮你拿劳动工具，你自己把洗脚桶和洗脸盆拿到屋檐下去，全寝室的都要放在统一的地方。"吴亚妮走过来，麻利地拿走了我的箩筐和扁担，我也拿着洗脚用的胶水桶和洗脸用的搪瓷盆跟了出去。

吴亚妮走到放箩筐扁担的地方，先是把扁担竖着立在角落里，然后把我的箩筐重在别人的箩筐上面，她又捡起散放在一旁的箩筐，一边重放在我的箩筐上一边说："不放个规整，二十几个人的箩筐，哪里放得下哟……"看到这些，听到这些，我在心里说："这个吴

16

亚妮，跟管家婆一样……"

我正在想该做什么的时候，李心雨对我说："我们一起去转转，熟悉一下环境好不好？"

"嗯。"我应答道。李心雨的提议，正合我意，刚到这个陌生的地方，每一条路每一个角落都是新的，是应该去熟悉一下。

我和李心雨先熟悉女生院。女生院分前院和后院，我们住在前院。后院再往里走，便是厕所和澡堂。澡堂有一个大的公共洗澡间，也有一些间隔开来的独立的单间。

我们走出女生院的大门，想熟悉一下我们的校园，正巧遇上一位善解人意的师姐，她主动提出带我们逛校园。

我们沿着女生院前的小路往下走，只见右侧有一处集中的洗衣槽，洗衣槽分两侧摆布，每侧有十余个石槽供同学们洗衣服用。洗衣槽上并没有配水龙头，在洗衣槽的一头，登上两步石级，那里有两个水龙头供大家接水。洗衣槽的内侧有一条小路，通往音乐室和琴房。师姐指着琴房说："那里面有许多小房间，每个小房间里都摆着一架脚踏风琴。将来你们学琴法了，便会到那里去练琴。"师姐这话，说得我心痒痒的。

走过洗衣槽，前方便是一方荷花池。池里有荷花正在美丽地绽放，每一朵婷婷的荷花，都如含羞的仙子，娉婷在这方池中。池中有一座化雨亭，一看就是看书和谈心的好去处。荷花池边上，依次是老师们住的芭蕉院、新教学楼和男生院。

沿着男生院和新教学楼中间的石级往上，便到了大操场。大操场朝着四根柱子校门那一侧的，是体育保管室和老师们住的大桥院。

穿过操场，便到了我们的教学楼，师姐指着教学楼旁的假山说：

"看，这是象形假山，这可是同学们最喜欢待的地方，在这里吃饭，看书，吹牛，都是不错的选择。"

老教学楼的一侧依次是厕所、老师们住的临江院、学校的小卖部。再往前走，便是学校的第二食堂、老师们住的望江院。师姐指着前方说："从这条小路再往前走，便到了马项垭，那边有邮局，还有买东西和吃饭的地方。"

沿着石级向上，我们参观了学校的大礼堂、图书馆，往回走的时候经过了行政办公楼和一幢平房老教室，来到了开水房、网球场和第一食堂。从第一食堂往上走，便又回到了女生院。

师姐临走的时候告诉我们："食堂里的肉是五角钱一份，炒菜是两角钱一份，汤菜一角钱一份，馒头是一两票买一个，稀饭一两票可以买到一大勺，差不多有一小搪瓷碗。关于饭票的分配，我们可以按我们传统的'三三四'来分配，早上四两，中午三两，晚上三两。如果你们节约点儿吃，可以拿剩下的饭菜票去学校的小卖部换学习用具、生活用品等。平时也要合理安排饭菜票和开水票，可别还没有到月底就没有票了……"

我和李心雨都很感谢师姐带我们熟悉校园。师姐走后，我和李心雨坐在假山旁聊了一会儿。

"你多大？"李心雨问我。

我想，李心雨这样问我，一定是觉得我比她高，可能年龄也会比她大。

"刚满 15。"

"你年龄好小啊，还长这么高！我都满 16 了。"李心雨说，"都是规定 7 岁才能上小学呀，你怎么 6 岁就上小学了？"

"我是提前混进小学的。"我笑着说。

"我们班还有比你小的。"李心雨说，"在报到注册的时候我看见有个叫郭东的男生，才14岁。"

"东郭先生啊？"我想起了报到时教室里发生的笑话。

"嗯，你可别小看东郭先生，人家要么是5岁就开始上学，要么是小学或初中跳过级。"

"嗯，神童。"我说。

我和李心雨回到寝室，发现好多床铺位都铺好了。在紧邻我们床铺的下铺，坐着一个和我差不多高但极为瘦削的女孩，瘦得像薄薄的纸片，似乎来一阵风便可以把她吹走。她坐在床上，一言不发，呆呆地望着前方，小脸小鼻子小嘴都安静得仿佛是画在纸上似的。她的头发的长度仿佛不太合适，扎起来太短，不扎又太长，现在看起来有点乱。

我瞥了一眼贴在床沿上的名字——黄芹。

我在打量她的这一小段时间里，她一动也不动，两只手不停地搓着揉着。

我没敢和她说话，李心雨朝我使了个眼神儿，示意我爬到上铺去。她也跟着我爬到了我的上铺。我们拿出饭菜票打量起来。油印的饭票菜票还有开水票都很薄，不能揉捏，更不能沾水。面值不同的票，颜色也不一样，便于在使用时区分开来。

我们开始盘算怎样分配这些饭菜票。这个计算难度，可不低于做一道初三时的综合性数学题。

"饭票很好分配，每天一斤的样子，早上一两稀饭三两馒头或点心，中午三两米饭，晚上三两米饭。"李心雨说。

"嗯，就是师姐说的'三三四'。如果偶尔遇上不太饿，可以少买一点，便可以节约一点饭票。"说到这里，我乐了，仿佛已经节约下一堆饭票来，可以买很多学习用具或是生活用品。

"菜票呢？"李心雨问。

"早上可以不吃菜，中午不吃肉的时候可以吃一份炒菜和一份汤菜，晚上只吃一份汤菜或一份炒菜。"我说。

"这道数学题好像有点复杂呢。"李心雨笑着说，"不打草稿好像还算不出来。"

"中午吃肉的时候，就不再打炒菜和汤菜。"我说。

"嗯，这样安排应该够用。待会儿回去在笔记本上规划一下，看一个月吃几次肉合适。"李心雨说。

"哎哟哟，算得这么细呀？"一个声音从寝室中间那两列床铺的下铺传了过来。

我循着声音望去，一个梳着过腰长辫子的高挑女生，穿着一条洁白的荷叶边连衣长裙，正站在巷道里朝我们这边张望，那双水灵灵的大眼睛里带着不屑的神情。

我和李心雨都没有说话。

那女生把长长的麻花辫拉到胸前来，理了理，慢条斯理地说："这有什么好算的啊？用完了管家里要就是，难不成还让我们饿着肚子上学？"说完这话，她把麻花辫往身后一甩，踩着"咯噔、咯噔"的节奏，出了寝室门。

望着已经没有了背影的寝室门，我和李心雨都目瞪口呆。

"咳——"一个坐在不远处的上铺的女生那故意的咳嗽声，把我们的目光从寝室门口给拉了回来。

"不知道她叫什么名字吧？她叫柳婷婷。看，那里写着呢。"女生朝写着姓名的床沿上努了努嘴，继续说，"人家呀，爸爸妈妈都是政府的工作人员，家里不缺钱。你们过来看看，这铺盖，这枕头，这皮箱，床底下的皮鞋，都比我们的高档，你们过来看看就知道了……"

嗯，刚才那"咯噔、咯噔"的声音，就是高跟鞋踩出来的。

这女生一口气说了这么多，真是让我感到惊讶：今天才来报到，她怎么就知道这么多呢？我还没有缓过神儿来，那女生已经出了寝室，兴许是到食堂打饭去了。

"我去看看她叫什么名字。"李心雨下了床，赶紧跑过去找那个女生的名字。

"她叫林莉。"李心雨说，"江月，走，我们也打饭去。"

我一边拿着要带走的饭菜票，一边想："她爸妈都是政府的工作人员……家境那么好……唉，难怪人家那么大的口气……"

这时候，我的心里涌起了一股莫名的情绪，或许就是自卑。

3. 花有花的规矩

午间时分，吴亚妮向大家宣布："高老师让我来宣布一件事：请大家今天晚上六点五十分准时到教室集中，一定要准时哦。"

吴亚妮宣布这条消息的时候，俨然一位小班主任的形象。

快到吃晚饭的时候，我和李心雨早早地去开水房排队打热水。

排队打热水的人很多，我和李心雨到来的时候，已经排成了长龙。

"妹妹你坐船头，哥哥在岸上走，恩恩爱爱纤绳荡悠悠……"洪亮的歌声，从开水房旁边的屋子里传出来。当然，伴着歌声的，还是"哗啦啦"冲水的声音。在开水房的旁边，是男生澡堂，你看，这会儿又有两个男生提着热水进澡堂去了呢。

"心雨，你在这里排队打水，我去排队打饭。"我对李心雨说，"等我打了饭来接你。"

这绝对是个好主意，我们分工负责，两件事情同时做，省了两头排队的时间。

等我在一食堂打好饭菜准备下到开水房来接李心雨的时候，她正提着两桶热水，沿着石级往上走。

"呀，我来。"我尖叫着，"不要烫着了。"

李心雨没有说话，也没有理睬我，一步一步地登完了石级，来到了我的面前。她停下来，对我说："我在家里又不是那种不干事的千金大小姐，这点力气还是有的，你不要吼我，你一吼，我一着急，水会洒出来。"

我把打来的两碗饭递给李心雨，说："我也不是千金大小姐，让我也来显示一下我的实力。"

我也像李心雨一样，一手提一桶水，走过一段平路，再爬一段石级，往女生院走去。

我们快速地吃了饭，把碗筷洗干净后，便把刚才打回来的热水提到了后院的澡堂里。这个时段是洗澡的高峰期，那种单独的格子间已经没有了，公共的大澡堂里也有好几个女生在洗澡。她们看起来应该是高年级的师姐,因为她们洗起来是那样的旁若无人。

这时候,黄芹也提着热水来了。她见格子间没有了,公共澡堂里也有人,便一脸的不高兴,接下来的举动更让我和李心雨意想不到:她两手搓揉了一会儿,然后把满桶的热水倒进了阴沟里,转身走了。

望着黄芹一步步迈上石级的背影,我和李心雨面面相觑。

我和李心雨虽然也觉得别扭,但还是硬着头皮进到公共的澡堂里,尽量背对着别人,洗了起来。

洗完了澡,我和李心雨用最快的速度洗了衣服,便朝教室赶去。

来到教室门口,见杜大星正带着几个男生在打扫教室以及教室外的巷道。吴亚妮正拿着抹布抹着讲桌,抹得很仔细,仿佛一粒灰尘也不会放过。

"呀,我们应该早点来帮忙打扫卫生的。"李心雨悄声对我说。

"嗯,我以为是先集中,再统一安排打扫卫生。"我说。

"小月,我敢打赌,吴亚妮一定是班长。"李心雨说完又指着杜大星说,"那个眼镜儿,有白头发的小老头儿,应该是生活委员。"

"噗——"我笑出了声儿。原来,对杜大星的第一印象,李心雨跟我如此相似,都把杜大星比作一个小老头儿。我小声对李心雨说,"他叫杜大星。你又不是班主任,你说了不算。"

"你不信?我的预感通常都很准。"李心雨说。

来到教室里,我们才发现,讲台上已经堆满了教材。原来,在下午的时候,高老师已经安排男生们把教材领到教室里来了。

六点五十分的时候,高老师准时进了教室。

高老师拿出一张座次表,让同学们按这张表来找自己的座位。

他说，只有把座位落实了，大家才能有序地坐在教室里，开始做别的事情。

毕竟都是中师生了，大家很快就按照高老师拿来的座次表，找到了自己的座位，二十二个女生，二十二个男生，刚好所有的同学都是男女生同桌。我的同桌竟然是那个"小老头儿"杜大星。更巧的是，李心雨就坐在我的前面，这样，课间想和她聊天也方便了。

李心雨转过身来，悄悄地用手指了指她的前面。我知道她的意思，黄芹坐在她的前面。她把嘴巴凑到我的耳边，极其小声地对我说："我要小心我的一言一行，我怕她。"

"我懂。"我朝李心雨点点头。才不到一天的接触，我和李心雨都感觉到，黄芹很敏感，在她面前说话做事一定要小心。

"哎哎哎，你坐要有坐相，损坏公物要赔偿。"吴亚妮的声音特别大，大得整个教室都能听得见。

原来，吴亚妮和报到时说"排成一条长虫"的刘胜成了同桌。这会儿，刘胜正左摇右摆地，像闹钟的钟摆，摇摆个不停。他肯定是碰到吴亚妮了，而且还摇动着桌椅，吴亚妮才这般吼他。

"嘻嘻嘻，这就是我的坐相，你有意见可以提。"刘胜笑着说。

刘胜这话，惹得好些同学都笑了起来。是呀，谁会给别人的坐相提意见呢？

杜大星看了吴亚妮和刘胜一眼，对我和李心雨说："你们懂不懂，这叫'卤水点豆腐——一物降一物'。"

嗯，我觉得杜大星说得特别对。

"老杜……"李心雨这话刚出口，便觉得自己说得不妥，赶紧用手捂住了嘴巴。

我想，李心雨之所以称杜大星为老杜，可能是因为他头上有白发，而且说话老成，像个老人似的。我以为杜大星会生气。然而，杜大星脸上的表情并没有一丝一毫的变化，他说："老杜，我理解为这是对我的尊称。我爷爷的学生们都叫他'杜老'，我爸爸的同事们和学生们都叫他'老杜'。放假回家，我要第一时间把我被叫'老杜'的消息告诉他们，免得他们老是说我长不大。"杜大星似乎很享受"老杜"这一称呼。

这时候，我终于明白，杜大星说话时为什么总是像在讲大道理，为什么总是带着教训人的口气。因为他来自教师家庭，他习惯了那种口气。

见李心雨那小心翼翼地捂着嘴的样子，杜大星又说："李心雨同学，你放心，我老杜可不是小肚鸡肠之人，我虽然瘦，但我的额上绝对能跑马，我的肚子里绝对可以撑船。如果你不信，请你相信一句谚语：'路遥知马力，日久见人心。'"

听到这些，我不得不对我这位同桌刮目相看。当然，我不愿意让我的同桌觉得我很佩服他，我故意把脸转向另一边。这一转脸，我无意间瞥见，那个高傲的柳婷婷，竟然与被我们称作"东郭先生和邋遢大王"的郭东同桌。此刻，我真替柳婷婷担心啊，郭东如果真的是邋遢大王的话，她身上那条洁白的连衣裙，只怕洁白的寿命不会太长。

我还仔细地打量着我的这套桌椅。师范校的书桌椅是个人独立的，桌面上翻盖的，桌盖翻起来，桌肚里可以容纳一些书籍文具。椅子是靠背椅。桌侧和椅子的底部都用油漆写有编号，个人需记住自己的桌椅编号（后来才知道，这个编号其实就是自己的学号），如果不小心弄丢了，才方便找回。

高老师站在讲台上，面带微笑地望着同学们，他让同学们闹腾了几分钟，算是让大家相互认识吧。

"同学们，我们有缘相聚在江津师范校，有缘相聚在3班。"高老师用的是极为标准的普通话。我早就听说，师范校要求大家说普通话。

"同学们，你们是上天赐予我的珍宝，我会珍惜你们，会陪伴你们走过这三年，我希望将来你们在回忆往事的时候，会觉得这三年是你们生命中最美好的三年，如果真是这样，我就知足了……"高老师说，"同学们，江津师范校是四川省首批开办的重点中等师范学校，学校于1904年（清光绪三十年）开始办学，1933年正式建校，历史悠久，人才辈出。比如，中国女排教练邓若曾就毕业于我们学校。我们的学校位于长江和驴溪河交汇的驴溪半岛上，三面环水，绿树成荫，风景优美。同学们，你们都是当今最为优秀的初中毕业生，从今天入学报到那一刻起，你们便成为了一名中师生，你们即将从事太阳底下最光辉的职业，将成为人类灵魂的工程师……我相信，你们一定会喜欢上这所历史悠久、名家荟萃的学校，你们一定会在这里好好生活，好好学习，长身体，长智慧，长知识，长才干……"

听到高老师说这些，我觉得当初我的志愿没有填错。选择江津师范校，无怨无悔。

接下来，高老师安排坐在前排的同学分发教材。

教材一本接一本地摆在书桌上：政治、文选和写作、语文基础知识、数学、物理、化学、生物、音乐、体育、美术……除了这些，还有卢中南硬笔书法字帖。面对着这么丰富的课程，我真是兴奋啊！

同学们都拿到教材后，高老师在张贴栏里贴了两张表：课程表和作息时间表。高老师说："请大家一定要记住这张作息时间表，并且严格按照表里规定的时间起床，吃饭，上课，下课，熄灯睡觉，如果有哪一项没有遵守好，都会被扣纪律分……"

　　高老师又给大家宣布了许多规矩，让同学们用本子记下来。这些规矩有：起床号响了十分钟内要穿上运动装跑到操场上锻炼身体；晚上要做到熄灯息声；每天的扫除都要做到一尘不染；寝室里物品的摆放要做到"三"条线和"三"个方向，即是：毛巾一条线，鞋尖一条线，漱口杯一条线，牙刷牙膏朝同一个方向，铺盖口朝同一个方向，鞋尖朝同一个方向（统一朝外）……

　　"睡觉的时候，同学们的脸要不要朝同一个方向？"不知道是谁接了一句。

　　"睡梦中把脸换了一个方向会不会被扣分？"又有人接了这么一句。

　　同学们都笑了，高老师也笑了。高老师继续宣布：每天中午的二十分钟练字时间要好好写字；每天在收看新闻联播前有二十分钟是读报或演讲时间，每天安排一个小组，必须用普通话，团学委（团学委：是校团委和学生联合会的简称）会派人来检查打分；每晚七点开始收看新闻联播，值日生提前去行政办公楼领取电视机，全班同学必须认真收看；食堂打饭必须排队……高老师把规矩讲差不多了，他站在讲台上，微笑着看着我们。

　　我听见杜大星在小声念："在这里，花有花的规矩，草有草的规矩，操场有操场的规矩，教学楼有教学楼的规矩……一句话：必须守规矩。"

"必须守规矩。"我把这句话记下了。

一直以为自己很优秀。来到这里,我发现自己被淹没了,被淹没在优秀里。身边全是优秀的老师、校友和同学,就连我的同桌,也是一位出口自成警句的优秀者。"必须守规矩。"这句话我记住了。守规矩,也应该是优秀者所应该具有的品质之一吧。

剩下的时间便是用普通话作自我介绍。自我介绍的顺序,刚好从我们这一组开始,我坐在第四排,很快就会轮到我,以至于我前面三位同学的自我介绍我都没敢认真听,我怀着忐忑不安的心情,想着自己该怎样向老师和同学们介绍我自己。

再害怕,也逃不掉。轮到我了,我原本想了一大段话,但一起身来,便忘了一大半,剩下的是几句连自己都觉得不好听的话:"高老师好!同学们好!我叫江月,今年15岁,我喜欢打排球……"

再往后我说了些什么,我自己都回忆不起来了。

同学们的自我介绍大多很精彩。若是说丁小章的自我介绍得到了雷鸣般的掌声,一点儿也不夸张。她说:"我没有一笑值千金的魅力,没有昭君出塞的勇气,没有东施效颦的习惯,更没有挽雕弓如满月的魄力,但是,我有熟记历史数千年的记忆力,有吟咏古今笑谈中外的潜力,有想要在历史长河里游泳的毅力。我是谁?我是丁小章,我历经各朝各代,穿过无数时光隧道,不要问我的前身是褒姒还是妲己,不要问我曾做过忠妇还是烈女,我是丁小章的历史谁也更改不了。我是丁小章,热爱历史的丁小章……"

天啊,这样的自我介绍,恐怕也只有从时光隧道里穿过来的人才能讲得出来吧?同学们把雷鸣般的掌声送给丁小章。

"大家好,我叫任耀飞……"

"哈哈哈，人要飞，要飞到天上去吗？"刘胜大声地打断了人家的自我介绍。刘胜仿佛天生就是一个搞笑的家伙，我大胆预测，我们班会因为有了刘胜而多出许多快乐来。

"哈哈哈！"大家都跟着笑了起来。

接下来的自我介绍中，还有不少让人记忆深刻的。比如苏杭，他的普通话很标准，就像电视台的播音员一样，他说："'上有天堂，下有苏杭'，我相信我的人生就是一道美丽的风景……"哟，这定是一个很自信的男生。比如吴华伦说："……其实，我就是一个滑轮，走路一阵风，有时候比滑轮还快……"谁给他取了这么个名字呀？是担心他走路磨蹭吗？我在心里说。比如刘长发，他说："其实，我的头发一点都不长，但大家总是叫我留长发，如果有一天，我真的留长发了，被领导批评甚至是带去面壁思过，请各位同学速来解救……"噢，刘长发，还有这样的名字，怎么不叫刘卷发或直接叫刘海儿呢？想到这里，我想笑，但忍着，没笑出来。

下晚自习的时候，高老师一再强调：回到寝室后，还有半个小时的洗漱时间，九点五十分准时熄灯息声。

正当寝室里的同学们忙得热火朝天的时候，一个五十几岁的女老师进来了。她对大家说："今天是第一天啊，动作要快，待会儿要做到熄灯息声啊，熄灯后不能打手电筒不能点蜡烛，否则扣纪律分啊……"听她说话的内容，她应该就是高老师给我们讲的负责管理寝室的生活老师汪老师。

长得白白胖胖的汪老师剪着短发，戴着眼镜，嗓门很细，声调很高，脖子上挂着一只哨子。汪老师讲完了规矩，离开我们寝室后，只听林莉说："你们都不知道吧？高年级的师姐们都叫她恶老太婆，扣分的时候可不讲情面了,大家都不喜欢她……"

当一阵急促铃声响起,女生院里所有寝室的灯都熄灭了,这是在告诉大家:该睡觉了,该息声了。然而,我们3号寝室却没有完全息声。

"天啊,我还没有洗脸呢。"

"我洗脚水还没有倒掉。"

"我的头发都还没有干,怎么睡觉啊。"

"我的蚊帐都还没有挂好,今晚要把蚊子们都喂肥。"

……

我刚躺下,突然想起饭票还散放在枕头底下,便把它们摸出来,准备放进小钱夹里去。可是,我在摸黑做这一切的时候,一不小心,饭票都散落到地上去了。

"哎呀,我的饭票,都掉下去了。"我小声地惊叫起来。

我赶紧下床来,摸黑寻找饭票。情急之下,李心雨也起身来,打开手电筒,和我一起捡地上的饭票。

"关上手电筒。不要讲话。要被扣分的。"住在我旁边铺位的上铺的顾大英大声地吼着。

"笃笃笃——"寝室外传来了敲门声,随后传来生活老师的声音,"3号寝室啊,我警告你们啊,再有人讲话,就要扣纪律分了啊。"

寝室里顿时安静得连呼吸的声音都能听得见。

"安静了啊,讲话就扣分啊。"生活老师的声音渐渐远去,"不要打手电筒啊,不要点蜡烛啊不安全啊……"

不知道是因为兴奋,还是因为换了床不容易入睡,尽管我闭着双眼,还是久久不能进入梦乡。

迷糊着，我听见有人在轻声哭泣。我仔细地辨别声音的方向，感觉那哭泣声应该是从黄芹的铺位传来的。

"你是不是想上厕所？要不要我陪你去？"顾大英压低了声音问睡在她下铺的黄芹。

"嗯……"黄芹的声音很低很细。

顾大英起床来，带着黄芹，轻轻地打开寝室门，蹑手蹑脚地出去了。

"砰——"

"啊——"

放在屋檐下的搪瓷盆被打翻的响声过后，便是黄芹的尖叫声。我猜想，一定是高度近视的黄芹不小心踩翻了人家屋檐下的搪瓷盆，吓坏了自己，发出了尖叫声。

这么大的响动声，惊动了睡在值班室里的汪老师。女生院里很快就传出了汪老师的声音："半夜不要随便起来走动啊，要扣纪律分的啊……"

汪老师通过询问，知道顾大英和黄芹是去上厕所，便没有再说扣分的事。

汪老师回值班室去了。我听见对面寝室传出"啊、啊"的声音，腔调有高有低，有长有短，肯定是在学汪老师的"啊"。汪老师每说一句话，都会带几个"啊"。

回到寝室后，黄芹一直在低声哭泣。我不知道她到底哭什么，人家顾大英都起床来带她上厕所了，她应该为得到别人的帮助而感到高兴才对。黄芹一直在哭，我一直没有睡着，可能是心理作用，我也想上厕所了。

31

就在我翻身下床的时候，不小心踩到了李心雨的手，把她也给弄醒了。于是，李心雨又和我一起去后院上厕所。

"啊——"李心雨大声地尖叫起来，吓得我也莫明其妙地跟着尖叫："啊——"

这一叫不打紧，把在女生院外面巡逻的值周组给惊动了。于是，生活老师汪老师起床来了，女生院的大门被打开了，值周组的老师和同学都进女生院里来了……大家都以为发生了什么大事情。

其实事情并没有大家想象的那么可怕，只不过是有一只惊慌失措的老鼠从李心雨的脚背上爬过，把本就害怕老鼠的李心雨吓得失魂落魄，大声尖叫。

一番折腾后，值周组的老师和同学们出了女生院，我和李心雨也回了寝室。

我和李心雨怎么也睡不着，我们便开始小声地谈论起老鼠……

"你们俩不要讲话了，要被扣分的。"顾大英压低了声音对我们说。

"哼，我们寝室真是无奇不有啊，有管不住屁股的，有管不住嘴巴的。"柳婷婷也说话了，"要是再来几个管不住手的管不住脚的，可就乱套了。"

原本已经不再哭泣的黄芹，听到柳婷婷那句"管不住屁股"，认为那是在说她，便觉得委屈，又小声地哭泣起来。

"呜呜呜，我想妈妈……"不知道是谁说了这么一句。

这可不得了，仿佛我们3号寝室里所有的同学都没有睡着，仿佛都听见了"我想妈妈"这句，仿佛大家都开始想妈妈了，几秒钟的时间，抽泣声便遍布3号寝室的每一个角落。

我也想妈妈了，我也流泪了，但是我没有哭出声来。

4. 穿高跟鞋出操

清晨，悠长的起床号准时响起，却没有叫醒我们寝室里的大多数女生，或许是因为昨天晚上折腾得太晚才入睡，也或许是中考过后，整个暑假都没有起过这么早。

"起床了起床了！起床了起床了！"是顾大英的声音，她的嗓门足够大，不被吵醒都不行。

"快快快！十分钟出不了女生院的门，要被扣班级纪律分。快快快！"顾大英把大家从梦中惊醒，一听到要被扣分，大家便慌忙起床，有找衣服的，有找鞋子的，有找梳子的……寝室里乱成一团。

"砰——"不知道是谁打翻了暖瓶，以至于瓶胆炸掉了。

"抓紧时间洗漱啊！抓紧时间出门啊！动作要快啊，晚了出门要扣分啊！"又是汪老师那夹杂着无数"啊啊啊"的声音，她一边吹哨子，一边大声地"啊啊啊"地催促着。

汪老师毕竟年龄大了，吹哨子的时候明显中气不足，所以，哨子的响声也断断续续，就像一个喘着气爬陡坡的老人。

"催催催，跟催命鬼一样。"是柳婷婷，她正梳着那条长辫子。

这时候，女生院外响起了中气十足的哨子声，一听就是体育老师在吹哨子。

"迅速洗漱！迅速到操场锻炼身体！"体育老师的催促，更是让同学们快马加鞭。

我和李心雨穿了运动衣和运动裤，洗了脸，便跑到后院去上厕所。然而，厕所里像乡场赶集一样全是人，哪还有我们的蹲位呀。我们赶紧随着慌乱的人群跑出了女生院。

"赶紧啊，我要关大门了啊。"身后传来汪老师的声音。

"哼，恶老太婆又在恐吓人了。"柳婷婷在我和李心雨的身后，她的脚底发出"咯噔、咯噔"的声响，莫非她要把高跟鞋穿到操场上？我只管跑，没工夫回头望柳婷婷的脚上穿的是不是高跟鞋。

我和李心雨朝操场边的厕所奔去。

天啊，这里又是另外一个集市，比刚才那个市场还热闹。好吧，只好憋着不上了，也幸好不是太急，将就憋得住。

"明天早上一定要早起。"我说。

"一定要早早起！"李心雨说。

我和李心雨跑进绕着操场跑步的人流，开始了人生中第一次晨跑。因为憋着不该憋的东西，所以也只能小跑，比走路快不了多少。

我一边小跑一边观察。绝大多数的人都在跑步，时不时有男生或女生从我身边跑过，时不时会有两个或更多的人仿佛在较劲似的你追我赶。大操场边上的小操场上有一组练短跑的同学，在体育老师的带领下练习。舞台旁、梧桐树下、堡坎边，有练舞蹈形体的，有练武术的，有练排球的……

"跑起来，不要偷懒！"我听见一声吆喝，循着声音望去，见一个男生从角落里跑出来。定是他想缩在角落里偷懒，被班主任或体育老师发现，然后被赶进了锻炼的队伍里。

"江月，早上好！"有人向我招呼。听声音，我便知道是高老师。我想向高老师问好的时候,他已经跑到我的前头去了。跑道上,一袭运动装的高老师,真的很打眼。

因为想上厕所,我也没敢多跑,早早地停下来,在一棵梧桐树下学着别人的样子,拉着韧带。

"胡司令来了,快跑起来。"我身后一个声音喊了起来。等我回过头去,那个喊话的男生已经拽着另一个男生,冲进了跑道。

"跑,跑,跑!让我逮到你,看我不收拾你!"一个声音从我的后背传来,吓得我往一旁跑了好几步。

"你怕什么?你又没有偷懒,我专门收拾偷懒的同学。"那个被叫作胡司令的人说完,便到别的地方去了。

胡司令,四十几岁的年龄,五短三粗的身材,长得很壮实,脖子上挂一个哨子,手上拿着一根三截棍,一边走一边舞动着。我想,这胡司令,一定是体育老师,而且是能够让同学们惧怕的体育老师。

我慢跑着准备停下来,经过舞台的时候,看见胡司令正在训一个我熟悉的人——柳婷婷。

"你以为早晨锻炼是走猫步啊?还穿高跟鞋,崴了脚看哪个来怜悯你……明天再穿高跟鞋出来,我给你丢到长江里头去喂鱼……"胡司令这话,听起来严厉,其实饱含着关爱。

"把高跟鞋丢进长江里头,鱼会吃吗?"不知道是谁嘀咕了一句。

高傲的柳婷婷没敢说话,只是低着头,任凭胡司令批评。

广播里的运动员进行曲结束了,集合整队完毕后,便是本学期的第一次升旗仪式。

师范校的升旗仪式格外庄严肃穆,升旗手,护旗手,着装整齐,步伐整齐，动作整齐有力。最让我难忘的，是唱过国歌以后唱的校歌——《江津师范校歌》。当天，我只记下了前面几小句："驴溪岛上的儿女，前进前进前进，向着灿烂的朝阳，献出对人民教育的忠诚……"

台上，学校的党委书记陈书记正在训话："同学们啊，新的学期到来了，我们要用崭新的精神面貌来迎接新的学习生活……在这里，我可是要给大家敲警钟啊，不准谈朋友耍另（恋）爱……"

"哈哈哈——"台下的同学们都笑了起来。

"谈朋友耍另（恋）爱"这种说法，我还真是第一次听见呢，也难怪大家要笑。平常我们都是听老师们讲"耍朋友，谈恋爱"。陈书记不知道是哪里人氏，把"恋"字的音读成"另"，这也是让同学们发笑的原因。

体育老师一声急促而有力的哨响，结束了台下的哄笑，可见这吹哨人的威力。我可是瞧见了，吹哨的是刚才被称作"胡司令"的老师。

陈书记继续训话："开学了，同学们要注意个人卫生，还要注意个人形象，衣服要整洁，不佩戴耳环……留长发……"陈书记说话的腔调和一般老师不一样，他总喜欢把字的尾音拉得长长的。

"嗯？"当陈书记讲到"留长发"的时候，我们班队列里的刘长发同学扶了扶鼻梁上的眼镜，歪着脖子朝舞台上望，他可能以为陈书记在叫他的名字呢。

"留——长发……的同学，请在今天之内到理发店去把头发剪短。"陈书记继续说，"不要把拖鞋穿出寝室在校园里跑……"

训话结束后，集会解散。

"刘长发,你被书记点名了。"刘胜说。

"唉,估计将来被点名的机会会很多啊。"刘长发说这话的时候,显得有些无奈。

"这是何等荣幸啊,哈哈哈!"刘胜说完,大笑着朝教室走去。

我和李心雨直奔厕所。和我们一样抢厕所的人不在少数。

早自习开始了,高老师在教室里巡了几圈,对大家说:"同学们,我们的早自习都不会有老师来守着大家,这也是培养大家自觉学习的习惯和能力……"高老师说完后,便离开了。

我发现,教室的窗外有两束如箭一般的目光,透过玻璃窗,射进了我们的教室。这两束光在教室里游离,在每个同学的身上游离,在监督着每一个同学。我不知道别人注意到没有,反正我是注意到了:从跑步到升旗仪式到书记训话,都有一个瘦削的身影在操场上转来转去,有一双鹰一般狡猾的眼睛在操场上盯来盯去,他仿佛一直就在你身边,告诫你不要偷懒,不要做坏事儿。

快下早自习的时候,高老师把我、李心雨和顾大英叫到了教室外的花台处,询问昨天晚上寝室里发生的事情。我很佩服顾大英,她在讲事情的时候,有条有理,而且一点也没有添油加醋,就是说她很尊重事实。听了顾大英的讲述,高老师又问我和李心雨有没有要补充的,我们都摇摇头。

"你们三个人,谁愿意当你们3号寝室的室长?"高老师问。

我第一反应是:我想当班长。因为我在上初中的时候便是班里的班长,虽然没有干多少事,但能证明我的成绩是班里最好的。因为想着要当班长,所以我朝高老师摇了摇头。

李心雨也赶紧摇摇头,表示不愿意。

37

只剩下顾大英好像没有回过神来一样望着高老师。高老师微笑着对她说："顾大英，你来当室长吧。"

顾大英点了点头，表示接受了高老师的安排。

早自习下了以后，我和李心雨跑到办公楼前的那块黑板面前，在清洁纪律评比栏里，看我们班昨天晚上有没有被扣分。谢天谢地，没有被扣分的记录。倒是我们隔壁寝室，因为点蜡烛被扣了0.1分。

按师范校的规定，不管是教室公地还是寝室，每天都要做两次清洁，早饭后做一次，晚饭后做一次，有时候为了保洁或有突击性的检查，中午也要追加一次。所以，做清洁卫生算是中师生活的重要组成部分。

今天的寝室卫生由吴亚妮负责。我们寝室按学号顺序列出一张表，清洁卫生的顺序就按学号的顺序来执行，吴亚妮排在第一位，我排在第四位。

吴亚妮不停地提醒着大家，要把自己的床铺整理好，特别提醒黄芹把铺盖叠好，还对柳婷婷说："你那些梳子啊橡皮圈儿啊头巾啊，都装进箱子里去吧，不能摆在床上。你的床铺就像杂货铺一样。"

唉，下了早自习后的这段时间，真是太紧张了。排队打饭花了很多时间，三下五除二快速地吃过早饭，得赶紧收拾自己的床铺和生活用品，做教室公地清洁卫生的同学更是忙得不可开交，估计连早饭也顾不上吃。

上午的四节课，节节都精彩。与其说是课程精彩，不如说任课老师比课程更精彩。

第一二节课是文选和写作课，由班主任高老师担任。如果说作为班主任的高老师既像一位热情的大哥又像一位慈爱的父亲，那么，作为文选和写作老师的高老师，便可以用温文尔雅、饱读诗书、才华横溢等词来形容。为了方便我们背诵，高老师先让我们学习《伐檀》。在讲《伐檀》这一课的时候，高老师从《诗经》中的"硕鼠硕鼠，无食我黍！三岁贯汝，莫我肯顾"讲到《离骚》中的"路漫漫其修远兮，吾将上下而求索"，从宋词中的"我见青山多妩媚，料青山、见我应如是"到元曲中的"一声梧桐一声秋，一点芭蕉一点愁，三更归梦三更后"……简直就是一场诗词曲的盛宴！

第三节课是数学课。杨中华老师是一位慢条斯理的老头子，矮胖个儿，一头白发，看似没有脾气的样子。他慢条斯理地走进教室来，慢条斯理地翻开书，慢条斯理地作开场白，慢条斯理地在黑板上写下课题的时候，同学们都有点失望。然而，几句话后，大家发现，杨老师是渊博的，杨老师是有激情的，杨老师头上的每一根白发，身上的每一个细胞，都被他调动起来，感染着这群求知欲旺盛的学子。这样的渊博，这样的激情，难道不正是我们每一位中师生应该学习的吗？因为三年后我们也会走上讲台，把自己的所学教给学生。

第四节课是音乐课。来了一位精瘦的剪着男士头的女老师，先是站在教室门口，清了清嗓子，眼光在教室里巡了一遍，然后快步走上讲台。她应该有四十来岁，个子不高，整个人却很有精神。她在自我介绍的时候告诉我们，她叫柯韵。柯老师开口说话的声音不是很好听，这让我们对她产生了怀疑：音乐老师的声音不好听，能唱好歌吗？能教好音乐课吗？

柯老师把我们带到了洗衣槽旁边的音乐室，并告诉我们：以后的音乐课，请大家带好音乐教材，准时到音乐室来坐好。柯老师具体讲了哪些注意事项，我记不太清，我只是想听她开口唱一唱歌。然而，这节课却并没有唱歌，而是教我们唱"1234567"。

同学们都纳闷了，这还需要教吗？都是从小就会的吧。然而，当我们听到柯老师的解释后，便觉得上这一课很重要了。柯老师说："不要以为'1234567'很简单，大家都会，但我相信，在平时唱的时候，很多同学都唱错了……"柯老师给我们讲，从"1"到"2"是全音，从"2"到"3"是全音，从"3"到"4"是半音……而且还一边弹风琴，一边反复地把从"3"到"4"的唱法唱给我们听……

这么一来，同学们便不觉得"1234567"很简单了，更不会觉得音乐这门课程很简单了。

柯老师在示范唱的时候，我发现，好多同学都低着头，紧闭着嘴，做出一副尽量不笑出来的样子。其实，我也和众多的同学一样，想笑，特别想笑，却又不敢笑出来。

为什么？

因为柯老师在示范唱的时候，动作、表情与声音都很夸张，她的双手在空中挥舞，她的嘴巴张得很大，眼睛很有神也瞪得很圆，从她嘴里唱出来的声音很响亮，她脸上的每一块肌肉每一个细胞仿佛都在和她一起唱……

见我们这副神情，柯老师说："第一节课，你们见我像见了怪物，我不怪你们，因为你们的师兄师姐们也是这样。慢慢地，你们就习惯了。你们必须开口练声，必须开口有表情地唱歌……音乐绝对是一门艺术，艺术不仅仅是拿来我们欣赏的，也是拿给我们修炼的，如果我们练得好，也同样可以成为艺术家……"

快到下课的时候，柯老师一边弹风琴，一边领着我们唱：

"咪——吗——"

"咪咪咪咪——咪——吗吗吗吗——吗——"

……

在唱的过程中,我们的队伍里总有杂音,要么高了一点点,要么低了一点点,要么长了一点点,要么短了一点点。

"你这调儿,都跑到拉萨去了。"柯老师来到瘦高个儿刘长发的面前,笑着说,"你可要好好练习啊,这门课程不及格,也是不能毕业的。"

"嘻嘻嘻——去拉萨,看布达拉宫,嘻嘻嘻——"那个叫邝琳玲的女生,不加掩饰地笑着。

音乐课结束后,刘胜给刘长发编了一首歌:"刘长发,乐感差,唱歌跑调调,跑到了拉萨,去看布达拉。"

下午上课前的二十分钟,是写字时间。高老师来到教室里,对我们说:"同学们,我们师范校的学生向来在'三字一话'方面非常强,'三字'就是毛笔字、钢笔字和粉笔字,'一话'就是普通话。我们每天中午都安排有二十分钟写字时间,希望你们好好地利用这一小段时间,把字练好……学校还给大家安排了非常优秀的书法老师,等到上书法课的时候,老师会来和大家见面……"

听高老师这么一说,我不但是心痒痒的,连手也痒痒的。我翻开卢中南书法字帖,拿出钢笔,准备练字。也许是太过于专注了,也许是太用力了,二十分钟下来,手写得生疼生疼的。

下午第三节课是班会课,高老师说,这节课的主要内容就是选班委、小组长、科代表等。高老师说,为了工作方便,任命第一排的同学担任各小组的组长,班委和科代表则采取自荐加老师评定的方式。

　　真正到了自荐的时候，刚才还信心满满的我，这会儿又胆怯了。尽管我不断地给自己加油鼓劲，然而我还是没有勇气走上讲台在老师和同学们面前自荐。

　　第一个走上讲台的是吴亚妮，她那自信满满的样子再加上井井有条的阐述，班长的职务就被她拿下了。她说的话中，有一句给我留下了深刻的印象，那就是："我虽然一直被大家称作'无压力'，其实我一直挺有压力，但是我会化压力为动力，所以，同学们有什么事情解决不了，尽管来找我，我会让你们从有压力变成无压力……"

　　"亚妮班长，鸭梨班长，嘿嘿嘿！"吴亚妮的同桌刘胜冒出这么一句，把同学们都逗乐了。从此后，鸭梨班长，便成了吴亚妮的最佳代号。

　　第二个走上讲台的，是昨晚自我介绍时普通话特别好的苏杭，他竞选的是团支部书记。苏杭的表现赢得了掌声，团支部书记一职，当然也非他莫属了。

　　几周后，我们才得知，苏杭之所以竞选团支部书记，是受了校团委游书记的影响。游书记是比我们高几级的师兄，因为成绩优秀，组织能力强，普通话也讲得非常好，所以在毕业后留校任了校团委书记。苏杭把游书记当成了偶像，他希望自己像游书记那样，在努力学习的同时，还要进学校团学委锻炼工作能力，做一名优秀的学生干部，等毕业后留校任教。

　　大家都满心期待看谁第三个走上讲台，但是，时间大概过了两三分钟了，也没有同学上台去自荐。高老师问刘长发："刘长发同学，你在中考时数理化都是满分，你愿意担任我们班的学习委员吗？"

这时候，刘长发正在专心地看着数学课本，好像在研究某个知识点，仿佛根本就没有听到高老师的话。顾大英用胳膊肘拐了拐刘长发，惊得刘长发猛地抬头，问："下课了？抢饭了？"

他这一表现，让全班哄堂大笑。

高老师再次问他："刘长发同学，你在中考时数理化都是满分，你愿意担任我们班的学习委员吗？"

刘长发赶紧摇头，那头摇得比拨浪鼓还快，就差听见声音了。

刘长发小声嘀咕了一句："填志愿的时候，要不是爸妈押着我填的师范校，我现在正坐在江津一中的教室里。"当然，这话是后来顾大英在寝室里说的。而且，顾大英还把刘长发说这话的神情及口气模仿了好多遍，一副顶礼膜拜的样子。

其实，在大家都没有上台去的那会儿，我真想去竞选学习委员。但是，我就是迈不出那一步，仿佛自己被钉在椅子上，任凭我怎么努力也起不来。

同学们的表现到底还是没有让高老师失望，我的同桌杜大星自荐当了生活委员，那个奶声奶气的陈小峰自荐当了学习委员，高傲的柳婷婷自荐当了文娱委员，健壮高大的任耀飞自荐当了体育委员，他说他在中学的时候体育成绩特别棒，如果他拿第二就没有人敢拿第一……总之，所设的职务都有相应的同学来担任，也算圆满。

班会课后是教室、公地、寝室的大扫除，全体总动员。

寝室里，顾大英开始行使她当室长的权力了。

"今天的寝室卫生由鸭梨班长负责，但大家要配合，整理好自己的床铺。"

"洗澡的同学不要把衣服翻乱了。"

"谁扔了垃圾被扣了分,就罚谁扫寝室一周。"

"江月,赶紧把换下来的裤子叠好收起来。"

……

顾大英的嗓门又大又粗,这么一吼起来,估计后院都能听得见。

"跟顾大嫂母大虫一样凶……"正在收拾床铺的柳婷婷嘀咕着。

谁知,柳婷婷的话竟然被顾大英听见了,她不但没有生气,反而笑着说:"哈哈哈,初中的时候,同学们就叫我顾大嫂,也有叫我母大虫的,我喜欢!"

就在这时候,高老师来检查寝室大扫除的情况,也听见了顾大英的话,他也忍不住笑了。

"顾大英,你这男孩子性格,不和同学计较,挺好。"高老师说。

"嘿,我就这么点儿优点了。"顾大英不好意思地说。

……

就这样,在紧张与兴奋中,我们度过了在师范校的第一周。

周六晚上,学校的大礼堂都要放电影,同学们可以去观看,也可以不去。我和李心雨都没有去看电影,我们准备利用这个时间看看我们去学校图书馆借的书,我借了一本《简·爱》,李心雨借了一本《安娜·卡列尼娜》。我们俩带着书,准备到教室里去看。

我们班也有少数同学没有去大礼堂看电影,他们有的在做作业,有的在预习功课,刘长发也在。高老师也来了,他微笑着问刘长发:"我估计你永远都不会害怕考试,怎么第一周就抓得这么紧呢?"

刘长发想了想,说:"不为什么,除了看书,好像也没什么爱好。"

我和李心雨在教室里看了一节课时间的书，便回到了寝室，我们想趁多数同学不在的时候洗漱，然后上床准备睡觉。黄芹也没有去看电影，她坐在床上，仿佛什么事情也没有做，或许是在想一件很重要很复杂的事情吧？

　　我和李心雨洗漱完毕后，便爬到床上，她继续看书，我开始写日记。我一直有写日记的习惯，我喜欢像记流水账一样，把有用的没用的事情都记一记，把喜欢的不喜欢的人都写一写，我觉得这才叫生活。在写日记前，我把班上的同学都回忆了一遍，不管是高矮胖瘦，不管是爱说的不爱说的爱笑的不爱笑的有趣的没趣的，我都把他们回忆了一遍。

　　有一会儿，我感觉黄芹从床上下来了，而且走到了寝室门口。她一会儿走到寝室门外，一会儿又进来，如此反复了好几次。我问她："黄芹，你要上厕所吧？要不要我陪你去？"她又不说话。我也就不管她了，接着写自己的日记。

5. 班里来了个留学生

　　星期天，吃过早饭，我和李心雨决定去长江边走走。

　　我们教学楼的厕所边上，有一条小路，一直通往长江边。小路的两旁，是一大片竹林，竹林中生长着各种野草野花，特别是竹叶菜开出来的蓝色的小花，格外惹眼。

　　还未到枯水季节，江面还极为宽阔，江心那两艘航行着的小船，就像两片叶子，在水面上漂着，漂得很慢，你若是不停下来等待，根本感觉不出它们在前行。

"心雨，你会折竹叶船吧？"我问李心雨。

"会啊，我家院子外面也有一丛竹林呢。"李心雨说。

真好，李心雨也会折竹叶船，这或许是我俩投缘的又一个原因吧？

我们从竹林中摘下一些竹叶，各自在江边找了一块可以当凳子的大而平的鹅卵石，坐了下来。竹叶船折起来很简单，把叶尖儿处对折进去一点，把叶脉两旁分别撕破，再把一侧的叶片交叠进另一侧的叶片里。再用同样的方法把叶柄处也对折，撕破，交叠。一只竹叶船便折好了。

把折好的竹叶船放进江水中，再看它们远去，也是一种享受。你看，一只只竹叶船，在轻漾的江水中，摇晃着，飘飘悠悠地，漂向远方。

此刻，我觉得我和李心雨就如两只竹叶船，在生命的长河里，怀揣梦想，摇摇晃晃，飘飘悠悠，向远方走去。

望着远去的竹叶船，我问李心雨："心雨，你觉得哪只竹叶船是你？"

"漂得最远的那只。"李心雨说，"你呢？"

"恰恰相反，我觉得离我最近的那只竹叶船是我。"我说。

"为什么呢？"

"我觉得我会像它一样，没有进步，原地踏步，走不了多远。"说这话的时候，我有点灰心丧气，我也不知道我是不是还在为竞选班委的事情而责备自己。

"小月，我觉得你太悲观了。高老师说过了，能进到这个校园里来的，都是当今最优秀的初中生。你要相信自己，只要肯努力，在这里一定还是会像以前一样优秀。"李心雨对我说。

我很感谢李心雨，她让我把目光放在了渐渐漂远的那只竹叶船上，我相信，我也会像它一样，在知识的海洋里扬帆远航。

放过了竹叶船，我和李心雨沿着江边散步。一路上都有我们师范校的学生，有在江边支着画板画画的，有吹笛子的，有大声练习说普通话的，有练声的……快到中午的时候，我们回到了学校。

周日的操场，异常热闹，有打篮球的，有打排球的，有打羽毛球的……

所有这些都让我感觉到，这个校园充满了生机与活力，充满了智慧和力量。

周日下午，高老师先召开班委会，然后让班委们通知各寝室的同学们晚上提前进教室，他有事情要讲。同学们都觉得高老师有重要事情宣布，都早早地来到了教室里。

"我们班要来一个留级生，因为三科补考不及格而留级。"高老师对大家说，"他到我们班上后，同学们不要太刻意地去对待他，很随意地把他当成和你们一起入学的同学就行了。他叫宦德宽……"

"管得宽。"刘胜一下子就把高老师的话茬儿给接过去了。这一接不打紧，"管得宽"三个字，惹得全班同学都哈哈大笑起来。

高老师也笑了，但他很快就收住了笑，说："同学们，按学校的规定，补考三科不及格就要留级，如果留级生又有三科补考不及格，就只有退学了。同学们啊，可别认为到了这里就端上了铁饭碗，一个不小心，就会砸了自己的饭碗。"

高老师在说这些的时候,坐在第二排的李少培同学一边搔着脑袋一边盯着天花板看,动作有些夸张,引得不少同学盯着他看。高老师也觉得好奇,便问他:"李少培,你在思考什么?"

"嘻嘻——"看着李少培那个样子,有好几个同学都不约而同地笑了起来。

"人类一思考,上帝就发笑。"杜大星冒出这么一句来。

"哈哈,咱们班这么多上帝啊?"高老师也笑了起来,然后又问李少培,"李少培,你在思考什么?"

李少培用手捂住嘴,悄悄地笑,也不笑出声来。

就在这时候,上课铃声响了,小组演讲的时间到了,高老师便收住了话题。

其实,在刚刚那些上帝发笑的时候,李少培已经把他思考得出的答案说了一遍:"我家是卖碗的,我手上的碗,当然是最好的碗,砸不烂,就算砸了也还有,砸也砸不完……"他的同桌黄芹肯定听见了,但她肯定不会把这些话告诉给大家,因为她根本就不愿意和大家说话。

坐在李少培后面的李心雨听见了这句话,晚上归寝后,她在寝室里把这句话说给大家听,杨雁说:"我一听见李少培这个名字就想笑,不过我先声明啊,我可不是上帝。我为什么笑呢?李少培,李少培,你多念几遍,是不是就念成李烧杯了?"

"哈哈哈!"寝室里一阵哄笑。

"我觉得吧,李少培就是他们家的碗窑里烧出来的。"顾大英说,"他们家不知道是谁太爱思考,这一思考吧,上帝就发笑,上帝一发笑吧,人类就犯糊涂,这一犯糊涂吧,就放错了模具,本来烧出来的应该是碗,结果烧成了杯。"

顾大英在说这话的时候,一本正经,绝对没有半点笑意。然而,她这话一出,又把大家给惹笑了。

"顾大嫂,你分析得很透彻。"杨雁说,"听你这一番话呀,真是胜读十年书哦。"

"杨雁,你真会拍马屁啊,说的比唱的还好听。"顾大英说。

"我呀,还真不想说得好听,我只希望自己唱得好听就行了。我的理想是当一名歌唱家。"杨雁说完,便用美声唱法唱了起来,"我们的家乡,在希望的田野上,炊烟在新建的楼房上飘荡,小河在美丽的村庄旁流淌……"

"啧啧啧——"顾大英说,"我看你有美声唱法歌唱家的潜质,微胖,嘴大,还能像柯老师一样装腔作势……"

"哈哈哈!"寝室里又一阵笑。

"你们努力说,你们努力笑,放心,我不会生气,我初中的时候就是出了名的大嘴杨雁,只要我把歌唱好,你们怎么叫我,我都不生气。"杨雁说。

一直没有吭声的柳婷婷说话了:"你们谁嘴大谁胖谁瘦谁装腔作势,我都不关心。我有个问题想不明白,今天高老师说那个叫管得宽的……"

"叫宦德宽。"李心雨给柳婷婷纠正了一下。

"就叫管得宽吧,叫起来顺口,而且,'宦'字和'管'字的确也长得太像了。"柳婷婷说,"说他补考也有三科不及格,真是太不可思议了吧?莫非读着读着,把脑子给读死了?我翻了翻这些课本,我就是闭着眼睛考,也不会不及格。"

这么多科目，这么厚的教材，闭着眼睛考试……寝室里的同学们都没有接柳婷婷的话茬儿，她们都有自己的想法，但没有说出来。

星期一早上，高老师领着宦德宽来了。

杜大星对我说："你看，宦德宽的到来，就像皇上驾临一样。"

"嗯？"我没明白杜大星的意思。

"你看，他自己抱着书本，还跟了两个人来，一个人替他搬桌子，一个人替他搬椅子，就差传话的小李子了。"杜大星说。

"噗——"我忍不住笑，只好拿一本大书遮住嘴巴。

高老师把宦德宽安排在最后一排，一来前面的座位都坐满了，二来他身材比较高大，坐后面也合适。至于寝室，高老师把宦德宽安排在107室，在邋遢大王郭东当室长那一间。

宦德宽是一个敦实的高个子，皮肤很黑，在说话前喜欢用手指压自己的鼻头，这是在他和同学们打招呼以及在作自我介绍的时候大家注意到的。

宦德宽并非像大家想象的那样容易受到伤害，他在课间的时候向大家作自我介绍："同学们，与其说我是一个留级生，还不如说我是一个留学生。"

说到这里，他停顿了一下，他一定知道他在说自己是"留学生"的时候，同学们会有各种议论。果然不假，同学们都小声地议论起来。

感觉大家议论得差不多了，宦德宽接着说："我很黑，所以叫留学生要恰当一点。留级也好，留学也罢，那些都成过往云烟。我觉得自己很幸运……"

"嘻嘻嘻，留级也幸运。"有人打断了宦德宽的话。

"是啊，我很幸运。"宦德宽说，"因为我又多了四十四个同学。"

我想：噢，的确是，在师范校里，没有留过级的同学，谁会拥有八十几个同班同学呢？

宦德宽接着说："其实吧，我知道我为什么不及格，因为我管得太宽，样样都想去管一下，结果，考试的时候，我想作个弊，却没有人管我了……以后，我争取管得窄一点，如果以前管了两米宽的话，以后就改为管一米九……"

"哈哈哈！"同学们都大笑起来。

"三科不及格，而且是补考不及格，有点可怕。"李心雨回过头来，小声地对我说。

"嗯，如果上初中时三科不及格，根本考不上师范校。"我说。

"所以说真是有点不可思议。有点可怕。"李心雨说。

"这个世界，一切皆有可能。"杜大星说，"皇帝轮流坐，明年到谁家？"

一听这话，我就紧张起来。

"你紧张什么？你以为你是武则天啊？还想当女皇？降级的时候，我替你搬桌子，李心雨替你搬椅子，还得帮你找一个传话的小李子，不可能！我们都不干！"杜大星一本正经地说。

"嘻——"李心雨小声地笑了。我也想笑，但努力忍住了。

我明白杜大星的意思，他是在安慰我，让我不要为留级而担心。

"江月的确是当不了女皇。"李心雨说，"不过，老杜，我觉得你有当皇帝的潜质。"

我也明白李心雨的意思，我想笑，但还是忍着。

"虽然说一切皆有可能，但是，本人甘为人臣，不敢有半点僭越之心。"杜大星说。

杜大星在说这话的时候，我的脑子里又蹦出"小老头儿"这个词，我又差点没忍住笑。

今日的课间，简直就是宦德宽的天下。他说："我研究过咱们班的任课老师了。班主任高老师，刚送走一届优秀毕业生，据说他们班年年清洁纪律评比第一，运动会的团体总分也总拿第一，好像如果高老师愿意拿第二的话，第一就只有空缺。体育老师胡老师，人称'胡司令'，三截棍不离手，'收拾你'不离口，看起来不近人情，其实一直包藏爱心，呃，注意，不是包藏祸心啊！校内的学生怕他却也爱他，校外的地痞流氓恨他却不敢近他只能远离他……"

"上周的体育课，领教过他的厉害了。"邝琳玲说，"连假都不让请。我最讨厌体育课了。唉，看样子，这三年，体育课是没有好日子过了。"

宦德宽继续说："你们知道吗？我们学校有一位神探亨特儿……"

"呀，我们学校还有神探亨特儿？"李心雨惊讶得张大了嘴巴。

这一刻，我有一种感觉，宦德宽说的神探亨特儿，应该是那个一直在学校里转来转去的瘦削的身影，他有一双鹰一般狡猾的眼睛，眼睛里射出来的目光，能穿透一切，看透一切。我敢肯定，就是他。

"我知道，亨特儿是申校长，那天听高年级师兄说的。"苏杭说。原本，大家在聊天的时候都是说方言，苏杭却用普通话，而且一字一句发音都很准，显得有点与众不同。

"对，早点认识亨特儿校长，对大家有好处。早发现早预防嘛。"宦德宽说，"神探亨特儿申校长个子不高，很瘦，一双眼睛炯炯有神，温柔的时候像母亲的眼睛，严厉的时候像魔鬼的眼睛。亨特儿校长分管学生工作,你可别看他已经是个糟老头子,都五十几岁的人了,但他精力特别旺盛,每天不停地走啊看啊管啊,简直是风雨无阻。亨特儿校长的动作非常敏捷,他会经常在上自习课的时候,悄悄地走进教室看有没有同学看小说、听音乐或做别的与学习无关的事情,他脚步之轻动作之快,以至于他已经在教室里走了一圈收走了小说、随身听、魔方之类的东西离开了教室,还有许多同学不知道他来过……"

"哇哦——"教室里一片唏嘘。

"特别提醒一句,"宦德宽清了清嗓子,说,"亨特儿校长特别擅长捉拿'谈朋友耍另(恋)爱'的同学,你到哪里约会,哪里都会有他的影子,简直如鬼魅一样,如影随形。"

"简直是众生之克星啊!"杜大星感叹道。

这时候,一直沉默的吴亚妮说话了:"所以啊,同学们,我们一定要遵守纪律,不要被这位神探亨特儿校长给逮住,那是要扣纪律分的,请同学们以班级荣誉为重。"

"鸭梨班长,我们一定以班级荣誉为重,替班长大人减轻压力,嘻嘻嘻——"吴亚妮的同桌刘胜笑着说。

吴亚妮瞪了刘胜一眼,没有说话。刘胜被瞪这一眼后,缩了缩脖子,假装看书。

"管得宽,我想问一个问题。"郭东笑着说,"像我这种邋遢透顶的人,亨特儿校长会管吗?"

"管啊。"宦德宽说。

"怎么管?"郭东说,"他是帮我洗衣服还是帮我洗头啊?"

"郭东,你想得美!"吴亚妮大声说,"摸摸你的额头,发烧

53

了没有？净说胡话。"

"依我分析，亨特儿校长会把你拎到开水房，送你两桶热水，然后请你进澡堂唱几首歌，再给你打分。"杜大星说。

"嘻嘻，给我打几分？"郭东问。

"就看你洗干净的程度。"杜大星说，"要不要请我帮你检查？"

"哈哈哈——"同学们都大笑起来。

"咳咳咳——"宦德宽又清了清嗓子，说，"我敢预言，今天没有听我分享的，没有插嘴说话的，没有表达意见的，要么是能把知识学死的人，要么是死学知识的人。把知识学死的人呢，就是牢牢地掌握了知识，不会补考。死学知识的人呢，估计很快就会听到补考的脚步声了……"

这时候，我发现，一直坐在座位上没有动也没有说话的黄芹，转过身来，搓了搓手，看了宦德宽一眼，眼睛里充满了不屑。

我猜测，此刻的黄芹一定是这样想的：自己都三科补考不及格了，还有什么资格在这里说别人学死和死学呢？

也就在这时候，上课铃声响了。上课铃声响得真是时候，它堵住了宦德宽的嘴，也收回了黄芹那不屑的目光。

中午，我和李心雨坐在假山里聊天。

"心雨，你害怕考试吗？"我问李心雨。

"嗯……你呢？"李心雨没有回答，却反过来问我。

"以前从来没有害怕过考试，现在却有点害怕了。"我说。

"被宦德宽影响了吧？"李心雨问。

"嗯，这么多科目，每一科都要求及格，也许真不容易。"我说。

"是的。所以我们一定要努力。不要一不小心就成了留学生。"

李心雨说。

听到"留学生"这三个字，我笑了。

6. 扁担哪儿去了

今晨吃饭时，我和李心雨端着打来的稀饭和馒头，从假山旁经过，发现了一道奇特的风景：七八个男生在花台上坐了一排，都端着很大的绿色搪瓷钵在吃饭。这搪瓷钵有多大呢？如果盖在头上当头盔，稍显大了点儿。夸张一点儿说，可以当草帽。

我和李心雨觉得好奇，想欣赏这道难得的风景，也坐在花台旁吃早饭。黄芹也一反常态，早早地坐在了这里。

我身边坐的是郭东，我往他的搪瓷钵里瞥了一眼：大半钵稀饭，里面浮着三个馒头，嘴里还嚼着一个。这样一来，我还真猜不出他到底打了几个馒头。

"看什么看？觉得稀奇啊？如果觉得好的话，你们女生也可以买来用，吃过了饭，还可以当洗脸盆用。"郭东说完，继续喝稀饭，喝得"呼呼呼"直响。

郭东本来就小，当他举起搪瓷钵，仰起脸来，想要喝尽里面的最后一口稀饭的时候，那搪瓷钵就像一顶大大的钢盔扣在他的头上，我忍不住多看了几眼。

"江月，你老是看郭东的稀饭钵，你是不是不够吃啊？来，我倒一点给你。"刘胜笑嘻嘻地对我说，"我这搪瓷钵，不仅当过洗脸盆，还当过洗脚盆，你嫌不嫌脏？"

听到"洗脚盆"这三个字，我都不敢把嘴里的馒头吞到肚子里去了。我瞪了刘胜一眼，才懒得搭理他。刘胜这人呀，你一旦搭理他，他就没完没了，到最后，你要么笑死，要么被他气死。

"我知道江月的意思。"杜大星说话了，"她不是想吃谁的稀饭和馒头，她们女生呀，一两稀饭两个馒头是标配，饭量稍微大一点儿，也就三个馒头。饭量小一点儿的，一个馒头就撑住了……"

"老杜，你来说一说，江月老是瞄我的稀饭钵，到底是什么意思？"郭东笑着问。

杜大星似乎很享受别人叫他老杜，他的脸上露出了难得的微笑，他说："江月的意思很明显，她在想：郭东啊，你到底打了几个馒头？你这么小的个儿，怎么吃这么多稀饭这么多馒头呢？"

"到底是同桌，人家想的什么都知道。"刘胜说。

"三两稀饭，五个馒头，是男生的标配。不太饿的时候，可以吃四个馒头。太饿的时候，六个七个都不一定。"吴亚妮不动声色地说，"我早就摸清你们男生的底细了。"

"摸清底细就好。"杜大星说，"相信班长大人很会算这笔账，照这样计算，男生的饭票和菜票是绝对不够的。"

"啪——"一声响，谁也想不到，杜大星刚说完"绝对不够的"这一句，黄芹从他身边经过，把半个馒头扔进了杜大星的搪瓷钵里。

看着黄芹头也不回地朝教室走去，我和李心雨都想笑，但没有笑出来。

"呃——"杜大星盯着钵里的那半个馒头，盯了足足五秒，然后有点不自然地笑着说："黄芹真是乐于助人啊。"

正当杜大星准备咬这半个馒头的时候,刘胜大声说:"我敢保证,这半个馒头,黄芹肯定没有咬过,哈哈哈!"

刘胜说这话,就是想恶心一下杜大星。然而,杜大星却没有上他的当,他继续啃馒头。

"哎呀呀,老杜,你老人家怎么吃别人啃过的馒头呀?你老人家得有多饿呀。"刘胜说。

"我相信老杜的眼光,通过他那四只眼睛看过的馒头,一定是安全的馒头。"郭东说。

"好了,不要怀疑了,相信黄芹同学,不会拿咬过的馒头给同学吃。"吴亚妮说,"老杜,接着刚才的话题说。其实,我也懂你的意思,照这样计算,女生的饭票多数是吃不完的。黄芹刚才的举动,就足以证明我的意思。"

"我的意思,你懂。"杜大星说。

"我的意思,你不懂。"吴亚妮说。

简直是针锋相对啊,我不得不感叹:要论口才,我真比不过他们。不过,最后一个回合,还真把我弄糊涂了。

"这懂和不懂,是什么意思?"我悄悄地问李心雨。

李心雨咬了一小口馒头,笑了笑,轻轻地嚼着,没有说话。

"你们俩葫芦里卖的是什么药,我都知道,哈哈哈!"刘胜笑着说,"老杜的意思是,女生们剩下的饭票,可不可以捐献给男生?鸭梨班长的意思是,女生们剩下的饭票,哪有这么容易就捐出来的?"

"哈哈哈!"大家都被刘胜的解释逗乐了。

"刘胜,你怎么就不能装一下糊涂呢?万一有饭票剩的女生们跟着糊涂了,一糊涂就把饭票扔出来了,多好。"李少培说。

"有我在,哪个女生敢糊涂?"吴亚妮一本正经地说,"我们女生有可以剩的饭票,男生也有可以剩的东西呀。"

说实在的,这个时候,我真不知道吴亚妮葫芦里卖的是什么药。

"就是说,需要交换。"杜大星想了想,说,"如果你们女生觉得我们男生身上有什么东西值得利用,拿去就行。"

"我有刚刚冒出来的胡子。"

"我有昨天洗澡没有洗干净的脖子。"

"等明天,我兴许可以有几个虱子。"

"哈哈哈!"男生们都大笑起来。

这玩笑眼见着就要开大了,我以为吴亚妮会撤退,没想到,她把坐在花台边上的男生都从头到脚地打量了一遍,说:"头发太短,卖不了钱。衣服都有污渍,卖旧货都没有人要。全身上下,加上附属物品,估计就只有这几个新买的搪瓷钵还值几分钱。"

"鸭梨班长,你可真没安好心啊,存心抢我们的饭碗?"郭东笑着说。

"这些搪瓷钵钵,盛水吧,小了点儿,打饭吧,大了点儿,送给我放在寝室里都占地方。想要预订女生们剩下的饭票,下午就表现好点儿。"吴亚妮说,"都吃好了没有?赶紧洗了碗准备上课。"

吴亚妮说完,端着空碗,转身而去。

下午表现好点儿?指的是什么呢?我一时找不到答案。

杜大星把最后一口稀饭下了肚,站起身来,对还坐着的男生们说:"下午的劳动课,表现好点儿,靠劳动吃饭,光荣。"

我终于明白吴亚妮的意思了,女生有用不完的饭票,男生有用不完的力气，可以交换一下。

今天的劳动课，生活委员——我的同桌杜大星告诉大家："我传达高老师的任务安排：今天的劳动任务是到江边去挑沙来填小操场边上的那个滑坡地段……"

"天啊，要到江边去挑沙啊！要爬校门口外那么陡的坡！"柳婷婷夸张地尖叫起来。

"每个同学都要在这节课上完成学校规定的挑沙任务，男生力气大的可以分三次挑，力气小的可以分四次来挑。女生也一样。请大家一定注意安全，如果觉得吃力，就多跑一趟，千万不要折了腰崴了脚。"杜大星还特别叮嘱一句，"男子汉们都听好了啊，力气大的，在完成了自己的任务后，尽量多帮助女生。总任务是属于我们班的，超额完成任务也是我们班的荣誉，班级荣誉要靠大家来争取。"

杜大星的话刚说完，吴亚妮便朝他跷了跷大拇指。

接到劳动任务后，女同学们都跑回女生院拿自己的劳动工具：扁担和箩筐，还得换上方便走路的运动鞋。我那双补过疤的白网鞋刚穿脏，还没来得及洗，这下就又派上了用场。

"哎呀，我的扁担呢？"柳婷婷尖叫着，"谁拿我的扁担了？"

大家都顾着拿自己的劳动工具，都说没有看见柳婷婷的扁担。

气急败坏的柳婷婷把每个女同学的扁担都检查了一遍，但的确没有哪根扁担是她的。

"杜大星，我的扁担不见了。"柳婷婷找到了杜大星。

"两种选择：要么你先用我的扁担，要么等着看谁完成了任务再把扁担借给你用。"杜大星说。

这时候，高老师也来了，他认为杜大星处理得对，他对柳婷婷说："你先不着急，总有一些同学会提前完成任务，到时候把扁担借给你用。"

柳婷婷坐在一块大大的卵石上，捡起一块小的卵石，在河滩上画了起来，她一半是在画画，一半是在撒气。

"哼，最不喜欢劳动了，老天爷也在帮我。"我从柳婷婷身边经过的时候，听见她在小声嘀咕着。

"江月，你的肩膀疼不疼啊？"柳婷婷问我的时候，眼睛里流露出担忧的神情。

"不疼。"我说。农村长大的孩子，有几个没有挑过担子背过背篓呢？肩膀都是被磨着长大的。

"我都没有这样挑过东西。"柳婷婷撇了撇嘴，一副不开心的样子。

这时候，我还是有点怜悯柳婷婷。而且，我也很羡慕她，从小都没有做过农活，多好的家庭条件啊！所幸的是，我在家里也做过一些农活，也不至于没有力气。我觉得我能超额完成任务，能给班级增添荣誉。

在我准备挑着最后一担出发的时候，听见任耀飞在不远处大声地对柳婷婷说："柳婷婷，你可以回去了，你的任务我们帮你完成了。"

柳婷婷抬起头来，望着任耀飞，一副很不相信的样子。

"你的劳动任务，我和杜大星一人挑一担，就替你完成了。"任耀飞说完，挑起担子便走。

"天啊，真是太感谢你们了！"柳婷婷一边朝任耀飞那边跑，一边说,"要我怎样感谢你们啊?"

听柳婷婷这么一问,我以为任耀飞和杜大星要开始敲竹杠狮子大开口了,吃早饭的时候还说要用饭票来交换呢。

"不用谢不用谢。"任耀飞说这话的时候,有掩饰不住的喜悦。

我刚起身没走几步,只听苏杭在说:"黄芹,你的任务已经完成了,你可以不用挑了。"我听见苏杭在对黄芹说。苏杭用的依然是标准的普通话。

这会儿,苏杭又在往自己的箩筐里刨沙,不知道是要帮哪位同学完成任务,还是要为班级超额完成任务。

然而,黄芹并没有理睬苏杭,还是执意往自己的箩筐里刨沙。

"黄芹……"苏杭还想说点什么,但他没有说出来,只是无奈地摇了摇头。

"哟,苏书记,要不要我到好人好事簿上去给你记一笔呀?"柳婷婷说这话的时候,我听起来觉得有些阴阳怪气。平常,柳婷婷跟我们说话都是用方言,这会儿,她改用了普通话,一听就知道她是故意向苏杭挑战。

苏杭扭过头来,看了柳婷婷一眼,只是微微笑了一下,便挑着沙起身了。我看出来了,苏杭的微笑里,有些许骄傲。

"哼!"柳婷婷的脸马上变得阴冷起来,用方言说,"你以为你真做了一件大好事,可惜人家黄芹不领你的情。"

苏杭应该是听到柳婷婷的话了,但他没有说话,只管挑着沙吃力地往前走,他的箩筐装得很满。

"你说,黄芹怎么就那么固执呢?"李心雨一边走一边问我。

"你说,柳婷婷怎么那样对待苏书记呢?"我问李心雨。

"无解。"李心雨气喘吁吁地说。

"同样无解。"我也气喘吁吁地说。

我们俩挑着沉重的担子，拖着疲惫的步伐，聊着没有答案的话题，完成最后的任务。

劳动课后，我们回了寝室，打水洗过了澡，我趁黄芹不在，便坐到她的床上休息。我身子往床上一躺，便觉得有什么硌疼了我的头。仔细一摸，一个词迅速从我的脑子里蹦出来：扁担。

我正在犹豫着要不要把这个答案揭晓开来，林莉也跑到我这边来，像我一样躺在黄芹的床上，说："我也来躺一躺，黄芹的床是不是特别不一样……"

林莉这话还没说完，便像碰到了钉子似的，她快速起身来，一边用手摸着硌人的地方，一边大惊小怪地说："这里藏着什么宝啊？差点儿把我的头给硌破了。"

林莉一不做二不休，掀起黄芹床上的竹席一看，随即尖叫起来："天啊，扁担！一定是柳婷婷的扁担。"

是的，的确是柳婷婷的扁担，因为扁担上面赫然写着"柳婷婷"三个字。

听到林莉的尖叫，在寝室里的同学们都围过来了。一个很残酷的现实摆在大家的面前：大家都认为是黄芹藏了柳婷婷的扁担。

"黄芹怎么这样啊？"

"平时就有点怪怪的。"

"听说她是他们区第一名考过来的，成绩这么好的人，怎么干这样的事？"

"也许她对某人有看法呢，然后就那个……"

"也许有人不想劳动呢，然后就……"

有人把话说了一半，把另一半咽进肚子里去了。我马上就猜出了后半截话的意思："也许是柳婷婷不想劳动呢，然后就把扁担藏到了黄芹的竹席下面。"

就在这时候，柳婷婷进寝室来了，她听到了那半截话，生气地说："我有那么卑鄙吗？我是不喜欢劳动，但也不至于不参加集体劳动吧？爱惜班级荣誉这一点，我还是懂得的……下次劳动课，你们可以派专人监视我，看我能不能完成劳动任务……"

柳婷婷说了这许多，寝室里再无人吭声。

就在柳婷婷把扁担拿在手中的那一刻，灰头土脸的黄芹进寝室里来了。黄芹瘦削，咬牙坚持完成挑沙的任务，汗水和着沙子留在她的头发里，留在她的脸上、衣服上……刚进到寝室里来的黄芹，见这么多同学堵在自己的床头，也没有往前挤，她靠在刚进门的那张床上，捋了捋额上被汗水打湿了的头发，然后就不停地搓着双手。

"黄芹，你为什么藏我的扁担？搞得我不想劳动一样。"柳婷婷质问黄芹。

黄芹看了看自己床铺上被掀起来的竹席，再看了看柳婷婷手中的扁担，没有说话。她带着一身的沙子，坐到了床上，眼睛望着前方，谁也看不出她到底在看哪里。

黄芹咬着嘴唇，只是不停地搓手，一个字也不说。

同学们都陆续去食堂打饭吃，黄芹还是一动不动地坐在床上。

"黄芹，要不要我替你打饭？"我小心翼翼地说，仿佛是我做了一件对不起黄芹的事情一样。

黄芹没有说话。

李心雨拿起黄芹的碗,朝我使了个眼色,我们一起朝食堂走去。

然而,黄芹并没有领我们的情,我们为她打回来的饭菜,她一口也没有吃。

我和李心雨还给她打回了热水,希望她能洗个澡,哪怕洗洗脸也好,劳动过后,都出了一身臭汗,头发里衣服里鞋子里全是沙子,都需要给身体做个大扫除。可是,我们发现,黄芹并没有用我们替她打回来的热水。两节晚自习后回到寝室,她也没有洗漱,就那样坐在床上,眼睛不知道盯着哪里。

"母大虫,这个归你管,去给高老师报告一下。"吴亚妮说。

"刚才下晚自习的时候就报告过了。高老师说他一会儿会过来。"顾大英说。

高老师到寝室的时候,生活老师汪老师也来了,她听说了黄芹的事,过来看看。高老师把黄芹带到了生活老师的值班室,至于聊了些什么,我们都不知道。在黄芹回到寝室前,高老师到寝室里来了,他对我们说,从心理学角度分析,黄芹这样做,可能是为了发泄心里的积郁已久的情绪,也可能是为了引起大家的注意,希望我们平常多关心她,但也不能太关注她,让她觉得大家都在盯着她。

在熄灯后大约一个小时,高老师和生活老师把黄芹送回到了寝室。

第二天,高老师召开了班委扩大会:班委、科代表和室长们都参加了这次会议。

后来,听宦德宽说,高老师用学校的电话给黄芹的爸爸妈妈所在的公社打了电话,请黄芹的爸爸妈妈来学校一趟。公社派人通知到了黄芹爸爸妈妈,他们十万火急地赶到了学校。宦德宽还说,黄芹的爸爸妈妈看起来都是很开朗的人，说黄芹以前也是一个开朗的人……说这些的时候，宦德宽就像亲自见过黄芹的爸爸妈妈一样。宦德宽，管得宽嘛，仿佛没有他不知道的事情。

黄芹的爸爸妈妈离开学校的时候，把黄芹送到了教室门口。我看见黄芹的妈妈小声地跟黄芹叮嘱着什么，但黄芹的脸上没有什么表情。我还看见，黄芹的妈妈走的时候脸上带着焦虑与失望。

7. 神探亨特儿

师范校的抢饭，是鲜活且永恒的话题。

师范校只有两个食堂，再加上吃饭的都是正值青春年少的学生，吃得多，饿得快，所以，每到吃饭时间，大家便蜂拥到食堂，虽然有值周老师和值周生，也难免有人插队或因此而发生冲突。

通常的抢饭时间有两个：一是早自习下课，因为太饿了而且时间紧；二是中午第四节课后，最大的原因是饿了。当然，也有不少同学把抢饭当成一种快乐，抢饭时的速度，如果用秒表测一下，估计同学们个个都比赛场上的短跑成绩要好。所以，有人戏言：短跑比赛的时候，最好在终点放一甑子饭和一盆回锅肉，看着饭和肉跑，绝对打破世界纪录。

每当早自习还剩四五分钟的时候，你便会听到碗勺相碰所唱出来的清脆的歌谣。此刻，铆足了劲要抢饭的同学，必定是数好了饭票和菜票，身子已经偏离座位，有些甚至是挪到了教室门口，半个身子都探到教室外面去了，而且做起跑状。如果以比赛规矩来看，铁定叫偷跑。铃声一响，他们迅速起跑，用像离弦的箭来形容他们，一点儿也不过分。与此同时，楼上也会响起踩着木地板迅速跑动的声音，就那么一眨眼工夫，你会看见有同学从楼梯上冲下来。这一切，便组成了一曲凌乱却美妙的乐音。每当这时候，刘胜便会翻唱《纤夫的爱》："妹妹你跑前头啊，哥哥在后面走，不慌不忙走路慢悠悠……"他用勺子敲着搪瓷钵，不紧不慢地朝食堂走去。当然，等他走到食堂，那里已是人山人海排成长龙了。

多数同学会组成最佳抢饭组合：两人组，一人打稀饭，一人打馒头，因为稀饭和馒头是两个窗口。男生的两人组合最为夸张：打稀饭那个，会端着满满一搪瓷钵稀饭，打馒头那个，会端着满满一搪瓷钵馒头，在分稀饭和馒头的时候，一个人需要从搪瓷钵里抓起五六个馒头，再把稀饭倒一半进去，馒头自然就洗起了稀饭澡。有时候，一不小心，抓起来的馒头掉了一个，为了填饱肚子，还得把它捡起来，把面上的皮撕掉，一样啃得津津有味儿。

然而，今天的抢饭可不是那么顺利，有个小插曲。

任耀飞一向是抢饭的高手，因为他短跑速度快，又坐最后一排，该有的条件他都有了。早自习下课铃声刚响第一声，任耀飞拿出短跑比赛的风姿与速度，飞快地朝食堂冲去。在拐角处，正巧遇上住在临江院的普通话老师夏开源老师和他的高徒熊启明老师端着稀饭馒头往回走，任耀飞的速度太快，躲避不及，只听"砰"的一声响，夏开源老师手中的搪瓷钵摔在地上，稀饭泼了一地，馒头也就地打几个滚，傻傻地躺在地上。

夏老师和熊老师那熨得特别平整的衣服上和擦得锃亮的皮鞋

上，任耀飞的运动衣和运动鞋上，都沾满了稀饭。

"天呐，我敢预言，任耀飞这学期的普通话肯定要补考。"不知是谁吼了一句，便飞快地逃了。

任耀飞知道自己闯祸了，他搔了搔头，咧了咧嘴，准备弯腰捡起夏老师的搪瓷钵的时候，夏老师已经自个儿捡起了搪瓷钵，用纯正的普通话，笑着对任耀飞说："孩子，烫着你没有？"

任耀飞咧了咧嘴，不知道该说什么好。

夏老师见任耀飞没事，又说："耀飞，飞翔速度不错啊，不过，在拐弯的地方还是需要减减速，否则会碰到墙壁。"

这时候，熊老师把手中的稀饭和馒头递给夏老师，说："师父，您先回去擦洗一下，我再去打稀饭和馒头。"

夏老师进了临江院，熊老师也朝食堂走去。

说起夏老师啊，还真是令孩子们尊敬的好老师。夏老师，五十几岁，是我们的普通话老师，现在上我们班的语文基础知识课。听高老师说，夏老师是全国特级教师，得到过周恩来总理的接见，普通话绝对权威。第一节课的时候，夏老师一进教室，便满面微笑地叫大家"孩子们"，这让我们感到特别亲切。夏老师的普通话说得非常好，好到什么程度呢？如果用一个词来概括，就是字正腔圆，真是和电视里的播音员一样，听着舒服。夏老师对我们说："到了师范校，必须学好'三字一话'，'三字'指的是毛笔字、钢笔字和粉笔字，'一话'指的是普通话。学好'三字一话'，将来走上三尺讲台，你才有足够的底气去面对你的学生们……"

夏老师的高徒熊老师也是我们的偶像。听夏老师说，熊老师是我们的师兄，因为成绩非常好，普通话讲得非常棒，毕业后便留了校。每当夏老师和熊老师并排着从同学们身边走过的时候，大家的眼睛里都会放出羡慕的光芒。

今天很是不太平，除了任耀飞碰翻了夏老师的稀饭，还有好些个提前跑出教室的同学被亨特儿校长逮住，这会儿正排成整齐的队伍，站在空地上观看人家打饭呢。

我们班被逮住的有刘长发和顾大英。

事后，宦德宽绘声绘色地给大家讲了刘长发和顾大英的光荣事迹。

在早自习的时候，刘长发便和顾大英打赌，看谁第一个抢到饭。这个抢到饭的意思，不只是看谁先跑到食堂，而是要看谁先把稀饭和馒头都打到。

顾大英一向爱抢饭，她经常在吃饭时间还没到的时候念叨："怎么还没到吃饭时间啊？"或者是不停地问身边的人："到吃饭时间没有？"她给人的感觉就是饿死鬼投胎。

刘胜曾经问过顾大英："顾大嫂，你总是饿得这么快，难道孙二娘的人肉包子吃了不抵饿吗？下次你吃上十个八个，吃到撑了为止，管半天应该没问题吧？"

"喂，刘胜，孙二娘的人肉包子是我等能吃到的吗？"顾大英问。

"顾大嫂，你和孙二娘难道不认识？我怎么觉得你们是好朋友呢？嘻嘻嘻——"刘胜说完，嬉笑着跑了，他知道，如果他不跑远，顾大英的拳头铁定不会饶过他。

顾大英也是抢饭的高手，因为她跑得快，再加上她个儿大，小个子的都不敢在奔跑途中和她挤，一个不小心就会被她撞飞。所以，在和刘长发打赌的时候，她也没有把整天钻进书里的书虫刘长发放在眼里。刘长发呢,看起来不动声色,却在动着脑子。

顾大英和刘长发都盯着手腕上的手表,算计着下课铃声响的时间。

就在下课铃声还差四十秒响起的时候,在顾大英准备冲出教室的时候,刘长发以迅雷不及掩耳之势,把顾大英手上的饭票给抢过来,扔到了书桌下面。

"刘长发!死头发!"顾大英气急败坏地捡饭票的时候,刘长发已经冲出了教室。

顾大英个头大,弯腰在书桌下面捡饭票的动作,真不够灵敏。等她冲出教室的时候,刘长发已经跑到学校临江院的大门口处了。

然而,刘长发跑得再快,也没有逃过神探亨特儿校长撒下的网。天网恢恢,疏而不漏。刘长发刚被网进去,紧接着顾大英也被网进去了。

顾大英原本非常生气,看到刘长发被逮住,气消了一半儿,还有点幸灾乐祸。

亨特儿校长并没有让这群提前跑出教室抢饭的同学等到打饭结束,而是在打饭高峰期的时候放了他们。这并不意味着大家被无罪释放,他们除了要在高峰期去排队外,还要利用午休时间去捡拾男生院后院的垃圾。

事后,顾大英怪刘长发为了达到目的不择手段,刘长发却说:"我是在救你好不好?"

"你这是为了达到目的不择手段,还美其名曰是为了救我。"顾大英生气地说。

"原本就是你自己没有把握好逃难的机会,竟然还一个劲儿往魔网里钻。"刘长发说。

"要是你让我跑前面,说不定我就和亨特儿校长错过了。"顾大英说。

"哎,真是异想天开呀,在亨特儿校长手下,还会有漏网的鱼?"刘长发摆了摆头说,"四肢发达,头脑简单,用在这里,再恰当不过。"

今晚的晚自习刚上的时候,高老师来了,他对同学们说:"同学们,晚自习是大家查漏补缺的好时间,大家一定不要荒废了。大家要利用晚自习来培养自学能力,以及管理好自己的能力……"

高老师说了大概五六分钟,在教室里转了几圈,便离开了。第一节晚自习,我做完了白天老师留下的所有作业。可能因为作业多,同学们也都很安静,各位班委也省了口舌。

第二节晚自习的时候,同学们便纷纷开始做自己想做的事情了。有人拿兴趣小组的手工来做,有人拿出武侠小说来看,有人拿出魔方来玩儿,有人甚至探头探脑地想跑出去兜兜风……

"大家注意纪律啊,值周老师随时都在查。"吴亚妮发出了严肃的警告,"如果被扣了分,不光是班级纪律流动红旗丢掉了,个人的操行分也会被扣啊。个人的操行分被扣到60分以下,是要留级的啊……"

不一会儿,宦德宽咳嗽了几声,听起来是故意的。大家抬起头来,有的朝门外望,有的朝窗外望,结果什么也没有看见,便又开始各行其是:看小说、玩魔方、做手工……

我见杜大星在练钢笔字,我也拿出笔和纸来,开始练字。

李心雨回过头来望了望我和杜大星,伸了伸舌头。杜大星仿佛看透了李心雨的心思,说:"我知道你心里装着琼瑶,你尽管为琼瑶哭,为琼瑶笑,我替你望风。"

李心雨正在看琼瑶小说,她回过头来,是想提醒我:如果发现有老师来了,提醒她一下,要么用脚踢一下她的椅子,要么用笔戳一下她的后背,或者轻轻地咳嗽两声……

"咳咳——"宦德宽又咳嗽了几声,惊得教室里一阵"呼啦啦"响,那些与课本与作业无关的东西,都被一股脑儿塞进了桌肚里或者是坐到了屁股底下,李心雨的小说书也不例外。

然而,好像并没有发现可疑情况,大家又各自做各自的事情,而且更加放肆起来。

就在我全神贯注地写着字的时候,我听到了宦德宽的声音:"来过了,是神探。"

呀,真的来过了,是神探亨特儿校长。

我抬起头来的时候,见李心雨一副沮丧的神情,看样子,她的琼瑶也被亨特儿校长给收走了。

"知道神探亨特儿校长的厉害了吧。"宦德宽压低了声音说,"小说书没了,魔方没了,小玩意儿没了……都被纳入囊中。我第一次咳嗽,亨特儿校长从门外经过。第二次咳嗽,亨特儿校长从窗外经过。可能有人问我怎么不咳第三次,唉,谁知道亨特儿校长会杀个回马枪呢?不过,杀回马枪,可是亨特儿校长的……"

天,就在这时候,教室里的空气突然凝固了:神探亨特儿校长站在我们班的教室门口,神情严肃。

这回马枪杀得真是及时。

教室里很安静,安静得真是连彼此的呼吸都能听得见。在这安静的空气中,有一个声音在回响:黄芹的哭声。

原来，黄芹的武侠小说被亨特儿校长收走了。一开始，她轻轻地抽泣着。亨特儿校长再一次杀回来后，黄芹的哭声大了起来，不知道她是不知道亨特儿杀回来了，还是故意哭给亨特儿校长听。

"被收了东西的同学，自己做了义务劳动后到我办公室去取。"亨特儿校长说了这么一句，便离开了。

亨特儿校长走后，杜大星便开始安排明天的义务劳动，他说："大家好好地做义务劳动，只能多做，不能偷懒。只有做好了义务劳动，才有可能会免了扣班级纪律分。"

"遵命！保证完成老杜安排的任务。"郭东笑着说。

"郭东，你的魔方玩到什么程度了？"李少培问。

"回答烧杯，已快出神入化。"郭东说。

郭东的同桌柳婷婷却用嘲笑的口气说："就那几刷子，称得上出神入化？"

"你跳你的舞，我玩我的魔方，井水不犯河水，嘻嘻嘻——"郭东说完，又从桌肚里拿出一个魔方，玩了起来。

下晚自习后，李心雨很不安。她对我说："小月，我好害怕呀，我看的是言情小说，要是申校长觉得我是在谈恋爱，要处分我的话，我该怎么办？"

这一刻的李心雨，简直就如惊弓之鸟。看言情小说和谈恋爱有必然联系吗？我觉得没有。我对李心雨说："心雨，你不要怕，申校长是个是非分明的人，看小说归看小说，谈恋爱归谈恋爱，一码归一码，他不会把这两件事硬扯在一起来处理。"

在我的劝说下，李心雨终于不那么担忧了。

然而，今天真是多事之秋。第二天早自习之前的那几分钟，宦德宽又绘声绘色地给大家讲起了头一天晚上发生的事情。

宦德宽开讲了:"亨特儿校长巡夜,正巧我们107寝室有人出去上厕所,门没有关,他就进来了,见吴滑轮正在被窝里打着手电筒看小说,他迅速地掀开被子,抓过吴滑轮手中的手电筒,准备顺手敲吴滑轮一下,没想到,那手电筒竟然敲到了上铺的床沿上,手电筒的玻璃盖被磕破了……"

"活该。"吴亚妮接过了宦德宽的话茬。

"我看也是活该,该敲破的不是手电筒的玻璃盖,而是吴滑轮的头。"顾大英大声说。

"母大虫果然名不虚传,心狠手辣,嫉恶如仇,哈哈哈!"丁小章笑过之后,又念起了《水浒传》中对母大虫的描写,"乐和见酒店里一个妇人坐在柜上,用眼看时,但见眉粗眼大,胖面肥腰。插一头异样钗环,露两臂时兴钏镯"。

"心狠手辣,眉粗眼大,胖面肥腰,只怕嫁不出去。"不知道谁小声嘀咕了一句。

"你们还听不听昨天晚上的惊险故事了?刺激的还在后面呢。"宦德宽大声问。

"听,当然要听,你继续讲。"顾大英说。

宦德宽继续讲:"手电筒的玻璃盖被磕破了,亨特儿竟然说:'这位同学,对不起,我明天会赔一支新的手电筒给你。不过,以后不能在被窝里看书了,影响休息,又伤眼睛……'哎,吴滑轮真是赚了,他这支手电筒,本来就是一支旧货,就算不磕坏,寿命也不会太长。"

"呀,亨特儿校长还主动提出赔偿?真是没想到。"杨雁大声说。

"同学们听好了,将来,谁要是想换手电筒了,就在被窝里打着手电筒看书,把亨特儿校长引来,磕破手电筒,再得一支新的。"刘胜一向反应很快,他给大家出了这么一个主意。

"这个主意很馊,馊得必须倒进喂猪桶里。"柳婷婷说,"被扣了纪律分,十支手电筒也换不回来。"

还剩下最后两分钟了,宦德宽抓紧时间,给大家讲他所经历的那些陈年旧事:晚上,那些卖鸡爪爪鸭脚板的,仿佛知道哪个班是自习,一直在窗边来回走动,故意让那些卤货散发出诱人的香味儿。然后,总会有同学忍不住,偷偷地从窗户把钱递出去,换得一个鸡爪爪或鸭脚板,埋头偷偷地嚼着,嚼得满教室飘香,馋得同学们都不停地咽口水。有一回,有个同学刚把鸭脚板拿到手,便被神探亨特儿校长给逮住了,鸭脚板没有吃成,却被罚去捡拾女生院旁边那片小树林中的垃圾。宦德宽还说,有个胖胖的男同学把豆腐脑儿端进教室里偷偷地吃,把里面的黄豆嚼得"咯嘣咯嘣"响,被亨特儿校长逮住,亨特儿校长说:"我以为教室里混进了耗子,结果是一只肥猫。"于是,那个同学便有了绰号——肥猫。

8. 打破铁饭碗

开学一个多月了。我渐渐习惯了师范校的生活,而且爱上了美丽的驴溪半岛。

我喜欢驴溪半岛上这一方神圣的校园。浓厚的书香气息弥散在校园里,专注的目光定格在教室里,求知的欲望散落在图书馆里,对艺术的追求则分散到琴房中、画室中、舞蹈厅中……花台旁有同学认真看书的镜头,操场边有同学认真绘画的镜头,球场上有激烈竞争的瞬间,江边有快乐交流的身影……

我喜欢上了校歌。"驴溪岛上的儿女,前进前进前进,向着灿烂的朝阳,献出对人民教育的忠诚……为了建设四化,我们要用心血浇灌千万棵桃李,为了祖国的明天,我们要永远做个光荣的人民教师……"每当升旗仪式的时候唱起这首歌,每当学校的广播里播放这首歌,每当同学们三五成群地唱着这首歌,我都会感到心潮澎湃,热血沸腾,我都会告诉自己:好好学习,永远做个光荣的人民教师。

我爱上了每天早上的长跑。起床号还没响,我就会起床来,用最快的速度梳头洗脸刷牙,然后跑出女生院,奔向操场。踏着运动员进行曲围着操场跑步,真是一种享受。如果遇天下雨不能出操,便会觉得整天都不带劲。

我喜欢这里的老师。

除了阳光帅气的班主任高修远老师、慈爱可亲的夏开源老师等,那位天天嚷嚷着"熄灯息声……不要讲话啊,讲话就要扣分了啊……赶紧起床了啊,去操场跑步了啊,要关女生院大门了啊"的随口带着"啊"的生活老师汪老师,我也渐渐喜欢上了她。这么大的女生院,前院后院都住满了女生,如果不是她严格要求大家,可能整个晚上女生院都会炸锅一样地热闹,大家就没办法好好休息。

如果说上音乐课的柯韵老师的夸张让同学们时常忍俊不禁的话,那么,上美术课的白青蓝老师则是严肃中有慈爱。从开学到现在一直是上素描课,画静物。白老师总是拿起铅笔,很严肃地告诉大家要注意些什么，或者拿着一个同学的作品，先是指出缺点，比如：线条的虚实没有处理好，面与面之间的关系没有处理好，阴影部分的深浅没有处理好，立体感不够强，等等。而后，老师脸上的肌肉一下子又舒展开来，面带春风般的温暖，进而又指出某个作品的优点，比如：结构比例准确，线条细腻，和上次的作品相比有进步，等等。我的素描作品也被白青蓝老师表扬过，让我增强了学好美术的信心。

政治老师袁老师的课也很受欢迎。原本以为，思想政治课嘛，就是讲马列主义毛泽东思想讲唯物主义讲道德规范讲人生观世界观等等，然而，这位四十岁左右的胖乎乎的戴着大圆眼镜的袁老师，却在古板的政治课上时不时给大家添点调料，让政治课变得生动有趣。

我也喜欢检查清洁的郑老师。郑老师是一位四十几岁的女老师，短发，瘦小个儿，她总是背着一个绿色的挎包，挎包上挂一块木板，木板上挂着许许多多的钥匙，她一路走，那些钥匙便一路发出"叮叮当当"的声响，就像一支钥匙交响曲。每天早上和傍晚在我们进教室后，郑老师便背着她的挎包和钥匙，拿着一个大大的记录本，走进女生院，走进男生院，走到各班的公地，一一检查同学们做清洁的情况。许多同学都不太喜欢郑老师，因为她检查清洁特别严格，严格到什么程度呢？比如说吧，她在检查寝室大扫除的时候，会伸出手去摸一摸门楣，摸一摸木窗棂，如果手上沾了灰尘，就一定会扣分。有一次，轮到我做大扫除，我踮着脚尖抹着门楣上的灰尘，还有更高的地方抹不到，我正在找凳子的时候，柳婷婷对我说："你都抹不到的地方，就不用抹了，矮个子的郑老师是摸不到的，她的手臂没有这么长。"不过，为了心安，我还是找来凳子，站在凳子上，把该抹的地方都抹干净。我想，这也是对郑老师的一种尊重吧？说实在的，我从心底里佩服郑老师，这样一份枯燥的工作，她一天天一年年地默默无闻地做着，周而复始，依旧那么认真，毫无怨言。我想，将来，等我走上了工作岗位，也要像郑老师一样，虽然默默无闻，但毫无怨言。

我喜欢我的同学们。

我喜欢陪伴我学习和生活的李心雨，她特别爱阅读，加入了学校的文学社，每次参加文学社的活动回来，都会把她的收获告诉我，还会给我推荐一些好书，比如《悲惨世界》《巴黎圣母院》《红与黑》等。我喜欢什么事情都能解决的班长吴亚妮，她总是那么热情地对待每一位同学，总是那么热心地帮忙解决同学们的难题，不管遇上哪样的问题，她都似乎毫无压力，所以，同学们在叫她鸭梨班长的同时，也会叫她"无压力"。音乐委员柳婷婷虽然极为高傲，但我也喜欢她，她长得很美，穿着很得体，她身上的那种气质，许多同学都没有，看见她，会觉得是一种享受，我还偷着学她的样子，然而，每当那个时候，我便会偷偷地脸红。另外，快言快语的室长顾大英、得理不饶人的大嘴杨雁、口无遮拦的林莉、一上体育课就大呼"妈呀，又是要命的体育课"的邝琳玲、从前朝时光隧道穿过来的丁小章……这些同学我都喜欢。就是那个不说话还故意惹人嫌的黄芹，我也喜欢。

要说男生，我不敢说喜欢，因为"喜欢"是一个会让人产生歧义的词。不过，我可以换一个词，用欣赏吧。我欣赏我的同桌杜大星，他处事像小老头一样沉稳，出口就是那种教训人的口气，这或许和他出自教师家庭有关，他从来不跟别人计较什么，他待在教室里一般就是三件事：要么在学习，要么在处理班务，要么在练字。我欣赏我们班的团支书苏杭，他也如柳婷婷一般骄傲，普通话很棒，时常在校园广播里听到他的声音，在多数同学都不太愿意时刻坚持说普通话的情况下，他一直坚持用普通话，处处以演讲家的身份出现。此外，一说话就脸红的学习委员陈小峰、体育健将任耀飞、只知道埋头学习一唱歌就跑调的刘长发、小滑稽刘胜、邋遢大王郭东……都是我欣赏的对象。就连那个管得非常宽的"留学生"宦德宽，我也欣赏，他绘声绘色地讲故事的本领和乐观的心态，只怕好多同学都比不上。

我想，多数同学都和我一样，习惯并爱上了中师生活。然而，也正因为习惯了，所以也没有了刚到校时的紧张，在学习上也有所松懈。都说进了师范校便端上了铁饭碗，这话也不假，三年毕业后，便是光荣的人民教师，正式的国家干部，这是许多同学都引以自豪的。师范校的学习，似乎也不如初三时那么紧张，没有老师天天来逼着你背书，甚至还流传着这样一句话："60分万岁，61分浪费，59分白费。"

今天的化学课，一向严肃古板不太讨同学们喜欢的邹老师突然宣布：把课本收起来，今天小测试。

"啊？"

"哎呀呀，不可以这样残酷啊！"

"天呐！天不灭我，化学老师也要灭我啊！"

"啊啊啊，老邹同志今天终于发威了。"

……

教室里一片哀怨声。一张小小的化学测试卷，在这片哀怨声中，由化学科代表李少培分发到了每个同学的手中。

"烧杯,也不提前透露一下,算你狠!"我听见坐在我前面的杨远咬牙切齿地说。

坐在杨远前面的李少培回过头来说了一句:"我也是刚从鼓里出来。"

"嗯?"我没能理解李少培的话,皱着眉头"嗯"了一声。

"我替你翻译一下:他也被蒙在鼓里。"杜大星对我说。

噢,我真笨。

这张试卷,同学们都做得不够顺利。我在咬笔头的间隙抬头一看,原来多数同学都和我一样,咬着笔头,皱着眉头,极少有同学像初三时做小测试一样笔底生风。

化学老师那张脸,比先前更严肃了。从同学们的表现,他不用看试卷便知,这次测试成绩会非常糟糕。

我的同桌杜大星倒还做得挺顺利,我想:"这家伙,平时也没见怎么努力呀,怎么做得这么顺利呢?难道是天才?或者说在暗地里下功夫?"我偷偷地瞥了杜大星的试卷一眼,我做不出来的那道题,他做出来了。然而,我赶紧把眼光从他的试卷上挪开,要是真的看到了答案,我觉得我不会原谅自己。

测试成绩是在星期六下午第三节课后公布的。全班有三分之一的同学不及格,其中,郭东、任耀飞、李少培只考了四十几分。黄芹只考了4分。

因为都考得不好,多数同学都没有去大礼堂看电影,留在教室里复习功课。

"呀,烧杯也只考了四十几分?"

"那很正常,肯定是在做实验时被烧坏了。"

"烧杯可是化学科代表哦。"

"化学科代表怎么了?平时不学习,难道考试的时候能起化学反应得高分?"

……

听说高老师准备找50分以下的同学去谈心。为什么不找60分以下的同学,而是找50分以下的同学谈心,因为这次的题的确难。但是,再怎么难,也应该接近及格分数吧。

郭东从高老师那里回来后,一副失魂落魄的样子,头发仿佛更乱了,衣服仿佛更皱了,运动鞋也当成了拖鞋来穿,同学们问他:"高老师说了什么?高老师是不是很凶?"郭东说:"我倒是希望高老师凶一点……"看来,高老师给了他慈母般的关怀,让他有些受不了。我想,郭东那样子,应该叫内疚吧。

任耀飞在听到高老师请他去办公室的时候,紧张得竟然找不到教室门的方向了,他径直走到窗前,差一点就碰到了玻璃窗上。

"喂,任耀飞,你真要飞啊?你想要飞到玻璃国去吧?"丁小章打趣道。

"这时候啊,任耀飞巴不得能穿过时光隧道穿到原始社会,因为那里不用考试。"刘胜也来打趣。

任耀飞从高老师那里回来后,一直埋头整理他桌肚里的书,一直在整理,一直没有抬头。我猜,他一定是哭了,害怕大家看到他的眼睛,他才一直埋头假装整理书。

李少培从高老师那里回来后,还是那副若无其事的样子。

"烧杯这家伙,看来是吃了豹子胆儿了。"

"这叫视死如归好不好?"

"这次死是假死,要是期末不及格,那就是真死了。"

……

面对同学们的议论,李少培慢悠悠地说了一句:"记住,我是烧杯,我连浓硫酸都不怕,我还怕考试?60分就能让我死?值得让我去死?我死一次必定会活一次,这叫死而复生,你们懂不懂?"

李少培似乎很深奥的样子,一时间让那几个议论他的同学一脸茫然。

望着茫然的同学,杜大星不紧不慢地说:"路漫漫其修远兮,你们将上下而求索。"

"老杜,你真是站着说话不腰疼。"郭东说,"你是吃饱了肚子不知道我们饿着的苦。"

杜大星考了九十八分,所以郭东说他属于吃饱了肚子的那一类。

"我是坐着和你说话,不是站着,请你把坐和站分清楚。"杜大星回了一句。

至于考了4分的黄芹,我不知道高老师找她谈话没有。

"任耀飞,你一直翻一直翻,书都要被你翻坏了。难道这样多翻几次书就能多考几分吗?有这精力,不如多做几道题。"大嘴杨雁刚进教室,她并不知道自己的同桌任耀飞被高老师请去谈了心。

一直埋头做题的柳婷婷停下笔,高傲又敏感的她可能是被杨雁的话给刺激到了,她用眼角的余光扫了扫杨雁,大声说:"及格有什么了不起?以前多做了几道题是吧?现在教训别人了,指不定什么时候自己就不及格了。"

杨雁一时没有回过神来,便没有回柳婷婷的话。见杨雁没有回话，柳婷婷又说："我好歹还考了五十几分，我们班还有考几分的你没看见？"

听到柳婷婷这话，杨雁突然激动起来，她大声说："柳婷婷，你什么意思啊？你有什么气朝我撒，不要牵扯无辜的人。考几分怎么了？那是人家不愿意显山露水，人家不愿意拿真本事给你看……"

"柳婷婷，杨雁，要不要我给你们摆个擂台呀？"吴亚妮进教室里来了，她说，"摆在操场上还是厕所旁？"

"厕所旁吧，那一定会吵得臭气冲天，哈哈哈！"刘胜说完，哈哈大笑起来。

吴亚妮班长还是有威信的，她这么一说，柳婷婷和杨雁都住了嘴，各自坐下来做作业。

黄芹并没有去理睬柳婷婷说的那句"我们班还有考几分的你没看见"，只是习惯性地搓着双手。

高老师没有找我谈话，但我有自知之明。这次测试，我也没有及格，只考了 56 分。有那么几道题，的确是似曾相识，但就是不知道该如何解答，我只能怪自己平时没有把知识学扎实，没有认真复习功课。

我盯着眼前的化学书，其实一个字也看不进去。李心雨知道我心里难受，便对我说："晚饭后去江边。"

"嗯。"我应着。

我和李心雨来到江边。江水已退潮，江面已不如刚开学时那么宽阔，大片的卵石露出来，踩着它们往江边走，也别有一番情趣。江边，随处可见三三两两的身影，有的走着，有的坐着，有的在谈论着什么，有的安静地望着远方……

"心雨,你是不是也有些看不起我了?"我问。

"没有啊,小月,你别想太多了。"李心雨说。

"我从来没有考过这么低的分数。"我说。

"吃一堑,长一智。"

"嗯,幸好有这次小测试,要是一直到期末才考试,我肯定完蛋了。"说这话的时候,我仿佛觉得自己真的补考了一样,心里非常难过,眼泪夺眶而出。

"小月,只要努力,会好起来的。"李心雨说。

"嗯。"我点了点头。

夜幕降临。我和李心雨坐在江边,吹着江风,看远处的航标灯闪烁,看那艘夜行的船缓慢前行,看涌起的波涛亲吻着卵石……

9. 黄芹的铺盖

第二个月归宿假时间到了。星期六下午,同学们便纷纷朝白沙涌去,有的坐汽车回家,有的坐船回家,有的需要坐船到对面的滩盘去坐火车。

白沙汽车站排着长长的买票队伍,我等了好长时间才买到回家的票。这两元车票钱,我压在枕头底下一个月了,即使是在需要买画纸没有钱的时候,我宁可拿菜票去买,也没有动用这两元钱。

坐了两个小时的汽车,再走四五十分钟的路,便回到了家里。原本是可以花五角钱再坐一段车,但我宁愿走路,也不愿意再花五角钱。妈妈做了她的拿手菜：魔芋烧鸭子，那可是难得的美味。我想，我不在家的时候，爸爸妈妈肯定舍不得杀鸭子来吃。

"小月，在师范校习惯吗？"妈妈问。

"习惯。"

"小月，能不能吃饱？"爸爸问。

"饭菜票都够。"

"如果不够，就拿钱去买。"妈妈说。

"够。"

……

吃晚饭的时候，妈妈一个劲儿朝我碗里夹肉，不停地说："多吃点，多吃点。"仿佛我在学校挨了饿似的。

"妈，我在学校里也有肉吃，你们也多吃点。"我说完后，也朝爸爸妈妈的碗里夹肉。

在家里住了一晚上，星期天下午就得返校了。爸爸妈妈都舍不得我走，他们一直送我，走了四五十分钟的路，送我到车站，一直等到我坐上了去白沙的班车，眼见着汽车开走了他们才离开。

在白沙汽车站下车后，我没有直接回校，而是去白沙街上逛了一圈。农村长大的孩子，在白沙这样繁华的街道上逛，就跟在大城市逛一样，觉得很是新奇。口袋里虽然没有几分钱，但是看一看总还可以的。逛到书店的时候，我终于没有忍住，把妈妈给我买菜票吃肉的钱买了一本《骆驼祥子》。抚摸着这本《骆驼祥子》，闻着它散发出来的油墨香，我感觉自己比吃了肉还开心。

我还买了一块墨。刚开学的时候，我买过一块墨，但上周不知道为什么，它竟然奇迹般消失了。班里人人都会有墨块，看起来谁都不像会偷墨的人呀。就连家庭特别贫困的田政同学,他也乐呵呵地从菜票里挤出钱来,买了墨,还时常拿着自己的墨块去给别人研墨。

不单是我的墨奇迹般地消失了,班里好多同学的东西都在消失,除了笔墨纸砚会消失,就连橡皮擦这样的小文具都会消失。到底是怎么一回事呢?小滑稽刘胜戏言:"会不会是老鼠王国在向我们班进军了?大家可要小心哦,说不定哪天我们的教室就被老鼠们抢占了,它们以墙为城,以桌为炮台,以窗为射孔,向外界发起进攻。哈哈哈哈哈!"

盼着盼着,书法课又到了。

我应该还没有给大家介绍过我们的书法老师吧?

陈扬老师是我们的书法老师,男,三十岁左右,中等个子,偏瘦,最显眼的是那一撮小胡子,还有那一头微卷的头发。听高老师说,陈老师是刚从一所乡村小学调到师范校里来的,因为他的书法特别棒。陈老师也告诉我们,他是我们的师兄,在上师范校那三年里,他用了很多课余时间来练字。从师范校毕业后,工作之余也抓紧一切时间练字,硬笔软笔都练,粉笔字当然也是必须练的。因为字写得特别好,几年时间,便获得了好几项国家级的大奖,正好师范校需要优秀的书法老师,便把他调过来了。听了这些,同学们都很振奋,我也感慨:原来,练字也可以改变人生呀。

今天,陈老师要教我们写毛笔字,他让科代表提前通知同学们在课间把墨研磨好。这研墨呀,可真是一门学问。当然,这些学问也是陈老师教我们的。

研墨用清水。

研起来细润无声的墨才算是好墨。

用拇指和中指夹住墨条，食指放在墨条的顶端，轻轻地，慢慢地磨，至于要轻到什么程度，慢到什么程度，就只能在实践中总结了。

研墨的方式也有几种。一种把墨条按前后或左右方向反复磨，一种是像画圆圈一样把墨条旋转着磨，一种是没有方向地随意磨。班里总有那么几个男同学喜欢采取第三种方式：随意磨。其实他们就是在乱磨，乱着乱着，一不小心，就把墨汁弄到砚台外面了，染了纸，染了书桌，染了衣服，染了地面，总之，墨汁就像回报他们的乱磨一样，乱染一气。

今天课间的研墨，刘长发的砚台竟然被打翻了。顾大英风风火火地闯进教室，让椅子腿给绊了一下，虽然没有摔倒在地，但是打翻了同桌刘长发的砚台。

"大侠，我把这砚台送给你，我就不送到你的书桌上了，麻烦你自己捡一下。"刘长发对顾大英说。

"对不起对不起，我不是故意的。"顾大英一边说，一边弯腰捡砚台。

"嘻嘻嘻，刘长发，怎么不送给我呀？"刘胜一边研墨，一边笑嘻嘻地说，"如果你愿意送给我的话，就不会弄得一身墨汁儿了。"

"照照镜子吧。"刘胜的同桌吴亚妮掏出小圆镜，拿到刘胜面前，说，"如果刘长发的墨汁儿送给你，你就得全身都抹墨，跳进黄河也洗不清了。"

研墨这事儿啊，对刘胜来说，的确是一件难事儿。你看，他的脸上，衣服上，手上，书桌上，到处都是墨汁儿。他研呀研，研呀研，还老是研不出浓度刚刚好的墨汁儿。

陈老师给我们示范了好几个字，然后告诉我们："字一定要多练……"

"陈老师，我们到底要练多久才能写得像您一样好呢？"柳婷婷举手提问。

"这个嘛，要看每个人的情况，有的人领悟得快一些，有些人领悟得慢一些。但并不代表领悟得慢的就成不了书法家。"陈老师说，"关于柳婷婷同学的这个问题，我想给大家讲一个故事来回答。书法家王羲之的小儿子王献之的毛笔字也写得很好，在练习了一段时间后，就问母亲，自己什么时候才能赶上父亲。他的母亲说：'你写完这院里的18缸水，你的字才会有筋骨，有血有肉，才会站得直立得稳。'王献之又咬牙坚持练了五年，写了一大堆字给父亲看。王羲之一张一张地翻看这些字，翻到一个'大'字的时候，觉得这个'大'写得不够好，拿起笔，在'大'字下面写了一点，便又把这些字退还给了王献之。王献之不服气，又把这些字拿到母亲那里，让母亲看。母亲一张张地看，看到了王羲之加过点的那个字，对王献之说：'吾儿磨尽三缸水，惟有一点似羲之。'王献之继续练字。功夫不负有心人，最后，他的字也练到了炉火纯青的地步。"

陈老师刚讲完这个故事，教室里便响起"砰"的一声。循声望去，是黄芹的砚台掉在地上了，那墨汁儿溅了一地，溅到了前后左右同学的裤子和鞋上，李心雨的白网鞋也没能逃过此劫。

更让人觉得不可思议的是，就在这个课间，我新买来只研过一次的墨块，又不翼而飞了。

"班长，我的毛笔又不见了。"

"班长，我的字帖不见了。"

"班长，再这么丢东西，我的菜票真是不够用了。"

……

同学们一个个向吴亚妮诉苦。

吴亚妮只能严肃地对大家说："两种可能：一种可能是别班的同学顺手牵羊，另一种可能是我们自己人拿的。不管怎么说，这种行为都是违反纪律的，一旦被查到，轻则警告，重则开除……"吴亚妮这番话，也算是对顺手牵羊者的警告吧。

杜大星虽然没有诉苦，但我知道，他花了好多时间画好格子的书法纸不见了。我们都喜欢把全开的画纸裁成十六开大，用红笔在上面画格子，再在格子里写钢笔字，字会显得格外漂亮。

"难道有人靠吃墨块、画纸、毛笔、字帖之类的东西为生吗？"杜大星问。

"能吃得下墨块，吃得下画纸，吃得下毛笔，吃得下字帖，那会是什么样的人？"李心雨问。

"你们都不知道，我更是不知道。"我无可奈何地说。

更让人气愤的是，这人连老师讲桌上的粉笔也拿。有一次，正好是脾气不太好的化学老师的课，邹老师习惯性地把手伸到粉笔盒里拿粉笔，却连一个粉笔头也没有拿到，他生气地说："你们这是在集体向我示威吧？我知道大家都不喜欢我，我严肃，我古板，我不温柔，我没有时刻面带微笑……可是，你们坐在教室里，需要的到底是什么？是知识，是知识！而不是温柔，不是微笑……"邹老师至少用了一节课的三分之一的时间来教训我们。然后，他又把矛头指向了学习委员陈小峰："陈小峰你这学习委员是怎么当的……"训得陈小峰满脸通红。进而又把矛头指向化学科代表李少培："人家都叫你烧杯，我看啊，你就该做一盏酒精灯，要充分发挥你的光和热……"

邹老师的这种教训,看起来很让人受不了,但同学们却喜欢,因为,总比他板起脸来讲化学知识的好。

吴亚妮连续召开了两次班委会,也没有讨论出什么结果来。吴亚妮把这段时间的情况汇报给了高老师,同时也汇报了个别班委的建议:搜查同学们的书桌和寝室里的箱子。高老师没有同意吴亚妮转达的这个建议,他说他心里有数。

一天中午,我和李心雨从寝室往教室走的路上,见黄芹急急地往寝室跑,我还发现,她的上衣口袋被染黑了,低头仔细观察,只见路上也有星星点点的墨迹。来到教室里,正巧林莉在抱怨:"哎呀,我的墨水又不见了,那可是我刚买的呀,谁在搞恶作剧呀?赶紧给我拿出来吧……"

我和李心雨四目相对,都没有说话。

到吃晚饭的时间了,同学们都忙碌着:有的赶去排队打饭,有的排队打热水,有的去澡堂占位置,有的忙着洗衣服……黄芹也默不作声地打饭去了。从开学到现在,她一直独来独往,也不怎么和大家说话,同学们都习惯了。李心雨的白网鞋上沾了墨汁儿,她坐在床沿上,很心疼地打量着她那双怎么也洗不干净的白网鞋。

"唉,倒了霉还不敢说。"我说。

"嗯。我怕伤害到她。"李心雨说。

"同学们都在替她着想,她怎么就不知道替大家着想呢?"我说。

"算了吧。"李心雨说。

"我这里还有白鞋粉,你多抹一点在鞋上,然后好好晒晒,说不定就能变得白一些了呢。"我把刚买的鞋粉递给李心雨。

我一屁股坐到黄芹的床铺上,准备等李心雨把白鞋粉抹到她的白网鞋上后,便一起去打饭。

"你看黄芹这铺盖,都没有叠成直角。"我一边说,一边习惯性地整理着黄芹那叠得歪歪斜斜的铺盖。可是,当我捏到黄芹的铺盖的时候,我像被针刺了一样,赶紧把手缩了回来,并小声尖叫着:"哎呀——"

"怎么了?有刺啊?"李心雨问我。

"江月,你怎么了?火烧屁股了?哈哈哈!"趴在床上看小说的邝琳玲问完后,一阵哈哈大笑。

"没什么。"我赶紧应了邝琳玲一句。

我没有忍住,伸出手去摸黄芹的铺盖。李心雨见我神情不对,也伸出手来摸黄芹的铺盖。

天啊,黄芹的铺盖里,真是藏了不少东西啊,凭手感,应该有毛笔、粉笔、橡皮擦等。当我明白是怎么一回事的时候,我真的像屁股被火烧了一样,一下子从黄芹的床上跳起来,飞快地爬到了属于我的上铺。

李心雨瞪大双眼看着我。我也瞪大双眼看着李心雨。我们同时摇了摇头,表示不要把这件事情讲出来。

我和李心雨磨蹭到很晚才去食堂打饭,不知道是没有了胃口,还是在心里害怕着什么。我们坐在教室旁的假山洞里,默默地吃着。碗里的饭都快吃完了,李心雨才开口说了第一句话:"小月,我们要不要把这件事告诉给鸭梨班长,或者是高老师……"

我想了想,说:"不要了吧。听说,偷盗是要被开除的。"

我们沉默了一会儿。我又说:"你说,她为什么要这样啊?从开学到现在,我就觉得她没有正常过。"

"听说她想上高中,爸爸妈妈不让她上。"李心雨说。

"那也犯不着这样呀。"我说。

"可能是想被开除吧。"

"呀,真可怕!"

……

如果事情真如我们听说的那样,那么,于黄芹来说,叛逆带来的伤害是巨大的:看起来她是在伤害父母,其实也伤害了自己,还伤害了身边的同学和老师。

10. 田政守株待兔

七点,该是看新闻联播的时间了,然而,班里的电视机却迟迟不到。

"今天谁值日?"吴亚妮问。

"邋遢大王郭东。"有人回答。

"这家伙,邋遢到哪里去了?"吴亚妮继续问。

"是不是被神探亨特儿校长逮去澡堂了?"有人打趣。

"迟抱电视机,可是要被扣纪律分的啊。"吴亚妮急了。

"真有可能是洗澡去了。他觉得抱电视机是一件非常神圣的事情,所以要把自己洗干净了才去。"刘胜总是在关键时刻搞搞笑。

师范校没有围墙，学校担心电视机放在教室里不安全，于是，就在每天七点前由值日生去办公楼把电视机抱到班里，等看完了新闻联播，再还回去。那小小的黑白电视机也不重，就算轮到女同学值日，也不会有什么问题。

　　郭东和电视机一直不出现，再这么等下去，等到团学委的同学来检查看电视的情况，就要被扣纪律分了。体育委员任耀飞飞奔到办公楼，把电视机抱来了。刚把电视机打开，团学委的检查队便到了，真是惊险呢。

　　郭东还是没有出现。

　　"天呐，郭东是不是去邋遢王国了？"有人冒出这么一句。

　　"我倒是希望他去邋遢王国当国王，再也不要回来。"柳婷婷嘀咕道。

　　郭东可不是一般的邋遢。他要么把臭脚从运动鞋里解放出来，熏得大家简直不能呼吸；他要么跑得满头大汗，头顶冒着热气，然后一不小心把头在柳婷婷的衣服上蹭一下，吓得柳婷婷跳起来尖叫；他要么满脸满手都是墨汁，而且还张牙舞爪地吓唬柳婷婷……

　　有一次，郭东把红色的颜料洒在了柳婷婷的椅子上，不知道他是有意还是无意的，反正就是没有及时把椅子清理干净。柳婷婷进教室里来，一屁股坐下去，最后的结果是柳婷婷气得直哭，还是在吴亚妮外套的掩护下才回了寝室。

　　郭东到底到哪里去了呢？

　　后来，宦德宽给大家揭晓了答案。今天的大扫除，男生寝室107被扣了分，郭东不服气，说生活老师偏心，他甚至激动得一时牛脾气上来，要去公示栏那里擦掉被扣的分数。结果，他被逮进了德体处,耽搁了抱电视机,还被柳主任做了半个小时的思想工作,等他平静下来,那可真是如坐针毡啊,因为他也知道:抱电视机迟到了,要被扣纪律分;如果班上没有收看新闻联播,也要被扣纪律分。

就在这一天里,邋遢大王遭遇了他开学以来最大的打击:清洁被扣了分,被逮进德体处接受了思想教育,个人操行也被扣了分。柳主任还警告他:周末去把头发理了。就是说,他还得节约几角钱的菜票来理个发。这事儿对班级来说也是重大损失:下个月,清洁流动红旗和纪律流动红旗都可能保不住了,除非别的班级被扣了更多的分。

以下的情节,是宦德宽绘声绘色地讲给大家听的,我只作了记录而已。

郭东垂头丧气地到高老师那里去作检讨。高老师并没有过多地批评郭东,只是对他说:"知道错就好,你总要经历一些事情才能长大。"

临走的时候,高老师对郭东说:"郭东,你有没有觉得要做一点什么来弥补你的过错?"

郭东使劲地点着头,像鸡啄米一般。高老师笑了,他说:"光点头有什么用啊?你很聪明,去做一件你觉得应该做的事情吧。扣分的事,就不要再放在心上了。"

郭东从高老师那里回来后,就琢磨着应该做一件什么事情,来弥补自己的过错。

该做什么事情呢?郭东绞尽脑汁想啊想……他想做一件大家都没有做过的有意义的事情。

郭东突然想起了一件事。深秋时节,同学们洗的衣服晾在狭小的空间里，根本就不容易干。男生寝室的衣服都是挂在靠近厕所那边的过道上，女生寝室的衣服都是挂在寝室门外的那一小段屋檐下，衣服与衣服之间挨挨挤挤，真有密不透风的感觉。同学们的衣服都不多，有些同学只有两套换着穿，家庭经济宽裕的同学会有三套衣服换着穿，所以，每当身上的衣服都穿脏了，晾着的衣服却还没有干，很是让人着急。家里有脱水机的柳婷婷便向高老师提议，班上可以买一台脱水机。于是，高老师召开班委扩大会，小组长和科代表们也参加了，会议上，大家议了买脱水机的事情，最后一致决定：买。

吴亚妮带着班委们到白沙街上去看脱水机的价格，九十几元能买一台中等价位的脱水机。于是，高老师让同学们每人出两元钱，不够的钱由他来补贴。

班里有一个同学没有出钱，他是田政，家境贫寒，平时他都不会回家，就是为了节约回家的路费。他平时买学习用具的钱，也基本是从菜票中节约出来的。田政因为没有出钱，所以，他也就没有拿衣服到高老师那里去脱水，哪怕高老师和同学们都一再请田政洗了衣服拿去脱水，他还是固执地坚持着，不去。

想到这些，郭东笑了，他有了主意。

一天中午，田政去上厕所的时候发现自己刚洗好晾上去不一会儿的衣服竟然不翼而飞了。这可急坏了他：就只有两套衣服换着穿，现在不见了一套，拿什么来换洗？急坏了的田政以为自己记错了，他把挂衣服的地方仔仔细细地找了一遍，还是没有找到他的衣服。田政不甘心，他沿着楼层往上找，一直找到四楼，也没有找到他的衣服。田政又以为自己惹了谁不高兴，把他的衣服给扔到后院去了，他又到后院去找了一遍，还是没有找到他的衣服。

"田政，你在找什么呢？该进教室上写字课了。"郭东在寝室门口，一边锁寝室门，一边对垂头丧气的田政说。

"你先去吧，我再找找。"田政说这话的时候，简直都快要哭了。

"你在找什么呢？"郭东问。

"我的衣服不见了。"田政说。

"不会吧？走，我们去看看。"郭东说完，拉着田政往晾衣服的地方走。

咦，这是怎么一回事？田政的衣服好好地挂在那里呢。田政使劲地揉了揉眼睛，一副不相信的样子。

"这是你的衣服，我认识。"郭东说，"都在呢，不用再在这里守着了，赶紧去教室，快上写字课了。"

郭东和田政一前一后地往教室走。郭东在前面偷笑，田政在后面纳闷儿。

没过几天，同样的事情又发生了一次。也是起先发现刚晾上去的湿衣服不见了，田政又寻找了一圈，当他在寝室里纳闷儿了一阵后，再去上厕所，发现衣服又挂在原地了。田政一边扯着衣角一边想："这是怎么回事呢？是我的眼睛出了问题吗？"这一拉不打紧，田政发现，衣服竟然快干了。按往常的情况，这个时候的衣服应该还在滴水才对呀，怎么会快要干了呢？

田政并不傻，他很快就和班里的脱水机联系上了。田政决定查出个究竟来。

星期天，田政洗了衣服，晾好后，便离开了寝室。他飞快地跑到荷花池边上，站在能看得见自己刚晾衣服的地方，守株待兔。

很快，兔子就出现了。郭东用晾衣叉取下田政的湿衣服，放进了水桶里，转身便跑。不一会儿，田政看见郭东跑出了男生院，朝高老师所住的临江院跑去。田政不用跟上去，便知道接下来要发生什么：郭东把他的衣服拿到高老师那里去，脱过了水，再拿到老地方晾好。

的确是这样的，等郭东再次回到男生院后不久，田政发现自己的衣服又晾上了，一摸，都快干了。

田政为自己的吝啬感到内疚：就因为自己舍不得那两元钱，让同学绞尽脑汁来帮助自己。他从菜票中拿出两元来，装进了自己用画纸折成的信封里，里面还装了一张纸条：

高老师，这是我交的买脱水机的钱，请您收下。以后，我每次洗完了衣服都来脱水。谢谢您！

高老师在门缝下面发现了装有信和菜票的信封，他原本不想收下田政的钱，但他又一想：如果把钱还给田政，还要说服他每次都来脱水，一定会伤害到他的自尊心。于是，高老师收下了田政这两元钱。

一周后，高老师找到田政，问他愿不愿意靠勤工俭学来挣点买学习用品的钱。田政是个能够吃苦耐劳的同学，他当然愿意。高老师把田政带到学校食堂，把他交给了食堂的刘团长和袁团长，星期天的时候，这两位团长会安排田政到食堂里做大扫除、扫地、抹灶、洗炊具，见事做事，靠劳动来获得买学习用品的钱，这于田政来说，完全是一件大好事。

郭东的做法也得到了高老师的表扬。高老师说："郭东，你真是人小鬼大啊。"

我也一直想为田政做点什么。虽然我的家庭经济也不宽裕，但爸爸妈妈会尽量给我一点零花钱，而且，我的饭票也吃不完，完全可以拿一些给田政。田政如果仅靠学校补助的饭票来过生活，一定有饿肚子的时候，因为男生的饭量通常比女生的大。我把我的想法告诉给李心雨后，李心雨说她也有着和我同样的想法。

可是，怎么才能把我们省下来的饭票送给田政呢？

"不可能直接给他吧？"我说。

"不可能，这样会伤害他的自尊心。"李心雨说。

"我发现田政把饭票夹在一本书里。要不，我们把饭票给他夹进书里吧，这样他不会发现。"我说。

"嗯，这是个好主意。然后，田政会发现，这票怎么越吃越多呢？嘻嘻嘻！"李心雨在畅想田政的饭票吃不完的情景了。

课外活动时间，我和李心雨冒着迟到的危险，在同学们都离开教室后，来到了田政的座位上，找啊找，找到了他放饭票的那本书。正当我准备把饭票夹进田政的书里的时候，吴亚妮进来了。

"你们俩……"吴亚妮见我们俩鬼鬼祟祟的样子，她一边说，一边朝我们这边走来。

天啊，我感觉我的手在发抖。这一抖，手上的饭票竟然掉在了地上，因为紧张，我又不敢弯腰去捡。我就这么看着吴亚妮来到了我们身边。

"你们……"吴亚妮看了看李心雨手中那本还夹着饭票的书，看了看从我手中滑落到地上的饭票，又看了看我们俩不知所措的样子，说，"你们俩……我没有看错吧？"

完蛋了完蛋了，班长一定是认为我和李心雨合伙来偷田政的饭票。这可怎么解释得清楚啊？

"鸭梨班长,你不要想太多了。"李心雨比我镇静,她说,"我们是想给田政一些饭票,又怕他不好意思要,便想悄悄地放进来。"

吴亚妮看了看李心雨,又看了看我。我赶紧点头说:"是的是的,这些都是我们省下来的饭票。"我一边说,一边把地上的饭票捡起来,递给李心雨,李心雨把它们夹进了田政的书里。

吴亚妮相信了我们。但我们还是很紧张,正因为如此,我们在离开的时候,还是有一张饭票从田政的书里滑落出来,落到了田政的椅子上,才又发生了后面的事情。

课外活动结束后,同学们都陆续回到教室或寝室,拿饭菜票,拿碗勺,进攻食堂。田政回到座位上,发现椅子上躺着一张饭票,他很紧张,念叨着:"哟,有耗子进我们班了?"他拿出那本夹有饭票的书,翻开来,拿出他的饭票来数。这一数,更让他吃惊,饭票不但没有少,而且比昨天数的时候多出了几张来。

田政的同桌马长芬见田政一脸的疑惑,在问明白了原因后,她笑着说:"田政,你肯定是遇上田螺姑娘了,教室里不能做饭,她便给你送了饭票来,你真幸福啊!"

马长芬说到田螺姑娘,田政的脸红了,他担心大家说他谈恋爱了,便赶紧说:"肯定是我昨天数错了,票应该没有多。"

11. 夜行侠被捉拿归案

期末考试前夕,同学们都很紧张。听高年级的师兄师姐们说:

"到热炒热卖的时间了，平时觉得不够扎实的，赶紧熬夜吧，文科需要'贝多芬'（背多分），理科就只能是各种题型都复习一下了。"同学们都投入到了紧张的期末复习中。

女生院里挑灯夜战的人可不少，但生活老师汪老师却管得非常严格，她时不时会从值班室里出来，给大家一个突然袭击，把蜡烛给收走，汪老师一再强调："不要点蜡烛啊，小心火灾啊。"女生院是老式建筑，屋顶全是木质的柱啊梁啊椽啊檩啊，都是遇火就燃，真是不能见火啊。寝室外屋檐下的灯光也很昏暗，不适合看书，而且，在这寒冷的冬天里，深夜在室外看书会非常冷，但大家也只能将就了。还有极少数女生把书拿到后院的厕所里、澡堂里去看。为了期末能出个好成绩来，大家也真是拼命。

听说男生院也有同样的风景。男生们用毯子把窗户遮挡起来，这样在寝室里点蜡烛外面就看不见。男生寝室的巷道，也常常是挤满了夜战的同学，一旦遇上值周老师或生活老师来查，便能听得见巷道里急促而杂乱的脚步声和关寝室门的声音。

据说刘长发还深夜闹鬼，吓得109寝室的男生们恨不得给他的嘴贴上胶带。原因是这样的，刘长发平时学得很扎实，只要是用试卷来考试的科目，他都不会害怕。然而，他最怕的是音乐考试中需要唱出来的小科目，比如视唱、节奏、唱一支歌，这便成了他的软肋。晚上，挑灯夜战的同学们基本是在背书或做题，只有刘长发，手里拿的是音乐书，一边画着不那么圆润的节拍一边唱着五线谱。

"老兄，调子定错了。"有人提醒刘长发。

"噢，难怪唱不走啊。"刘长发很认真地回答道。

一天深夜，109寝室里突然传出歌声，这歌声并不动听，跑调跑得非常厉害。这刘长发呀,就是在梦里唱歌也跑调。这跑调的声音太夸张,把另外几个男生都惊醒了。大家嘀咕了几句,又相继睡去。可是,不知什么时候,刘长发又在梦中唱起了歌,这次跑调跑得更加厉害,调子很高,嗓门很大,跟鬼哭狼嚎一般。

"拿胶带来。"任耀飞急了,压低了声音喊道。

"拿胶带做什么?"室长秦岭莫明其妙地问。

"把嘴给他封上。"任耀飞说。

第二天,109寝室的男生们在班里讲这件事的时候,全班同学都哈哈大笑。郭东又唱起了那首歌:"刘长发,乐感差,唱歌跑调调,跑到了拉萨,去看布达拉……"

全班同学都在备战期末考试,站着坐着,走着跑着,手里都拿着一本书,一个个都跟书呆子似的。就连班里管得最宽的宦德宽同学,也不那么爱管闲事了,每当有新鲜事情发生,他总是像走路时的三步并作两步走一样,把三句并作两句甚至是一句来匆匆地讲给大家听,吊足了大家的胃口,不管你如何追问,他都不会再细细地讲,只扔给你一句:"考完再讲。"不会再多说一个字来。

宦德宽已经留过一次级了,在补考这件事情上,他再也折腾不起了。人,不能在同样的地方跌倒两次,宦德宽应该是深刻地领悟过这句话所包含的哲理。

"囊萤映雪,凿壁偷光,头悬梁锥刺股,这些古代的故事,现在都在——上演。"不管学习生活多么紧张,刘胜还是不会忘了打趣。

"没有经历过师范校的期末考试,都不足以谈学习之紧张。"杜大星说。

杜大星这话蛮有哲理的,也符合他的说话风格。

在这样紧张的阶段，黄芹也很忙碌。然而，她并不是忙着复习功课，而是忙着看小说，她悠闲地看着从马项垭小说摊上租来的小说。

"黄芹不怕补考吗？"我说。

"你别忘了人家中考成绩可是顶呱呱的，就是闭着眼睛考，也肯定科科都能及格。"李心雨说。

好吧，我的担心真有点多余，人家可能有着爱因斯坦的大脑，有过目不忘的本事，是不需要像我们这样抓紧时间复习的。

在这紧张的复习关头，也有那么几个男生忙里偷闲，为紧张而枯燥的学习生活增添了一些情趣。当然，这在同学们眼中是情趣，在领导和老师们的眼中，却是添乱，惹麻烦，违反纪律。

我们班的刘胜、李少培、吴华伦结伴出去偷广柑和甘蔗，被人家逮住，送到了德体处办公室。接待他们的，除了有德体处的柳主任，还有分管学生工作的神探亨特儿校长。

"是星期三晚上出去的？"亨特儿校长问。

"星期二晚上。"

"星期四晚上。"

李少培和吴华伦同时脱口而出。

刘胜瞪了李少培和吴华伦，眼神里有埋怨他们乱答话的意思。

"嗯，至少出去了两天晚上。"亨特儿校长说，"还有一个没搭腔，估计至少出去了三天晚上。"

亨特儿校长毕竟是神探，什么样的"疑犯"只要经过他一审，立马露马脚。

面对亨特儿校长那鹰一般犀利的眼神，刘胜、李少培和吴华伦只有招供。他们结伴出去偷甘蔗，偷广柑，之前还出去偷过黄瓜。

他们一般是在地里吃，然后顺便带一点回来分给寝室的同学。当然，前提是全寝室一定要保守这个秘密，否则，秘密一旦泄露，便不可能再有好吃的了。在这个物质匮乏的时代，同学们都没有多少可以买零食的钱，甘蔗、广柑、黄瓜之类的东西便能很好地解馋，还可以填饱肚子。这一次，他们原本也可以顺利溜掉，但因为吴华伦贪心，说多带一点甘蔗回来，这几天就好好复习，不再出来了，正当他们拖着一捆甘蔗准备离开的时候，一条狗竟然叫了起来……

"都是贪心惹的祸。"刘胜事后说。

三位"夜行侠"除了被扣纪律分外，还被亨特儿校长勒令去给农户赔礼道歉，如果农户要求他们赔偿，他们也得赔。农户说，大片的甘蔗和广柑，正大光明地吃一点没关系，但一定不能悄悄地拿，这种行为就是"偷"，不光彩。农户也没有让他们赔偿。为了惩罚他们，亨特儿校长勒令他们三人周末去帮农户砍甘蔗摘广柑，将功抵过。

星期天，听说刘胜、李少培和吴华伦去砍甘蔗和摘广柑去了，同学们都觉得很稀奇。

"早知道，我也出去偷几天晚上，直到被逮住。"郭东说。

"哈哈哈！"

在教室里做作业的同学们都笑了，算是给紧张的学习生活解个闷吧。

"你们就笑吧，只怕那三个做苦工的会哭着鼻子回来。"柳婷婷说。

话说，刘胜、李少培和吴华伦砍甘蔗和摘广柑回来，并没有如柳婷婷说的那样哭着回来，他们可开心了，特别是刘胜，还唾沫横飞地给大家讲砍甘蔗和摘广柑的乐趣。

"累了,就坐下来啃几嘴甘蔗。"李少培说。

"挑最大最红的广柑吃,双手一用劲儿,'哧溜'一声,广柑被分成两块,再分,成四块,吃进嘴里,那个甜啊,没法儿告诉你们。"吴华伦说这话的时候,仿佛刚把广柑吃进嘴里一样,说完话后,还舔了舔嘴。

"既然这么有意思,明年西瓜成熟的时候,不要放过偷西瓜的机会。"宦德宽给出一个建议。

"好,我也提前预定加入摘瓜队伍。"郭东说。

"可以,到时候只怕不是让你摘瓜,而让你挑瓜。"杜大星说。

"呀呀呀,我得使劲锻炼身体,让身高长起来,让肌肉强壮起来,让肩膀厚实起来。"郭东说完朝操场跑去。

我和李心雨没有加入讨论的行列,但我们私下和刘胜他们商量,让他们在下个星期天带我们去砍甘蔗和摘广柑。

"你们拿过刀没有?"刘胜假装把我们当成城市姑娘,瞧他那副似笑非笑的样子,让人又气又笑。

"你看我们这土模样,像是在城市里长大的吗?"李心雨问刘胜。

刘胜假装打量了我和李心雨,说:"嗯,不像。没有在劳动课上穿雪白的长裙,没有在体育课的时候穿尖尖的高跟鞋,没有在做卫生的时候也用兰花指……的确是不像。"

"嘻嘻嘻——"我和李心雨都忍不住笑了。

"你们就不怕刀不长眼,往手上砍?"李少培问我们。

我把手伸到李少培面前,说:"你看吧,我这双手,不知道被刀砍过多少次呢。"

"宰猪草，割牛草，切菜，我们哪样不会做啊！"李心雨说。

"打坏烧杯的事情，一定不能做。"刘胜又打趣。

"我和心雨两个人加起来都打不过李少培，放心好了。"我说。

"广柑树上有刺，还要爬树，你们怕吗？"吴华伦也问。

"我在广柑林中长大，你说我会怕刺吗？你说我会怕爬树吗？"我笑着说，"小时候，我们喜欢选一棵大的广柑树，用红领巾蒙着眼睛，在树上捉迷藏，一个不小心，就听见'砰'的一声，不知道谁又从树上滑落，摔到地上去了。还好，没有人被摔得缺胳膊少腿儿。"

经过了他们的考验，他们同意带我们去砍甘蔗和摘广柑。

然而，令我们傻眼的是：到了目的地，我们才发现，黄芹也跟来了。她呀，就是爱做一些让人意想不到的事情。

可别看黄芹平日里一副弱不禁风的样子，砍起甘蔗来，却不比我和李心雨差，动作不比我们慢，力气不比我们小。我发现，甘蔗林中的黄芹远比校园里的黄芹让人喜爱。干累了，她脱下棉衣，露出了瘦小的毛衣和瘦削的身躯，难得一见的红扑扑的脸蛋，惹人爱怜。

"黄芹，你在家里做这样的事吗？"我问她。

"不。"

"噢。我可是经常做。爸爸妈妈忙的时候我是必须做，爸爸妈妈不忙的时候，妈妈也会分一点给我做，说让我学做事，不长成一个懒姑娘。"我说。

"他们只让我学习，我找事情做就像偷东西一样困难。"黄芹说。

摘广柑的时候，黄芹不小心从广柑树上摔下来了。我们赶紧围过去想要扶起她的时候，发现她竟然笑了。这是好难得的笑啊！这笑容里，没有累，没有苦，没有悲，没有诡异。在校园里，她从来没有给过我们这样的笑。

见黄芹没有受伤，大家才放下心来，重新投入劳动。

我们的劳动让农户很高兴，临走的时候，他们给了我们一些甘蔗和广柑，让我们带回学校，分给同学们吃，还告诉我们，要期末考试了，下周就不用去劳动了，好好学习，考出好成绩。这让我们很感动。

在回家的路上，黄芹对我说："我就想到农村去劳动。"

我思绪万千，不知道该对黄芹说点什么。

在期末考试的前一周，杜大星从学校总务处领了一些特殊的餐票回来，每位同学都有一份。大家用这份餐票，在食堂里吃到了一份非常丰盛的午餐，有红烧肉、烧白、丸子、夹沙肉等。这样丰盛的午餐，多数女生都吃不完，大家会从食堂里打回来和男生们一起分享。教室里，花台旁，假山前，林荫下……都是同学们津津有味地分享美味的身影。

在经历了一番挑灯夜战后，终于迎来了期末考试。师范校的期末考试极为严格，同学们按学号排座位，被分配到不同的教室，单人单桌，监考老师会非常严肃地坐在讲台上宣布考场纪律，还时不时下来走动，巡视，警告那些有作弊动机的学生。

考试结束，同学们纷纷涌向白沙，有的去码头坐轮船直接回家，有的坐船到白沙对面的滩盘再坐火车回家，有的在白沙汽车站坐汽车回家，最令人羡慕的是那些离学校近到可以靠走路回家的同学，他们总是不紧不慢地,骄傲自豪地目送我们这些要涌往白沙,要去排队买票的同学。

公共汽车在乡间公路上飞奔,颠簸得很厉害。我倚着玻璃窗,望着窗外的田野,思绪万千。一学期的中师生活结束了,我经历了些什么?我学到了些什么?

我想,我经历了自己与自己的战争,当初进师范校的时候,眼见着优秀的同学们,我产生了些许自卑。渐渐地,我找回了自信,相信自己通过努力不会比别人差。普通话,我学得比很多同学都好,在小测试中拿过满分,还被夏老师请到台上朗诵过散文篇章。美术课重点是素描和美术字,素描我拿过九十八分的高分,被美术老师请到黑板上去用排笔演示过美术字。三笔字,我虽然不能和我的同桌杜大星比,但在班上应该也属中上等水平。我虽然没有像李心雨一样参加文学社,但我跟她一起进图书馆借书读,我的作文水平也有所提高。我相信,我虽然不是最好的,但我绝对算得上是最努力的同学之一。

在生活上,因为师范校严格的军事化管理,我学会了自立与自律,自己能做的事情自己做,自己不会做的事情也必须学着做,时刻以学校的标准严格要求自己,用高老师的话来说就叫"高标准严要求"。

在学校里,认识了这么多严格要求我们的博学多才的老师,认识了这么多同学,真是人生的一大笔财富。我是一个很普通的女生,我努力向老师和同学们学习他们的优点,让自己每天都有一点点进步。我想,三年以后,我一定会成为一名合格甚至是优秀的人民教师。此刻,我小声地哼起了《江津师范校歌》:"驴溪岛上的儿女,前进前进前进，向着灿烂的朝阳，献出对人民教育的忠诚。我们生活在母亲的怀抱，牢记战斗的光荣历史，热爱教育勤奋学习，团结友爱俭朴求实……"

我身边坐着的也是师范校的学生，看样子应该是高年级的师姐吧，她也和我一起轻声地哼唱着校歌："……为了建设四化，我们要用心血浇灌千万棵桃李，为了祖国的明天，我们要永远做个光荣的人民教师。驴溪岛上的儿女，前进前进前进，跟着中国共产党，奔向共产主义，共产主义前程。"

我坐了两个小时的公共汽车，再走四五十分钟的路，便又回到家里了。爸爸妈妈自然非常高兴。最大的广柑为我留着。我拿出小刀来削皮，从头到尾都不会断，这是我自小练就的绝活儿。分出一些来递给爸爸，爸爸说他不吃，递给妈妈，妈妈也说不吃。最肥的鸭子为我留着。妈妈依旧做了她最拿手的魔芋烧鸭子，还是那样又麻又辣又香，用妈妈的话来说就是："香得连舌头都吞下去了。"

回到家里的第二天，一大早，天还没有亮，我就醒来，再也睡不着了。在师范校里，除了星期天，每天早上都是六点多就起床到操场锻炼身体，已经养成了习惯。我想，反正醒着也是醒着，干脆起床去跑步吧。我穿上运动鞋，只穿了毛衣，便出门跑步去了。

我跑过了一段青石板路，便跑到了公路上。我沿着公路，跑到了我上过六年小学的母校，停下来看了看，便又往回跑。快到离家最近的小站的时候，一辆公共汽车从身后驶来，我脑子里闪过一个念头：和公共汽车赛跑，看谁先跑到小站。我的两条腿终究是敌不过四个轮子的汽车，当它从我身边驶过的时候，我听到了刹车减速的声音，回头一看，司机叔叔从驾驶室探出脑袋，大声地对我说：

"不要跑了,上车吧。"

哈哈,司机叔叔以为我是跑往小站坐车呢,竟然好心地为我停车。

我大声地对司机叔叔说:"叔叔,我不坐车,我跑步。"

司机叔叔冲着我笑了笑,便开着车走了。

司机叔叔的这份善良,在我的心间开出了花来。我相信,这朵善良之花,会永远绽放在我的生命长河中。

第二章 伤离别

1. 熬通宵，战补考

当农村的年味儿还很浓的时候，我们开学了。

我进到寝室的时候，李心雨也刚到，她扯了扯我的衣服，高兴地说："呀，小月，你这身衣裳真漂亮！"

我身上穿的这套灯芯绒衣裤（深绿色衣服，黑色长裤），是过年的时候妈妈为我添置的。在农村，穿灯芯绒外套算是极为奢侈的了。

"哇，这套也是新衣服，比你身上穿这身更漂亮！"李心雨摸着我刚拿出来的一套卡其布做的衣裤（红色衣服，深蓝色长裤），羡慕极了。

这个寒假，妈妈为我添置了两套新衣服：一套灯芯绒衣裤，一套卡其布衣裤。

"我说一套就够了，妈妈非要置两套。"我说。

李心雨也把她的新衣服拿出来给我看，一种很厚实的我说不出来的布料，一摸就知道穿着很暖和。

"说是毛料，具体叫什么我也不知道。"李心雨说，"奶奶自己都没有添新衣裳，我很过意不去。"

"等我工作了，第一个月的工资拿来给爸妈添新衣裳。"我说。

"我也是这么想的。我还想给奶奶买好多东西。可是,听说当老师的工资很少啊,只有几十块钱。"李心雨说。

"有几十块钱也不错,总比我爸妈现在挣得多。"我说。

是呀,我爸爸在做完农活后,会去给坡顶上的商店下力(下力:给别人挑东西,挣力气钱),非常吃力地挑一担货物到坡顶,才挣几角钱。几十块钱的工资,我爸爸得挑多少担重物上坡才能挣到?

"唉,我爸妈都说了,将来呀,我那几十块钱的工资,就当是我的零花钱了,他们也不指望我拿这个钱来做什么大事儿。"是柳婷婷的声音。

我和李心雨都没有说话,安静地收拾自己的床铺。突然,我像想起了什么一样,从寒假里读的一本书里拿出一样东西,放在李心雨的床上。

"呀!谢谢你!"李心雨压低了声音,高兴地说。

寒假的时候,我用细毛线钩了两枚树叶形的书签,送了一枚给李心雨。李心雨爱看书,她一定会喜欢这枚毛线书签。

新学期开学的第二天,便是白沙古镇闹元宵活动。

午饭后,我们一年级全体同学在操场集合,神探亨特儿宣布了一件让大家极为兴奋的事情:下午和晚上到白沙街上去看闹元宵,要求各班主任必须跟队,各班分为若干小组,小组长随时清点人数,值周老师随时抽查各班人数,并严格执行扣分制度。

我们全班在操场上整队集合,有序地朝白沙走去。

下午的演出,主要有金钱板、川剧变脸、踩高跷、打莲枪等,特别是舞龙队、舞凤队,让整个场上充满了节日的气氛。我最喜欢看的是金钱板,我对那三块南竹板很感兴趣。这三块南竹板长约30

厘米、宽约 3.3 厘米、厚约 0.5 厘米，其中两块南竹板上镶嵌有小铜钱或者是金属片，表演时能击出铿锵有力的乐音。

老人正在唱《梁山一百单八将》。这首唱词我并不熟悉，我对李心雨说："我只记得两句：'梁山寨一百单八将，一个更比一个强。'后面的就记不得了。"

"梁山一百单八将，一个更比一个强。三十六把金交椅，上坐三十六天罡。"

呀，竟然有人在我身后唱了起来。回头一看，是杜大星。

"呀，老杜，你真是身怀绝技呀。"李心雨笑着说。

"老夫啥都唱不好，单单会唱这一曲《梁山一百单八将》，哈哈哈！"杜大星笑着说。

踩高跷也是男女老幼都非常喜欢的节目。你看，那些身穿戏装的人，踩着高跷，唱歌，跳舞，扮鬼脸。

丁小章跟着高跷而来，看她脸上的兴奋劲儿，她应该是极爱这高跷。

"你们知道踩高跷的历史吗？"丁小章问。

"不知道。"我摇了摇头。李心雨也摇了摇头。

"有两种传说。"丁小章说，"晏婴知道吧？身材矮小的晏子要出使邻国，怕人家笑他身材矮小，便装了一双长长的木腿，让自己显得高大。第二种传说：在一个叫金城的县城里，城里城外的老百姓非常友好，他们每到春节都要办社火，相互祝福，一个贪财的官员要求进出城办社火的人都要交三钱银子，若是不交，就出不了城也进不了城。聪明的人们便踩着高跷翻城墙，过护城河，继续着他们的欢乐。"

呀，丁小章知道得可真多。

"不过，关于高跷的起源，却不是像传说中那样讲的。"丁小章说，"历史学家考证，高跷的起源，与原始氏族的图腾以及渔民的捕鱼生活有关，比如，尧舜时期的丹朱氏族，他们的图腾是鹤，所以在祭祀时踩着高跷模仿鹤跳舞……"

"其实，关于高跷的起源，在《山海经》里也有记述。"一个熟悉的声音在耳边响起。是夏开源老师。夏老师接着说："'长股国'有'长脚人常负长臂人入海中捕鱼也'。现在，沿海的渔民也有踩着木跷在浅海撒网捕鱼的习俗……"

夏老师在讲这些的时候，丁小章两眼放光，极为兴奋地盯着夏老师。

"夏老师，您也对闹元宵感兴趣吗？"我说，"我以为您只关注普通话呢。"

夏老师笑了笑，说："民俗文化，也是历史文化。不管哪一种民俗文化，都会有它悠久的历史，即使是新近产生的民风民俗，也会成为将来的历史。"

成为将来的历史，这话简单，却也复杂。

这时候，花船队来了。摇着花船的老头子正在扮演小丑角色，他假装把要献给老太婆的花给弄丢了，捡也捡不到，脸上变换着各种表情：伤心、愤怒、调皮、高兴等，惹得大家都笑了。

"去不去猜灯谜？有奖励啊。"高老师挤到我们面前说。

奖励都是次要的，"猜灯谜"这三个字有足够的吸引力。

"走！"杜大星大声说。

猜灯谜也挺有意思。颜色和形状各异的灯笼上，粘贴着一个个灯谜，把猜中的灯谜揭下来，便可以拿到工作人员那里去领奖品。主办方根据灯谜的难易设置了不同的奖品，有棒棒糖、明信片、书签、铅笔、橡皮擦、笔记本等。

"一群滚圆小胖胖，细皮白肉真健康，白沙滩上打个滚，清水池中走一趟。打一食物。"李心雨念道。

"这个我揭下了。"李心雨刚念完，杜大星便把它揭下来了。

杜大星对猜灯谜拿奖有经验，他说："我们分头找自己能猜的灯谜吧，这样可以多拿到一些奖品。"

杜大星这个主意的确不错，我们便分头寻找自己能猜出来的灯谜。

最后，我们在领奖品处碰头的时候，杜大星揭来的谜面有二十几个，比我和李心雨多。这时候，我不得不承认，杜大星的知识面比我们广。

夜幕降临，元宵节的重头戏到来了——打铁水、放礼花、舞龙炸龙，将元宵节的气氛推向高潮。古街上锣鼓喧天，炮竹齐放，礼花升空，铁水艺人们打出的铁水礼花，在空中朵朵绽放。舞龙队在鞭炮声、掌声、尖叫声和欢呼声中穿梭，人们纷纷把点燃的鞭炮朝龙身扔去，舞龙队尽量想办法避开这些威力有大有小的鞭炮，真是既快乐又惊险，人们都处在一片欢乐的海洋里。我不禁想到一句诗："火树银花不夜天。"

闹元宵结束后，我们整队回到了学校。寝室里，同学们都很兴奋，都在滔滔不绝地谈论着在元宵节上的见闻。

"唉，欢喜不知愁来到啊。"邝琳玲重重地叹了一口气。

"这么热闹的元宵节，你叹什么气呢？"我问邝琳玲。

"补考啊补考，该死的体育，要补考啊，呜呜呜——"邝琳玲一边说，一边假装哭着，表示悲伤的心情。

"天啊，你不要提补考好不好！"柳婷婷这声音，有几分娇滴滴，又有几分气愤。

"柳婷婷，你补考几科呀？"顾大英问。

"两科，两科啊！差一科就三科了。该死的数学和生物！"柳婷婷说。

"数学可以该死，但生物可不能死哦。"顾大英笑着说。

"为什么？它让我补考了，就该死。"柳婷婷生气地说。

"生物该死？如果生物都死了，你和我，还有我们大家，都没活路了。"顾大英说。

"哈哈哈！"大家都笑了起来。

"我竟然补考两科，真该死！"柳婷婷不知道是在骂自己还是骂别的什么。

"上次，那个管得宽留级到我们班来的时候，好像有谁说闭着眼睛考也不会不及格。"丁小章说。

"就是柳婷婷说的。"杨雁在这关键时刻冒出这么一句来。

刚才还叽叽喳喳吵闹着笑着的同学们都不说话了，寝室里很安静，仿佛能听得见柳婷婷心底里愤怒的声音。

熄灯了。我能感觉到，好多同学都在床上翻来覆去地睡不着，即使没有翻来覆去的同学，可能也在想着心事。我也睡不着，我在想补考的事。上学期期末考试，我有两科不及格：物理和化学。当我拿到成绩通知书的时候，我心里很难受。我归结为：没有足够重视所有科目，没有把全部精力放在学习上。

"嘎吱——"

有人打开了寝室门,并轻轻地走了出去。

"小月。"李心雨轻轻地唤着我的名字。

我挪了挪身体,把头伸到床沿下,轻轻地喊了一声:"心雨。"

"走,看书。"借着窗外透进来的灯光,我看见李心雨已经坐在床沿上了,她的手上拿着书。

李心雨也有一科补考,显得比我还着急。看来,师范校的补考在同学们眼里是一件很要命的事情。

"你们要当夜猫子的,当心啊,不要被汪老太婆给逮住了啊,那是要被扣分的啊。"顾大英小声地警告着起床出门看书的同学。

"啊,啊,啊——"有人小声地回应着顾大英,分明就是认为顾大英也学会了汪老师的口头禅"啊"。

"嘻嘻——"有人轻声地笑。

我穿了仅有的两件毛衣和两件外套(这些年都没有穿过棉衣,大冬天也是三件衣服:打底内衣、毛衣、外套),和李心雨一起出了寝室,朝我们期末考试复习时的地点——女生院后面的澡堂走去。

澡堂里已经坐了十来个人,她们都在认真地看着书,仿佛根本没有注意到我和李心雨的到来。我们选了个能照到灯光的格子间,悄悄坐下来,静静地复习要补考的科目。澡堂的格子间,仿佛专为开夜车的女生准备的,夏天虽然蚊子多了点儿,但冬天却能避风,又清静,是开夜车极好的地方。

夜,渐渐地深了。前来复习的女生相继离开澡堂,回了各自的寝室。我和李心雨也复习得差不多了。

"小月,你说,黄芹为什么不出来复习呢?"李心雨在我耳边小声地说。

"也是啊，听说黄芹也补考了两科，她却睡得很安稳，难道就不怕补考不及格吗？"我悄声说。

"也许她真的是天才，只要稍微看一下书就可以及格了。"李心雨说。

"嗯，希望她能补考及格。"我说。

"走，回寝室。"李心雨说。

我们悄悄地回了寝室。

我们班补考一科两科的同学大概有十来个，竟然还有补考三科的，他是李少培。

第二天白天的时候，刘胜打趣道："李烧杯，熬通宵的感觉可好？都得红眼病了。"

"熬通宵的感觉不错，你也可以试一试。"李少培揉了揉眼睛。

"我嘛，下学期可以小试，试一科就可以了。"刘胜说。

"补考一科也是熬，补考两科还是熬，补考三科依旧是熬，补考三科，过瘾啊！"李少培说。

"那还不如把所有的科目都补考一遍。"班长吴亚妮斜了李少培一眼。

"把每科都补考一遍，那简直是开国际玩笑，我那只饭碗别说是铁饭碗，就算是钢饭碗，也不经摔呀。"李少培说。

"知道就好。"吴亚妮说这话，算是对补考三科的李少培的警告吧。

我仔细地看了看李少培，他果然熬红了双眼，就算没有熬通宵，肯定也熬到下半夜。昨天晚上，我和李心雨也熬得很晚，早上的时间简直像打仗一样,都没有认真地看看自己的眼睛。我把头埋下去,掏出小镜子来照。

"我替你诊断过了,离红眼病还有一段距离。"同桌杜大星说。

"哼。"我轻轻地哼了一声。

杜大星拿出一个笔记本递给我,说:"这些是我的物理和化学笔记,你把这些知识点过一遍,补考肯定没有问题。"

上学期都没有发现这个笔记本,现在突然出现了这个梳理得这么详细的笔记本,我的直觉告诉我:杜大星这本笔记是为我补考准备的。

"你怎么知道我补考这两科?"我问。

"我是生活委员,不光是负责同学们吃饭这样的生活,还要负责学习生活。"杜大星一本正经地说。

我从心底里感激我的同桌——生活委员杜大星,他这本笔记帮了我的大忙,他把平时看起来深奥的知识解释得浅显易懂。

李少培也许是晚上熬得太久,白天老是不在状态。化学实验课上,他竟然不小心打翻了烧杯。

"哟哟哟,李烧杯,你把自己都打翻了,那可怎么得了?"有同学笑道。

"打翻自己没关系,只要没有打翻铁饭碗就行。"吴亚妮再一次警告李少培。

星期六晚上到星期天的补考,让补考的同学紧张得像中考一样。是呀,如果学年补考三科不及格,是要留级的。如果留级生再有三科补考不及格,就要退学。学年补考不及格的科目,要放到毕业后去补考,如果再不及格,就要推迟一年领毕业证。所以说,把补考的紧张程度说成和中考一样，不足为过吧？

补考的喜讯很快传来：我们班所有补考的同学全部通过。李少培最有意思，三科都刚好60分。

"李烧杯，你掐得真准啊，三科都刚好60分。"丁小章说。

"在化学这门学科上，数据必须严谨，来不得丝毫的误差，如果只需要1毫升，你滴出了1.5毫升，这实验就宣布失败。"李少培自豪地打着比方。

"60，就是你实验成功的数据吗？"杨雁大声问。

"60分万岁，61分浪费，你不是不知道。"李少培说。

"哼，如果老师把笔一挥，来个59分呢？那就是打破烧杯。"柳婷婷说。

"都是过去式了，再怎么如果假如假设倘若要是……都只能是假设了，都过去了。何况，在化学实验中，没有那么多的假如假设倘若要是。而且，就如你，补考的两个科目都考了八十几分，又有什么用呢？无非就是合格而已，难道还要给你评个补考优秀？"李少培笑着说。

听了李少培的话，柳婷婷把书桌上的化学书重重地摔到了地上，仿佛是把李少培摔到了地上一样解气。

如果说李少培的三科补考成绩都刚好60分让大家感到新奇，那么，黄芹补考两科都是满分，就足够让大家尖叫了。然而，同学们在悄悄地对黄芹表示叹服的同时，都装出一副不知道的样子，因为大家不知道该惊讶还是该尖叫或者是该祝贺，不管怎么做，或许都会触碰到黄芹那颗敏感的心，这是大家都不愿意的。

2. 母大虫，请讲普通话

"三笔一话"一向是师范校的亮点。新学期开学的第二周，学校开始紧抓推普工作，要求全校同学在任何场合都要说普通话，包括平时聊天、打饭等，一律不准说方言。若是有谁说方言被逮住，扣班级纪律分，还要扣个人操行分。

"哎哟哟，你是啥子地方的人哟？"刘胜说。他故意在普通话里引进了方言"啥子"。

"你信不信我立马去告你的状？"杨雁大声说。她也把"马上"说成了"立马"。

普通话课，其实也是同学们非常喜欢的课程。

"来了来了，夏老师来了，孩儿们坐好了。"郭东一边往座位上坐，一边对同学们说。

夏开源老师住临江院，我们教室的窗户就正朝着临江院那边，只要夏老师从临江院的院门走出来，我们便能看得见。夏老师如往常一样，满面春风地走进教室。

夏老师走进教室后，总喜欢微笑着用慈爱的目光把教室里的每一个同学都打量一遍，再说："上课。"

"起立。"

"老师好！"

"孩子们好！"

夏老师一开始就来了一首绕口令：

四是四，十是十，十四是十四，四十是四十。

莫把四字说成十，休将十字说成四。

若要分清四十和十四，经常练说十和四。

大家自由练了好几遍，每一遍都是捧腹大笑。接下来，夏老师要抽同学来念了。很不幸，抽到了任耀飞。

"这壶提得很准。"杜大星小声说。

"谁是壶？"我小声问。

"哪壶不开提哪壶。"杜大星说。

是的，夏老师的确是提得很准，任耀飞最怕普通话了，他张口说普通话，就像刘长发张口唱歌一样，总会让大家忍俊不禁。最终的结局，果然不出所料，任耀飞果真是语惊四座："是是是，十是十，十是是十是，四四四四四……"

"任耀飞，你在你们家排行老四啊？四四四四，老四就是老四。"夏老师笑着说，"下来加强练习，将来可别让你班上的孩子们跟着你当老四啊。"

在普通话课上，最能救急的当然要数团委书记苏杭了，他总能用一口接近标准的普通话让夏老师皱着的眉头舒展开来，然后跷着大拇指说："苏杭，你很棒！"我为什么要用"接近"这个词呢？因为苏杭的普通话虽然是班里最好的，但是和全国特级教师夏老师的普通话比起来，还差一大截呢。

夏老师是一位慈爱却又严格的老师，遇上不认真学习的同学，他先是非常严肃地瞪他（或她）一眼，既而又换上慈祥的笑容说："孩子，书到用时方恨少，趁青春年少，多学知识，长本事，别到了将来走上工作岗位后，总觉得当初学得太少了……"我们在普通话课上，既能学到与普通话有关的知识，又能学到做人的道理，还能收获到暖暖的微笑，以及如父如母般的温情。

食堂是普通话和方言夹杂得最厉害的地方，时常让大家捧腹大笑，因为有些菜名大家都只知道它的俗称，都没有研究书面语应该怎么说，再有就是，食堂的师傅说出来的普通话，会让你笑得直不起腰。

"司（师）傅，来一份藤藤儿菜（蕹菜，空心菜）。"学生把饭碗递过去。

"要得要得，藤藤儿菜一份儿。"师傅一边用方音很重的普通话说着，一边把空心菜夹进饭碗里。

"师傅，多打一点饭，我整不饱。"学生大声说。

"来，多给你舀一瓢，胀憨你。"师傅大声说。

"哈哈哈！给我来两瓢，保证胀不憨。"又一个学生故意搞笑。

整不饱，就是吃不饱。至于"胀憨"一词，还真不好给它个确切的解释，大概就是"撑破肚子"或者说是"撑成笨蛋"的意思。

这天中午打饭的时候，我和李心雨都排在黄芹的身后。

"师傅，来一份炒白菜。"黄芹说了这句普通话后，又把下一句换成了四川话，"再来一份番茄汤，多要滴滴儿汤。"

"多要滴滴儿汤"，是"多要点儿汤"的意思。

"同学，请用普通话。"食堂师傅用川普（不标准的普通话）提醒黄芹。

黄芹仿佛没有听到师傅的话，她依旧用四川话提醒师傅说："我多要滴滴儿汤。"

望着黄芹端着饭远去的背影，我和李心雨都倒吸一口气：幸好这时候推普委员不在，如果被碰上，肯定要被扣纪律分和个人操行分,期末的时候还可能会普通话这门课程不及格。

寝室里的普通话也是一道语言风景。

"喂喂喂,我的拖板儿鞋呢?"杨雁拿出她美声唱时的调子大喊。

拖板儿鞋是什么?就是拖鞋。

"我的伞呢?天气预报说明天要下雨。"我一边翻箱子一边问。

"明明是撑花儿,不要叫做伞。"李心雨笑着回答。

撑花儿是方言,听起来的确是很美好的词儿。

我想起了我们的政治老师袁老师说的:"明明叫撑花儿很好听,非得要喊它叫伞。撑花儿,在雨中撑起一朵花儿,多美的意境!把它叫成伞,所有的美感都被雨水冲走了……悄悄谈恋爱的两个同学,男同学送女同学一把撑花儿,女同学非得要说'谢谢你的伞',好吧,没过多久,他们两个就真的散了,伞啊,散……"

"嘻嘻嘻——"袁老师这话,又引来不少笑声。

"哈哈哈——"顾大英的笑声把我从袁老师的撑花儿中拉了回来,她大声说,"我的车刀终于找到了,藏在床丝丝头的。"

顾大英大笑着,很开心的样子。

车刀是什么?是车,还是刀?哈哈哈!

车刀,就是卷笔刀,削铅笔的卷笔刀。

床丝丝头,是什么?哈哈哈!

床丝丝头,就是床的角落里。

整天整天地说普通话,一开始还觉得新鲜,说着说着,让我们这些说方言长大的农村娃又开始想念方言了。

"谁去望风?"柳婷婷问。

123

"我去。"丁小章说完，便站到了寝室门口。

"抓紧时间讲话了，用我们想用的方式来讲！"林涛兴奋地说。

"小声点儿，被扣了分可不好玩儿。"室长顾大英警告大家。

也幸好班长吴亚妮不在寝室里，她抓紧时间洗衣服去了，如果她在这里，铁定不会让大家这么放肆。

有丁小章望风，又得到了顾大英的允许，大家便肆无忌惮地说起了方言，不是食堂师傅那种四川话与普通话混合起来的川普，而是正宗的四川方言。平日里，在熄灯前的这段时间里，我和李心雨都不爱大声说话，今天却和大家一起高声喧哗，用的是学校禁止的四川话。就连平时一声不吭的黄芹也一直喋喋不休地说着四川话，看来，不让说四川话，她也憋不住了。

然而，欢喜不知愁来到。

"3号寝室没有说普通话啊，扣分了啊。"

天啊，汪老师的声音在我们的寝室门口回荡。

"完蛋了，恶老太婆来过了。"有人压低了声音说。

寝室里顿时安静下来，静得连呼吸的声音都能听得见。沉默了好一会儿，汪老师大概也离开了，顾大英用方言大喊："丁小章呢？丁小章，你死哪里去了？"

"母大虫，请讲普通话。"杨雁提醒着顾大英。

"3号寝室，不听招呼啊？双倍扣分了啊。"汪老师的声音又在我们的寝室门口回荡。

"天啊天啊，让我去死吧。"顾大英用普通话自责着。

"丁小章呢？望风望到哪里去了？真是不负责任。"柳婷婷埋怨道。

没有听见丁小章的声音，也没有看见丁小章的身影。

"丁小章啊，肯定是找到时光隧道，回她的前朝去了。"

"指不定又回到唐朝当妃子去了。"

"到清朝见曹雪芹去了。"

……

同学们各种打趣。

丁小章回来了，听说被扣了分，她满脸歉意地说："哎呀呀，真是不好意思，听见对面寝室有人在讨论历史问题，我就忍不住凑上去，和她们讨论了一番。"

第二天，就在女生寝室为扣分忐忑不安的时候，我们得知，男生寝室也在头一天晚上出了问题，被扣了分。宦德宽的讲述真是绘声绘色，有没有添油加醋，我们也不愿意去考究，反正好听就行。

事件发生在男生寝室109。睡觉前，任耀飞用普通话说："我真想说一句四川话啊。"

室长秦岭警告他："要说，你就把自己裹进铺盖窝里说，不要让大家听见了。"

任耀飞果真把头裹进铺盖窝里，过了一会儿，他掀开铺盖，用不标准的普通话乐呵呵地说："安逸，真安逸！"

"应该是居二，真居二。"刘长发接过任耀飞的话说。

居二是什么？居二是江津方言，有舒服、安逸的意思。

"要是居二的话，你可以在梦里说四川话。"同寝室的吴兴说，"我想，梦里头说四川话应该不会被扣分吧？"

"算了，还是不要冒险。"秦岭说。

"嘿，做梦的时候能管得住自己的嘴吗？难道还能在梦中提醒

125

自己说普通话？难道人家做梦了，你还会在一旁提醒他说普通话？"王先强笑嘻嘻地说。

"能控制住梦的人，定会成为伟人。"刘长发意味深长地说。

"我要控制自己的梦，我要努力成为伟人。"任耀飞傻笑着，还搔了搔脑袋。

然而，任耀飞并没有成为伟人。也许是白天打球太累了，还没到熄灯时间，任耀飞便睡着了。刚熄灯的时候，整个男生院都很安静，因为这个时候生活老师、值周老师、体育老师和值周学生都在巡查，哪间寝室如果有声音，一定会被扣分。在这连绣花针掉在地上都能听得见的时刻，任耀飞说梦话了，他并没有如他睡前说的那样"我要控制自己的梦，我要努力成为伟人"，他很响亮地说了一句四川话："快，快，把球传过来，传过来……"

也就在这时候，值周老师从109寝室门口经过，听到了任耀飞这响亮的四川话。

就这样，109寝室被扣了双倍的分：一是熄灯后有人讲话，二是没有说普通话。

扣分出来后，室长秦岭去找生活老师申辩，说任耀飞是在说梦话。

"梦话？"生活老师说，"刚熄灯你们就讲话，你现在来跟我讲你们讲的是梦话，我信？鬼都不信。"

秦岭在班上说这话的时候，杜大星说："也只有鬼不信。"

"嘻——"我小声地笑着。

同学们在一段时间的不适应之后，也养成了平常生活中都说普通话的习惯，如果有谁突然冒出一句四川话来，却还不习惯。

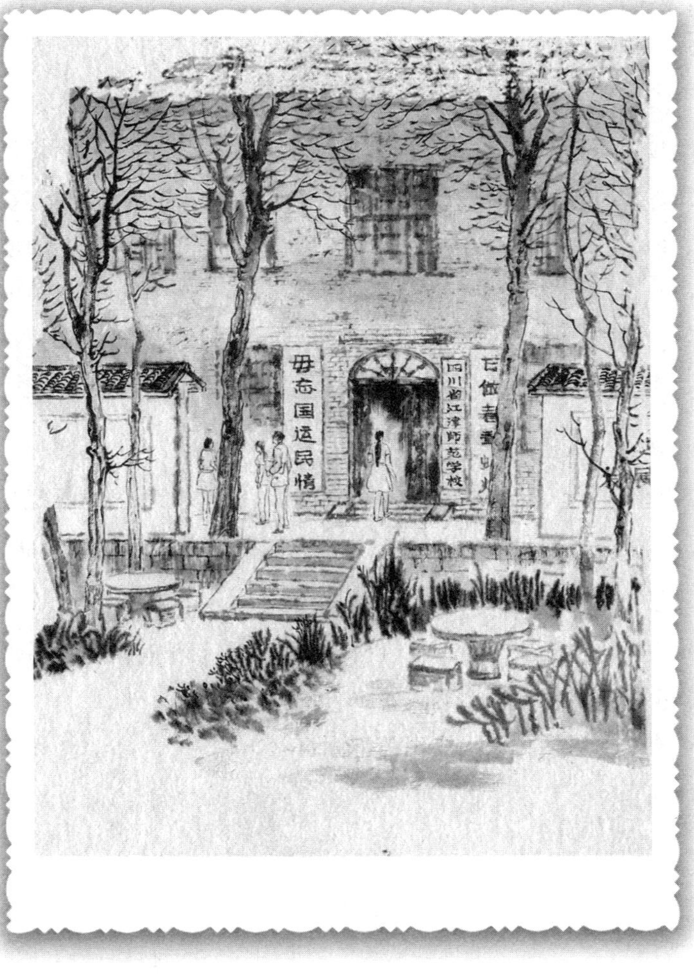
毋忘国运民情
四川省江津师范学校

3. 杀个片甲不留

　　学校要举行女子排球比赛了，我很开心，因为在所有的科目中，体育应该算是我的强项。我个子高，平时不太好动，但是我喜欢参加体育锻炼，我喜欢长跑，喜欢打排球，跳远成绩也不错。在课外活动时间里，我基本是练排球，练接球，垫球，发球等。体育老师说我有一股子拼劲，哪怕摔个狗啃泥，也要想办法把球接起来，而且要接稳接好。

　　常规的排球比赛不需要太多的准备，因为平常的体育课和课外活动，练排球的同学比较多，最多就是和队友们练习一下如何配合。

　　高老师找我谈了话："江月，我想安排你担任这次比赛的队长，你愿意吗？"

　　我心里当然是愿意的，而且非常愿意。但我没有把这种高兴说出来，也没有直接回答高老师的问题。

　　高老师说："我想，你肯定也是一个非常有集体荣誉感的好学生，选你当队长，不是你个人的荣誉，而是需要你带着队友们为班级争得荣誉……"

　　听了高老师的话，我很认真地点了点头。

　　"江月，我之所以选你当队长，除了因为你的排球打得好以外，还有一个很重要的原因：你比较冷静，比较细心。我知道你可能会担心别的同学不服从你的安排，我会让顾大英协助你，她来担任副队长，你的细心加上顾大英的大胆，我们班这支排球队一定是最优秀的。"高老师继续说，"江月，其实你有很多优点，你完全可以很自信地学习和生活,你平时显得胆小了点儿,你完全可以再放得开一些,这样,也许你能收获更多……"

从高老师的办公室出来,我的心,似乎更清朗了,我看见前方有一束亮光,一直照着前行的路。

在顾大英的帮助下,我们班的女子排球队正式成立,主力队员除了我和顾大英,还有吴亚妮、柳婷婷、杨雁和林涛,替补队员有林莉、梁德秀、苏先琴、万小琼、张英和安雨芳。

我担任排球队的队长,柳婷婷是极不服气的,她说:"就凭个子高就能当队长?我们也都不算太矮吧?要不要叫高老师来重新量一下身高呢?要说组织能力,我们这些人当中,有班委有室长,谁的组织能力会差?为什么偏偏就当不了队长呢?"

面对柳婷婷的质疑,我没有回话,只有悄悄地难过。李心雨安慰我:"小月,你现在要做的事情,不是伤心难过,而是把这支排球队管理好,调动大家的积极性,把比赛打下来,这才不辜负高老师对你的期待。"

我重新整理好心情,把排球队的名单报到了学校体育组。然而,这当中发生了一件让人哭笑不得的事情。一天,体育部长找到我,对我说:"江月,我们组织的是女子排球赛,你们怎么能报一个男同学上来呢?"

我一听,马上明白过来,体育部长把林涛当成男同学了。我赶紧解释:"林涛是女同学。"

"哦,这样啊,真是抱歉啊,我缺乏调查。"体育部长连忙道歉。

下午训练的时候,我把这事告诉给队友们,大家都笑得前俯后仰。就连绷着脸的柳婷婷,也忍不住笑着对林涛说:"林涛,这回比赛可是全靠你了,你要拿出男同学的力量来,扣杀!把对方杀个片甲不留。"

说实在的,柳婷婷除了有点小心眼外,排球的确打得不错,虽然力量小了点,但她发球知道找对方的空位与薄弱位置,一传二传都挺不错,我们这支队伍如果缺了她,还真会像折了翅膀的雄鹰一样,不能勇敢地翱翔。

今天的课外活动,我们要和六班的排球队来一场热身赛。我以为大家都会好好地对待这场热身赛,然而,柳婷婷却故意和我作对,该我的球,她非要和我抢,造成的结果是:要么是我们俩碰上了,要么是我们俩最后都没有去接,旁边的同学再去接,却来不及了。最后,我们以两分之差输了热身赛。

"什么队长啊,老是和我抢球。"柳婷婷说,"不该抢的球来抢,该接的球自己不接,有资格当队长吗?"

我也想为自己争辩一些什么,但即便是心里有想法,因为难过,嘴上也不知道该如何表达。我承认,我的确不如柳婷婷那般伶牙俐齿,我唯一能做的,就是在听完了她的连讽带嘲后,悄悄地伤心落泪。

在李心雨的建议下,我给柳婷婷写了一封信,李心雨还替我修改过。我把信放在了柳婷婷的枕头底下。

婷婷:

我冒昧地给你写这封信,不知道有没有打扰到你,也不知道有没有影响到你的心情,如果这封信让你不开心了,请你原谅我。但我还是希望你能把这封短信读完,我相信,你读完它,便能理解我的心意,对我们的友谊也会有好处。

在我的心目中,你一直是一位很优秀的同学,你长得很漂亮,舞蹈跳得好，文娱委员的工作也干得非常出色，我一直悄悄地羡慕着你，也一直在悄悄地向你学习。虽然我知道不管我如何努力，都不能像你一样优秀，但我还是愿意努力地向你学习。你的排球也打得非常好，发球很稳很准，一传二传都很到位，只要是你看准了的球，极少有失误的时候，高老师没有让你来担任队长，我想并不是因为你的排球打得不好，应该是考虑到你文娱委员的工作也比较忙，你平时还要参加舞蹈队的训练。我知道，我这个队长还不够出色，但我会努力，我也希望能得到大家的帮助，尤其是你的帮助。我答应担任这个队长，只是不想辜负高老师的期望，想为班上做点事，为班级争光。

婷婷，也许你对我在排球队的组织安排上有看法，还可能有好的建议，如果是这样的话，我希望得到你的帮助，把你的宝贵建议告诉我，让我们一起把我们班的排球队建设好，在比赛中取得好成绩。

婷婷，我很珍惜我们之间的友谊，三年的时光转瞬即逝，我希望我们在毕业后，回首这段中师生活，会为这段美好的时光而高兴，会为收获了这么多美好的友谊而开心。

……

小月
即日

我不敢确定柳婷婷会看我写给她的信，即便她看了信，我也不敢确定她会和我友好相处。

在忐忑中，又一次排球训练开始了。柳婷婷虽然没有主动来和我说话，但她对我的安排没有一点意见，在训练中也没有带任何情绪。我暗自庆幸：幸亏给柳婷婷写了一封信。

训练结束，我端着李心雨为我打的饭菜，在假山旁大口大口地吃着。

"心雨，柳婷婷应该是看了信，她今天的态度不错，虽然还是有点骄傲，但没有带一点坏情绪进来。"我悄悄地对李心雨说，"感谢你为我修改的那封信。"

"你不用谢我，你应该谢高老师。"李心雨说。

"为什么？"我不理解李心雨说的话。

"在你们训练前，我看见高老师和柳婷婷在林荫道上一边走一边说话，说不定是高老师在给柳婷婷做思想工作。"李心雨说。

"也是啊，我的信能起那么大的作用吗？我真是太高看自己了。"我说。

"你的信，再加上高老师做思想工作，才有了今天的好结果。"李心雨说。

"感谢高老师，也非常感谢你！"我说。

"你也要感谢你自己，你能想到给柳婷婷写信沟通，也很不错呢。"李心雨说。

我想，我的确是应该感谢自己。要是以前，我根本不敢给像柳婷婷这样骄傲的同学写信，经过这件事，我明白了一些道理，也觉得自己又长大了一点点。

年级排球比赛，我们班的排球队员们全力合作，相互鼓励，在紧张的角逐中险胜，获得了冠军。虽然，没有如预期的那样把对方杀得个片甲不留，但还是取得了胜利。从领奖台上下来，高老师微笑着对我说："江月，你很优秀。以后要多点自信……"

4. 两个骄傲的人

近段时间，黄芹的情况越来越不好。她要么是好几天都不说一句话，要么是突然暴跳如雷，对谁都可以莫名其妙地发一通大脾气。

最让大家同情的是黄芹的同桌李少培，他总是小心翼翼地坐在黄芹的身边，仿佛黄芹就是一颗定时炸弹，一不小心就被引爆开来，把李少培炸得四分五裂。

"喂，铅笔！"黄芹突然大吼道。

谁叫铅笔？谁也不叫铅笔。黄芹画素描需要铅笔，但她的铅笔找不到了，她便冲着李少培大吼。

李少培愣了几秒钟才明白黄芹需要铅笔，他把自己的铅笔递到黄芹的面前，那神情，简直是在伺候一个小公主。

"李少培真够可怜的。"我对李心雨说。

"其实，真正可怜的是黄芹。"李心雨说。

也是，李少培无非就是小心地应对眼前这位同桌，尽量不要让她生气，或者想办法讨她开心。而黄芹呢？她目前的这种状况，可是让老师和同学们都担心啊。她仿佛在努力地破坏着自己的形象，希望老师们不要再管她，希望同学们都不要靠近她，甚至希望学校开除她。高老师经常变着法子开导黄芹，有时候是组织班队活动让黄芹一起参加，有时候请班里的同学找黄芹聊天，有时候他自己亲自出马找黄芹谈心……总之，大家都知道，在黄芹这件事情上，高老师很费心，同学们也很努力。

我们年级开始开展15分钟试讲，为接下来到小学去见习做准备。15分钟试讲,就是在小学课本里拿一个小知识点出来,结合教学法,先写教案,然后小组试讲,也算是模拟上课吧。因为学校能提供给各班的小黑板有限,所以,我们班要分成六人小组,六人共用一块小黑板。学习委员陈小峰负责分组,同学们也可以自由组合后到陈小峰那里去登记。我们小组的成员有我、杜大星、李心雨、黄芹、李少培和柳婷婷。我很纳闷,柳婷婷为什么会被分到我们小组来呢?后来我才知道,柳婷婷私下和杨远调换,跑到我们小组来了。

"柳婷婷来我们组做什么?"我悄悄地问李心雨。

"听说她不愿意和苏杭在同一组。"李心雨说。

"啊?为什么呢?"我小声问。

"两个骄傲的人在一起,成天比赛谁更骄傲,不累吗?"李心雨轻声说。

柳婷婷和苏杭,要说有事也没什么事,要说没事却又觉得有事。我不知道别的同学有没有感觉出一点什么来,但我总感觉他们两人之间有点什么问题。

比如:在劳动挑沙的时候,苏杭总会给柳婷婷挑一担沙,但事前并不告诉柳婷婷。柳婷婷却又在看到自己完成劳动任务后不屑地说:"谁稀罕啊!"

比如:苏杭那纯正得让好多同学都羡慕的普通话从校园广播里传出来的时候,柳婷婷总是皱着眉头说:"这普通话,还差那么一点味道。"

比如:苏杭做大扫除,柳婷婷主动把饭菜给他打回来,苏杭却说:"今天食堂就吃这菜吗?不喜欢。"

……

在男同学中，苏杭算是骄傲的。在女同学中柳婷婷也算是骄傲的。这两个骄傲的人莫非真的在较劲？如果真是这样，那可真算得上是一道难题，而且可能是千古难解的题。

柳婷婷能来我们小组，我感到很高兴，并不是因为她和苏杭较劲，而是我觉得她至少没有像打排球那会儿一样和我计较。

这段时间，校园的花台旁、操场边、巷道里等，都有同学们分小组试讲的身影。我们小组固定的地点是教室外面的花台旁，一般利用中午和晚自习前的时间进行试讲，虽然每个同学只讲 15 分钟，但也可以锻炼我们的胆量、语言组织能力以及对知识点的掌握与运用。有的同学虽然平时看起来大胆，但一旦动了真格，一手拿课本一手拿粉笔站在小黑板前，却不知道该说什么才好，即便说话，也结结巴巴，完全没有了平时伶牙俐齿的样子。

"我们组的小黑板呢？"我听见苏杭在问。

"昨天是谁走的最后？连小黑板都没有带回教室吗？"苏杭他们组的林莉大声问。

我想起刚才出教室的时候，教室后排的卫生角那里有一块小黑板，正巧我要进教室去拿我的备课本，我便在拿了备课本的同时，拿着那块小黑板，走到了苏杭他们组，说："这块小黑板闲着，应该是你们小组的，先用吧。"

"谢谢你呀，江月！"苏杭很真诚地向我道谢。

"不用谢，我就是顺便。"我开心地说。

我以为我做了一件好事。

当我回到我们小组的时候，迎来的是柳婷婷那张不知道是什么表情的脸。看样子，柳婷婷在生我的气。

"砰——"

一声闷响。

我看到的是，我们小组的小黑板已经躺在花台前的那条排水沟里了。此刻，黄芹只留给我们大家一个背影，她正快步朝教室走去。

我一阵纳闷：如果说我为苏杭他们小组找到了小黑板得罪了柳婷婷，但不至于连黄芹也得罪了吧？我愣在原地，不知该如何是好。

"上课了，不要闹小情绪了。"杜大星大声说。

李少培把小黑板捡起来重新放好。李心雨拿着教案本，走到小黑板前，开始试讲："同学们，昨天我们学习了同分母分数的加法，我们先来复习一下……"

我不知道柳婷婷有没有认真听李心雨试讲，反正我是什么也没听进去。我盯着李心雨在小黑板上写的那些分数，仿佛一个也不认识，更不知道该怎样做加法。

"江月同学，认真听讲。"杜大星小声地说，"一会儿李老师提问题，你答不上来，那是要被罚站的。"

我知道杜大星是在安慰我，提醒我放下刚才的不愉快。我很感谢他。

我用眼角的余光发现，柳婷婷也并没有认真听李心雨讲课，她骄傲地看着假山顶，仿佛那上面停着一只天鹅似的。

李心雨的课刚刚讲完，黄芹出来了，因为轮到她试讲了。黄芹并没有如我们想象的那样——拒绝讲课。她讲得比我们想象的好，讲得比我们小组任何人都好。

这一轮试讲结束后，杜大星对我说："中考时的区级状元，不一样，就是不一样。"

"可是，她一直自暴自弃呢。"我说。

"她在用自暴自弃来诠释她的骄傲。"杜大星说，"从内心来讲，她比柳婷婷还骄傲。"

杜大星的话，我没太明白。我继续问："柳婷婷冲我发脾气，她并没有惹黄芹，黄芹为什么冲柳婷婷发脾气呢？"

"这个嘛，有点深奥。"杜大星慢慢地写了几个字，再停下笔，对我说，"我想，黄芹也许是在帮你，因为你可能在某个时候关心过她而且得到了她的认可。她见柳婷婷用那种脸色对你，便把小黑板扔给柳婷婷看。"

我还是没有听太明白，不过我没有再问下去。

尽管柳婷婷在和苏杭置气，尽管苏杭看起来有些不近人情，然而，后面发生的事情，却让我感觉不是这样的。

从女生寝室通往老教学楼的那条林荫道，路面是泥土，一到下雨天，便泥泞不堪，如果你穿着白网鞋，那根本不能好好走路，只得走一步看一步，甚至有下不去脚的地方。学校决定，把这条一下雨就不好走路的林荫道铺上鹅卵石，铺成一条卵石路。

铺路的任务，分配给了我们年级，各班利用劳动课时间，到江边挑选小小的鹅卵石，直径尽量控制在五厘米以内，若能小到拇指头那么小，就更好。也就是说，我们要挑选回来的鹅卵石的规格，是越小越好，这样铺出来的路才好走。于是，大家开始盼望着挑鹅卵石铺路。

终于到了劳动课，全班同学都挑着箩筐，扛着锄头，排着队，等待着生活委员下达出发的命令。杜大星给大家讲了一些劳动安全事项，还说："根据别的班级的经验与教训，挑鹅卵石比单纯的挑沙要费力得多。首先要挑选大小合适的鹅卵石，除了用锄头挖，还得用手刨，请大家用锄头的时候一定注意安全，不要挖到别人刨鹅卵石的手……"

同学们扛着锄头，挑着箩筐朝江边走去。

"哎呀，挑鹅卵石和挑沙有什么区别呢？同样是挑。"

"就是啊，反正都是到江边去挑，挑满规定的重量就行了。"

"要试了才知道。"

"我们这师范校边上啊，有三大特产。"

"哪三大特产？"

"长江水，沙，鹅卵石。"

"这三大特产，有两大特产给我们添了不少麻烦。"

"哈哈哈！"

……

同学们一边走一边讲着笑话，让从学校通往江边的这一小段路充满了欢笑。我想，大家心里都有一个美好的愿望：早日把那条林荫道铺好，早日享受脚底踩着鹅卵石的感觉。

挑鹅卵石并不如大家想象的那样简单：到了江边，把鹅卵石装进箩筐里，像挑沙一样挑到指定的地点就可以。我像以往挖沙一样，一锄头下去，结果是：锄头与鹅卵石碰撞反弹回来的力量，震疼了我的手臂，卵石还冒出了青烟，我闻到了卵石被重创后特有的烟味儿。

就在这时候，杜大星在不远处喊："快来吧，我这里刨了个坑，你们沿着坑壁慢慢刨，要轻松些。"

老杜就是老杜，他不只是会出主意，还会用实际行动来帮助我们。的确，沿着杜大星刨出来的坑壁慢慢刨慢慢掏，比我们在平地上刨啊掏的要省力得多。

刨出来的鹅卵石中，多数都是不合格的，学校要求卵石的直径在五厘米以内，这种规格的鹅卵石江边的确是多，但它们不会集中在某一处，它们总是夹杂在众多的直径大于五厘米的鹅卵石中，需要我们慢慢地刨出来。

"必须用手刨才行啊。"我蹲下身去，把那些符合规格的鹅卵石挑出来。

"肩膀上还没有感觉，手上倒是先有感觉了吧。"李心雨一边刨鹅卵石，一边说。

"而且感觉很深刻。"我苦笑道。

"快到这边来，这里小鹅卵石多一些。"杜大星在前面不远处喊。

我和李心雨赶紧赶过去。

"把不符合规格的拣出去就可以了。"杜大星一边把嵌进沙里的鹅卵石刨松，一边对我们说。

的确，这里的小鹅卵石多于大鹅卵石。我和李心雨专心地挑拣起来。

我、李心雨和杜大星齐心协力，挖着，刨着，拣着，终于把我们所能挑走的重量给凑齐了。鹅卵石真是沉啊，半箩筐就够我们挑的了。

杜大星走得比我和李心雨快，等我和李心雨挑着空空的箩筐回到江边的时候，他已经在和苏杭一起刨鹅卵石了。苏杭还一次都没有挑回学校，因为他把刨出来的符合要求的鹅卵石都给柳婷婷和别的女同学了。柳婷婷的确是娇小姐，就在刚才，我们在回江边的路上碰见她,她正坐在扁担上休息,皱着眉头擦着汗水,她埋怨道:"真是受不了!我宁可天天走稀泥路,也不愿意来刨一次鹅卵石。"

我和李心雨也心疼苏杭,把刨出来的小鹅卵石纷纷倒进苏杭的箩筐里。

"苏书记,你赶紧挑一担回学校去吧。"我说。

"你们先挑吧,我不着急,我一次会比你们挑得多。"苏杭说。

"苏书记,您老人家就不要客气了。看在这两个小女子今天这么体恤人的分儿上,您老人家就领了这份情吧。"杜大星说这话的时候,一本正经,脸上一丁点儿笑意都找不到。

苏杭看了杜大星一眼,说:"老杜,您老人家的意思是说,这两个大姑娘经常欺负您?说出来,我可以替您出口气。"

"噗——"我和李心雨都忍不住笑了。

"笑一笑,干活儿就轻松不少。"杜大星说,"玩笑归玩笑,完成任务也很重要,赶紧干活儿吧。"

我们在挑着第二担鹅卵石朝学校走的路上,见柳婷婷还在路边,她这次不是像上次那样坐在扁担上歇脚,而是直接坐在地上,一副气急败坏的样子。

"柳婷婷,你怎么了?"李心雨问。

"脚指头踢伤了。"柳婷婷小声说,脸上虽然依旧挂着骄傲的表情,但语气中却充满了委屈。

"来,我扶你去医务室吧。"李心雨伸手去扶她。

"可是,这个……"柳婷婷看着这半担鹅卵石。

"先放在这里,也不会有谁给你挑走。"李心雨说完,朝我使了个眼色。

于是，李心雨扶着柳婷婷去医务室，我挑着自己的担子往过秤的地方走。

在我返回的路上，我走得很快，我想着要去把柳婷婷放在半路的鹅卵石给挑到过秤的地方，她也算是能完成一些任务。在去的路上，我碰到了苏杭，他挑的是柳婷婷的担子，我能认得柳婷婷的箩筐。

"我来替她挑吧，你去挑你自己的。"我对苏杭说。

"不用了，你还有任务呢。"苏杭说，"她这担不重，我会很快完成任务。"

这时候，任耀飞也挑着空箩筐飞快地跑来了，他对苏杭说："柳婷婷的脚踢伤了，我们几个力气大的男生会帮她完成任务，你不要太急啊，当心闪了腰。"

"好。"苏杭应了一句，便挑着担子朝学校走去。

对挑鹅卵石这件事，黄芹表现得特别积极。

黄芹一直没有说话，也没有和谁搭档，她只管弯着腰，用锄头刨着，时不时也用手刨着，然后把符合规格的鹅卵石装进自己的箩筐里。我还发现，刨鹅卵石这活儿并不轻松，但黄芹却干得非常快乐，甚至面带微笑。

黄芹的同桌李少培中途去帮忙，他走到黄芹的身边，用锄头刨出一块沙地来，把小小的鹅卵石刨到一处，对黄芹说："把箩筐拿过来，我帮你捡。"李少培想帮助劳动比较吃力的黄芹，想让她早一些完成任务。但黄芹并不领情，她非但没有把箩筐挪到李少培那边去，反而朝相反的方向挪，一直挪到一个小沙丘后面，远离李少培。

"唉！"望着小沙丘那边，李少培重重地叹了一口气。

"你想帮她，还不简单？"刘胜说。

"怎么帮？人家不领情。"李少培说。

"你挑到学校去，直接记在她的名下就可以。"刘胜说。

"这样不行，说不定会火山爆发。"李少培说。

"这样操作……"刘胜把嘴巴凑到李少培的耳朵边上，悄悄地说了几句。听了刘胜的话，李少培点了点头，表示赞同。

当黄芹咬着牙把半担鹅卵石挑到目的地，过了秤后，便倒进了鹅卵石堆里。负责过秤的同学报出的黄芹这次挑来的重量："80斤。"

黄芹愣了几秒钟，她没有说话，径直走到过秤的同学那里，拿起笔，把那位同学写下的"80"画去，写成了"50"，然后挑着空箩筐，朝江边走去。

黄芹毕竟不傻，到师范校一学期多了，基本上每周都要挑沙，自己一担能挑多少斤，她不会不知道吧？刘胜和李少培想帮她，却还是没有成功。当然，李少培挑的鹅卵石也没有白费，至少，班级完成的总任务的重量有所增加，对期末评优秀班级也是有用的。

5. 拯救黑板报

每个月一次的板报评比时间又到了。这期的板报由我们这一组负责。由于团学委没有给这一期板报规定主题，由各班自主确定主题，我们这一组的主题是《历史长河》。

不用说，大家都能猜到，这一主题是丁小章定的。在丁小章的带领下，丁勇和黄兴文负责找历史资料，杨远和白志会负责板书，我负责插图，丁小章从头至尾负责把关，历史资料的增删、资料在黑板上的排布、报头的选择等等，都得按她的要求来做。我自认为把插图做得很好了，丁小章却左看看，右看看，又提了修改意见。丁小章的意见，看起来是苛刻的，但你仔细一想，又是合情合理的，而且，一旦按她的意见修改了，整个板报看起来便更协调更上档次了。

"小月，累不累？"李心雨问我。

"是有点累。"

"我看你们都改好几遍了。"李心雨说。

"但每改一遍都觉得有进步。"

"在历史方面，毕竟丁小章是我们的偶像。"李心雨说。

"嗯，她简直是历史长河里的女神。"

"丁小章崇拜历史人物，我们崇拜丁小章，将来，谁来崇拜我们呢？"李心雨问。

"应该是我们未来的学生吧？"

"嗯，加把劲，争取让自己更加完美，成为未来的学生们崇拜的偶像，嘻嘻——"李心雨抿着嘴笑了。

"反对盲目崇拜。"杜大星一边写字，一边扔出这么一句来。

李心雨把目光移到杜大星正在写的那页字上，估计看了有三十秒，然后一本正经地说："老杜，我好崇拜你。"

杜大星抬起头来，盯了李心雨一眼，说："没想到你也学会奉承人了。"

李心雨一下子接不上话茬儿。

杜大星埋头写了几个字，又说："有些毛病是会传染人的。近墨者黑，当心被传染。"

我想笑，但我没笑出来。我知道，杜大星这话是说给我听的。

"小月，你崇拜你的同桌吗？"李心雨问我。

我一怔，一时间没有反应过来。李心雨朝我挤了挤眼睛，又说："江月，你同桌的三笔写得那么好，难道你不崇拜他吗？"

"崇拜，佩服。"我说。

"崇拜加佩服，那就是佩服得五体投地了？"杜大星说，"那么，下次看见我，是不是要五体投地地说'参见老杜'了？"

"跑题了，跑题了，不说了。"李心雨说。

"知道跑题了就好。"杜大星说，"从板报，到偶像，再到五体投地，的确是离题万里了。"

"噗——"我忍不住笑了。

我这笑，是个休止符，这场无硝烟的战争，停止了。这样的战争，是我们生活中的调味剂，给我们的中师生活增添了无比的快乐。

这一天，看新闻联播前的读报正在进行。柳婷婷正在台上很有感情地朗读着一篇散文，苏杭急匆匆地从教室后门进来，给任耀飞说了一句什么，便又急匆匆地离开了。任耀飞赶紧起身来，对我们小组的同学说："马上要检查板报了！"

任耀飞的话音刚落，我便回过头去看板报，看到报头不知道被谁弄花了。天啊，我吃过晚饭进教室来的时候，那报头还好好的呀，怎么现在就被弄花了呢？而且在这检查的关键时刻。是谁弄花的，是有意的还是无意的，是什么时候弄花的……这些问题都在我的脑子里翻滚着，像巨浪。

"江月，快，把报头补好。"丁小章来到我面前，把一盒彩色粉笔塞进我的手中。我这才反应过来：来不及想那么多了，赶紧补报头。

我刚走到黑板跟前,便听宦德宽说:"来不及了,团学委的在检查一班了。"

天啊!一班,二班……然后就是我们三班……这可怎么办?

"男同胞们,快到走廊上去。"刘胜突然大声说。

"哎,刘胜,现在跑到走廊上去,会被扣纪律分。"吴亚妮说。

"班长,如果你有更好的办法解决眼前的问题,你就说出来。"刘胜说,"如果没有更好的办法,就按我的办法来,扣了纪律分我来负责。"

谁也没想到,平常爱搞笑的刘胜,在这关键时刻,竟然用这种口气和班长吴亚妮对话,而且一本正经。

吴亚妮一时也想不出办法来,只好坐下来,假装这件事情与她无关。

男同学们按照刘胜的说法,都拥到了教室外面的走廊上。刘胜吩咐教室里的女同学们把门关好,还特意叮嘱:"我没有开口,你们不能开门啊。"

大家都不知道刘胜用的是三十六计中的哪一计。我更没有时间去思考这个问题,我的任务是赶紧把报头补好。然而,这报头竟然花得这么厉害,大概花掉了三分之一吧,补起来也挺费神的,用干的抹布擦不干净,如果用湿的抹布擦,又不能马上用粉笔在上面画,所以,抹布的干湿真是不好把握。幸好有丁小章和李心雨给我当帮手,湿抹布和干抹布都齐备,粉笔头也磨得恰到好处递给我,让我省去了不少烦琐的程序。

教室外面的情形,依旧是事后宦德宽告诉大家的。当然,宦德宽有没有添油加醋地讲,我们待在教室里的女同学也不得知。走廊上的惊险,对于男同学们来说,宦德宽描述得越精彩,他们就越得意。

男同学们刚拥到走廊不久,团学委的板报检查组便从二班的教室里出来,径直朝我们班走来。当领头的同学准备推开教室门的时候,刘胜赶紧上前,一副惊慌的表情,说:"此门不能开,此门不能开……"

刘胜这么一说,那同学竟然愣住了,他看了看同行的苏杭,问:"苏杭,这是你们班吧?怎么回事?不让检查啊?想排倒数第一吗?"

苏杭也假装严肃地对刘胜说:"刘胜,怎么回事?我们班的板报,这一期主题这么新颖,也办得这么好,都盼着得个高分呢,你拦着干什么?"

"这个……"刘胜一副很为难的样子。

"怎么回事?"苏杭也一脸严肃,"不管发生了什么事,也得让大家先检查了板报再说。"

苏杭说完,假装要去推门。刘胜一把抓住苏杭的手,说:"教室里正在处理一件事情……"

"什么事情要关起门来处理?"苏杭大声问。

"是……"刘胜顿了好几秒,压低了声音说,"是女同学们的事情……不方便让男同学看见……"

听了刘胜的话,苏杭假装后退两步,说:"哦,女同学就是事多……"

"苏杭,你们班的女同学事儿真多啊。"团学委的一个同学说,"要不,我们先检查楼上的三个班级吧,待会儿下楼的时候,顺便再来检查你们班就可以了。"

"好好好，真是不好意思啊，估计事情有点突然。"苏杭说完，又朝教室门内大声说了一句，"女同胞们，麻烦你们快点儿，我们一会儿下楼来检查，别再耽搁大家的宝贵时间了。"

说完，团学委检查组的同学便踩着木楼梯，"噔噔噔"地上楼去了。

刘胜也敲了敲教室门，大声喊："女同胞们，抓紧时间解决你们的秘密问题，别让我们大家等太久啊。"

"糟糕，亨特儿来了！"李少培压低声音说。

刚才还能镇定自若地演戏的刘胜，这下子傻眼了，他慌张起来，一副六神无主的表情。

"围过来围过来。"杜大星出马了，他小声地让男同学们围过来，然后稍稍提高了音量，说，"今天，我们特地召集全体男同学，开一个临时会议，就是想谈谈男生寝室的纪律和卫生问题。首先是纪律问题，晚自习下了回到寝室，希望大家抓紧时间洗漱，要做作业的也抓紧时间做，不要等到熄灯了才忙着洗漱，忙着做作业，影响大家休息……"

亨特儿校长走到这里，也停下来，听杜大星讲话。杜大星假装没有看到亨特儿校长，继续说："寝室的卫生，这段时间也没有以前做得彻底，虽然没有被扣分，但我们自己知道自己的卫生质量，再这样下去，肯定要被扣分……"

亨特儿校长听了一会儿，带着满意的神情，也和团学委检查组的同学一样，踩着木楼梯，上楼去了。所不同的是，亨特儿校长走路的脚步很轻，几乎听不到木楼梯的响声。

教室门终于打开了。板报已经补好，和刚办好时一样了。

"委屈大家了，赶紧进来吧。"吴亚妮招呼着男同学们。

也就在这时候，团学委检查组的同学们也从楼上下来，来到了我们班。

等团学委检查组的同学们检查完离开，同学们才大大地松了一口气。

"刘胜，你的功劳大。"

"的确，幸亏刘胜出了这个好主意。"

"聪明人就是不一样嘛。"

"杜大星的功劳也大，连神探亨特儿也瞒过去了。"

"老杜就是老杜，临危不乱，还一本正经地做着大家的思想工作。"

"就是就是，老杜做思想工作的时候，可以和高老师有一比。"

"呃，高老师来了……"

是的，高老师就站在教室后面，听着大家议论。高老师的脸上，说不出是什么表情，没有严肃，没有微笑，不知道他心里在想什么。

顿了好一会儿，高老师才走到讲台上，说："鬼点子不少嘛。不过，这种鬼点子可不能用第二次啊。"

"鬼点子嘛，就是用来哄鬼的。"刘胜得意地说。

"哄鬼啊。"高老师忍不住笑了。

"哄鬼嘛，哄一回算一回。"刘胜还是很得意。

"只怕下回会上演捉鬼大戏。"高老师说，"这种疏忽，不能再有第二次了。"

"够刺激，嘻嘻嘻——"不知道是谁在笑。

"再来第二次，只怕不但板报排在倒数第一，连纪律分也被扣了。"高老师说。

看来，刚才演的这出大戏，高老师是全程观看了。

6. 一个都不能掉队

运动会很快就要开始了。校动会的开幕式，要求各班进行队列演习，各班队列演习的分要计入团体总分，所以，体育委员还要组织同学们练习队列。

队列训练的齐步走还好，大家听着口令便基本能走整齐，但正步走就不那么容易了，总有人会快半拍或慢半拍，或者不是手摆起来的高度不一样，就是腿抬起来的高度不一样。最让大家着急的是，我们班有一个同学竟然一紧张就会走出同手同脚来。这同学是谁？他是秦岭。

"秦岭，你调整一下。"任耀飞小声地提醒秦岭。

可是，秦岭越是想调整，就越是不对劲，最后竟然连同手同脚都不会了，他甚至窘迫到连左右都分不清楚了。

大家原地休息的时候，秦岭站在一棵大树下，背对着同学们，面朝长江，一动也不动。我想，此刻，秦岭的心情一定很糟糕吧？他在想什么呢？我萌生了一种想上前去安慰一下他的念头。可是，我又觉得这样做不合适，这不更让他难堪吗？

"看你急的，这个时候不能去安慰他。"李心雨说。

"你是我肚子里的蛔虫呀？我想什么你都知道。"我用胳膊肘拐了一下李心雨。

"她不是你的蛔虫。"杜大星竟然听见了我们的谈话,他说,"她是你的大脑,她在替你思考。"

"什么?"我一时没反应过来。

"你别费那脑子去想了,他是哲学家,他的一个问题,就够你思考十辈子。"李心雨说。

好吧,我承认,我的同桌杜大星就是一个哲学家。他时不时冒出一句话来,要么给我启迪,要么让我思考半天。有杜大星这样的同桌,是我的幸运。

休息了一会儿,又开始队列训练。然而,秦岭依旧没有克服掉紧张的心理,正步走一开始,他马上就乱了阵脚,虽然不至于分不清楚左右,但依旧是同手同脚。尽管他在努力地想调整过来,但还是没有办法。

练着练着,任耀飞又紧盯着队列里的一个同学,一脸的无奈。是谁又出问题了呢?是黄芹,她也同手同脚了。

"呀,黄芹怎么也同手同脚了?"原地休息的时候,我问李心雨。

"也许她不专心吧。"李心雨说。

接下来,黄芹不管是齐步走还是正步走,她都一直是同手同脚,还走得那么自然那么自在,仿佛她天生就应该这么走路似的。

这可愁坏了任耀飞。吴亚妮也愁,她是班长,班里所有的事情她都可以跟着愁一愁,也应该愁一愁。

训练结束后,我和李心雨坐在假山旁吃晚饭,黄芹也来了。

"黄芹,你吃这么点儿,今天不饿啊?"我没话找话地和黄芹搭话。很多时候,我都是这样没话找话地和黄芹搭话,我只是希望她生活得不那么寂寞,希望自己能有意无意地驱散她心中的阴霾,虽然我知道希望很渺茫，但我还是要努力，要试一试。

"有点饿，但没胃口。"黄芹说。

"队列训练也挺累人的，你看，我吃这么多。"李心雨用勺子敲了敲自己的碗沿说。

"是够累，比上课还累。"我说。

"累，集中注意力，走同手同脚。"黄芹说。

黄芹这话一出口，我和李心雨不约而同地停止嚼饭，不约而同地转过头去看黄芹。

集中注意力走同手同脚？这同手同脚是集中注意力走出来的？就是说，不集中注意力，就走不出同手同脚来？我的心被无数的疑问笼罩着。

"不可以吗？"黄芹说这话的时候，也不看我和李心雨。她说完这话后，便埋头吃饭，不再和我们说话。

当然，我和李心雨也只好用沉默来陪着黄芹吃饭。平时，黄芹不爱跟别的同学说话，但她愿意跟我和李心雨说几句，这已经让我们满足了，至少她拿我和李心雨当朋友，说了自己的心里话。

"心雨，黄芹是在帮秦岭吗？"我想向李心雨确认一下我的感觉是否正确。

"肯定是。"李心雨说，"她觉得秦岭一个人同手同脚，他会很难堪。她也来个同手同脚，同学们的注意力就会转移到她的身上去。"

"嗯，她在替秦岭分散一部分难堪。"我说。

吴亚妮也不傻，她也猜到了黄芹的想法。她和任耀飞商量，要不要让秦岭退出队列演习。然而，我们班原本四十四位同学，加上降级的宦德宽一共四十五位同学，一位同学在队列前举班牌领队，队列里刚好有四十四位同学，排列的方阵会非常整齐，如果秦岭不参加，队伍就会缺角。

"黄芹不也同手同脚吗？"任耀飞说。

"黄芹……只怕是故意的。"吴亚妮说。

"故意的？"任耀飞不理解。

"她是想给秦岭做伴儿。"吴亚妮说。

"那么，到了比赛那天，她还会同手同脚吗？"任耀飞问。

"应该不会吧。不过，也难说。"吴亚妮也拿不准。

……

吴亚妮和任耀飞商量的结果是：秦岭必须参加队列演习，我们班四十五个人，一个都不能掉队。

第二天就是运动会开幕式了，我们班又用课外活动时间进行队列训练。秦岭非常努力地练习着，他希望自己不要给班级拖后腿。任耀飞把秦岭排在队列的中间，而且给秦岭建议：尽量让脚步和同学们统一，至于手臂，他可以不摆动。的确也是，不摆动，肯定比摆错方向好。

"唉，真是头脑简单。"柳婷婷冷不丁扔出这一句。

任耀飞看了柳婷婷一眼，没有说话。

"柳婷婷，你有更好的办法吗？"吴亚妮问。

"这么简单的办法摆着，还需要我来说吗？你们平时都自诩高智商。"柳婷婷连讽带嘲地说。

"柳婷婷，你也是班委中的一员，你也希望我们这个班能有个好成绩吧？把你的想法说出来吧，只要对我们的运动会有帮助，我一定会按你的说法来做。"吴亚妮说得很认真，也很诚恳。

"让他跟我换个位不就行了吗?"柳婷婷说。

"呀,我怎么没想到呢?"吴亚妮一拍脑门儿,说,"赶紧换赶紧换,让秦岭去举班牌。"

这下子,同学们都醒悟过来。柳婷婷这主意真不错,让秦岭到队列前去举班牌,他的手就不用配合着脚来摆动了,他只要把脚走对就可以了。

之前,举班牌的是柳婷婷。平日里,柳婷婷虽然高傲了一些,虽然说话带刺儿厉害了些,但如果说气质的话,她却是全班同学都公认的好气质。

举班牌的柳婷婷,在队列训练的时候,是何等的骄傲啊!是啊,全班也就她有这种气质,能大大方方地昂首挺胸地走在队伍的最前面,不但不怯场,反而一副自信满满的样子,这是许多同学都不及的,至少我做不到。如果让我走在最前面举班牌,估计我也会紧张得同手同脚,或者说连左右都分不清了。

因为接受了举班牌的光荣任务,柳婷婷显得比平时更骄傲了。

而现在,柳婷婷竟然愿意把这项光荣的任务交给秦岭,而且是她自己提出来的。

"心雨,你说,柳婷婷这是出自内心的吗?她不会在明天正式比赛的时候变卦吧?"我说。

"我觉得她不会变卦。"李心雨说。

"你看她平时一副谁也不放在眼里的样子,在决定班级荣誉的关键时刻,竟然愿意作出牺牲。"我说。

"在我的心里,她的形象,加了二十分。"李心雨说。

秦岭去举班牌后,黄芹同手同脚的毛病马上就不见了。吴亚妮火眼金睛，她说对了，黄芹走出同手同脚，的确是想给秦岭做伴儿。她这么快就把同手同脚改过来了，到了比赛的时候，她肯定不会再走出同手同脚来。

吃晚餐的时候，我和李心雨故意坐到黄芹身旁。

"小月，你说，明天我们班的队列演习，能拿高分吗？"李心雨问我。

"应该能吧，至少秦岭的问题解决了。"我说。

"但我还是有点担心。"李心雨说。

"担心什么呢？"我问。

"我担心，万一到了关键时刻，有谁一紧张，又来个同手同脚，怎么办？"李心雨说。

"不会吧？我们班不会再有同手同脚了。"我用胳膊肘轻轻地碰了黄芹一下，说，"黄芹，你那毛病，也是装出来的，对吧？你是在同情秦岭，想分担他一半的难堪。"

黄芹习惯性地搓了搓手，嘴角轻轻地往上翘了翘，说："我会站好最后一班岗。"

"最后……"我差一点叫出来。

李心雨埋头吃饭，没说话。黄芹也埋头吃饭，没有说话。我坐在她们俩中间，也只好用吃饭来掩饰心中的疑问与不安。

黄芹吃完最后一嘴饭，抬起头来，望着操场的尽头，说："我还是希望以后大家在想起我的时候……"

我很认真地等待着黄芹的下半句话，然而，我没有等到。

黄芹洗碗去了。我和李心雨聊了几句。

"小月，我有个不好的预感。"

"我也是。"

"我希望黄芹好好的。"

"我也是。其实，她很聪明，如果好好学习，将来保送大学都有可能。"

"可是，她的目标不在保送大学上啊。"

"上高中后再考大学，和上师范校后保送大学，不一样吗？"我问。

"不一样。路上的风景不一样。"李心雨说。

路上的风景不一样。这句话，让我沉思了好一会儿。其实，我虽然刚进师范校不到一年，我却觉得这路上的风景挺美的。驴溪半岛的自然风景就不用说了，校园里，同学们在互助互爱中互相竞争，努力学习每一门与将来的教育事业息息相关的科目，在各种活动中展示自己的才华……所有这一切，难道不是美丽的风景吗？

"她一直想读江津一中。"李心雨说。

"噢，这个我知道。"我说。

……

运动会开幕式上的队列演习，我们班夺得了年级第一名。

运动会结束后，我们班捧回了年级团体总分第一的奖状。

7. 猜错灯谜走阴沟

"六一"节马上就要到了，各年级都要准备活动，我们年级是搞游园活动。团支部书记苏杭到团学委去抽签,抽到我们班游园活动的地段在芭蕉院。

"芭蕉院啊?适合打游击战。"刘胜大声说。

"芭蕉院里住的可是老师们啊,难道我们要把这游击战打到老师们住的地方去?"杨雁说。

"这叫深入虎穴,打进敌人的心脏。"李少培说。

"烧杯,你是被酒精灯烧坏脑子了吧?"吴亚妮扔出一句。

"是呀,老师们怎么个对不起你了?你还要深入虎穴打敌人,还打心脏。"柳婷婷接过吴亚妮的话茬儿。

"把老师们住的地方当成虎穴,也没什么错。"杜大星说话。

"怎么没错了?老师们有那么讨厌吗?"柳婷婷针锋相对。

"有句话叫'虎父无犬子',你自己去体会吧。"杜大星说。

"老杜,送你这个。"一向喜欢沉默的刘长发也说话了。我转身一看,刘长发送给杜大星的是一个跷起的大拇指。

回到正题。说说六一游园活动的事情。

苏杭在班里成立了游园活动筹划小组,令我高兴的是,我和李心雨都进入了筹划小组。

"心雨,你说,苏书记为什么让我也加入这个小组呀?"我问李心雨。

"因为你做事认真呗。"

"我觉得我是沾了你的光。这个小组需要你这样有文采的人,而我是你的好朋友,所以把我也选进去了。"我有点不自信。

"你以为苏书记在需要用人的时候还会去考虑这样的关系呀?在这种情况下,他只考虑哪些同学能把事情做好。"李心雨说。

"好吧，我一定听从安排，和你们一起把游园活动搞好。"我高兴地说。

游园活动的大致方案是：入口设在紧临男生院这边的门，出口设在紧临女生院那边的门，利用芭蕉院的地形，设了"天堂路"和"地狱路"。所谓天堂路，就是猜中灯谜后走的阳光大道，路好走，还有奖品可以领。所谓地狱路，就是猜错灯谜后走的路，只能走阴沟里，有积水，且滑，一不小心便会摔跤。阴沟里也会有灯谜，如果猜对了，可以重走阳光大道。

"猜错了灯谜就走阴沟，这招儿是不是阴了点儿？"

"犯了错误就应该受到惩罚。"

"万一人家穿着白网鞋进来，又走了地狱路，那鞋岂不是废了？"

"那就在入口处提醒一句：万一您的智慧之船翻进了阴沟里……请自带筒筒鞋（雨靴）。"

"哈哈哈！"

……

准备灯谜的事情，由我和李心雨负责。我们到图书馆里查了不少资料，准备了许多灯谜，写在其他组员用彩纸自制的小灯笼上。我们除了把谜面写在小灯笼上，还在小灯笼上画了简单的插画，我们要为我们班的游园活动增添一点品位。

"嗯，灯谜都挺好，配的图也很不错。"苏杭连连称赞。

"这么土……"柳婷婷假装从我们身边经过，扔下这么一句。

我和李心雨相视一笑，没有说话。我们俩犯不着生气，我们都知道，柳婷婷没能参与进来，她在生气。

"六一"这天下午,全校性的游园活动开始了。

"快看,友情提醒:万一您的智慧之船翻进了阴沟里……请自带筒筒鞋(雨靴)。"一个前来游园的女同学在门外大喊,"赶紧带上雨靴,万一真的翻了船呢?"

她这么一吼,便为我们班的游园活动增添了人气,好多同学都因为好奇,带着雨靴,或是拖鞋,涌入了我们的芭蕉院里。

进了阳光大道的同学,欢天喜地地拿着奖品,善意地嘲笑着那些智慧之船翻进了阴沟里的同学。

"哈哈哈,阴沟里行船,好玩儿吗?"

"刺激,百般刺激。"

"要不要下到阴沟里来玩一玩儿?"

"阴沟里可比屋檐下好玩儿多了。"

"不要嘲笑我们,我们会打翻身仗的。"

"哈哈哈!"

……

时不时有走在天堂路上的同学,因为没有猜出灯谜而下了地狱。

时不时有行走在地狱中的同学,因为猜中了灯谜而走上了天堂路。

看着大家不停地猜灯谜,看着大家不停地拿奖品,看着大家快乐地笑着,在阴沟里小心翼翼地走着……我们感到很开心。是啊,此前再怎么辛苦,也值了!

游园活动结束后,同学们都在比着自己的战利品。刘长发的战利品是一双糊满了稀泥的白网鞋,因为他做题太专心,一不小心退进了满是稀泥的沟里,一双崭新的白网鞋,就这样被弄脏了,估计再怎么洗，也洗不白了。

"没想到，有智慧的人，也会把船翻进阴沟里。"

"刘长发跑到六班的园子里去逛，没想到人家挖了这么一个陷阱。"

"那不叫陷阱，那叫埋了一个地雷。"

"那完全是个意外，根本不是六班有意准备的。"

"刘长发的运气太好了，唯一的一个地雷，也让他给踩着了。"

"哈哈哈！"

……

要说战利品的话，要数黄芹最多。她把这些战利品摆在书桌上，简直跟一座小山似的。黄芹一件件地打量着这些奖品：铅笔、橡皮擦、小人书、棒棒糖……这些战利品在黄芹的书桌上一直摆着，摆到下晚自习。

第二天，当同学们跑完步做完操进到教室里上早自习的时候，所有的同学都发现自己的书桌上摆着一件东西。许多同学都在纳闷儿。

"哟，有田螺姑娘进咱们班教室了？"

"谁做的好事？一人一件礼物。"

"不会是想让我们大家集体帮他（她）做一件好事吧？"

"做了好事不留名，雷锋啊。"

……

我很快就猜出来了，这些东西，是黄芹送给同学们的，她把自己的战利品送给了全班同学。

吃午饭的时候，黄芹告诉我，她昨天下午拼命地在各班的游乐园里跑，拼命地答题，就是想要给全班同学都挣一份礼物回来。她说她刚好挣到四十五份礼物,全班同学每人一份,包括她自己。我听了后很感慨。我感慨的,并不是黄芹把礼物送给全班同学,一份不多,一份不少,我感慨的是黄芹竟然能挣到四十五份礼物,我想,像刘长发这样的智慧人才,估计就算拼命跑全场,也挣不到四十五份礼物吧?

"黄芹真的很聪明。"我对李心雨说。

"早说过了,人家的中考成绩是当地的第一名。"李心雨说。

"嗯,当地的中考状元。"

"她的智商,不是咱们俩能比的。"

……

至于黄芹为什么要把礼物分给全班同学,我并没有多想。

8. 伤别离

我的校徽又不见了。近段时间,我的校徽已经是第二次丢失了,而且,都丢失得莫明其妙。

学校又要检查大家的床铺卫生,高老师在班上要求:同学们都必须在下周星期日晚上之前,把床上用品都清洗干净,而且要铺放整齐,以整洁漂亮的卫生面貌迎接学校的检查。高老师还说:"我们这样做,不只是为了应对学校的检查,也是对我们自己负责,我们要养成讲卫生的好习惯,定期清洗床上用品……"

同学们都在抽时间拆洗铺盖和枕套。但是,黄芹就是不愿意拆洗她的铺盖和枕套。

"黄芹,我来帮你拆铺盖吧。"我说。我想要替她拆,替她洗,再替她缝上。

"不要。"黄芹一下子就扑过来,护住她的铺盖,像护一件宝贝似的。

我无奈。如果我再和她抢,那我就成了要抢人家铺盖的人了。

最着急的是室长顾大英,她的想法最简单:我们3号寝室不能被扣分。所以,她一直在思考着怎么才能让黄芹把铺盖和枕头套给拆下来洗了。顾大英也和我一样,想要替黄芹拆铺盖,黄芹还是像护一件宝贝似的,护着她的床铺。

好像是为了防止大家拆她的铺盖和枕套,这些天,黄芹都是最先回到寝室,最后离开寝室。

顾大英当然也有她的招儿。这一天下午,上自习课的时候,顾大英见黄芹在埋头做作业,她悄悄地向吴亚妮请了假,便带着我回到了寝室。

一进寝室门,顾大英就奔到黄芹的床铺前,扯开铺盖,便毛手毛脚地拆了起来。我见顾大英在拆铺盖,我便拿起黄芹的枕头拆了起来。

"哎哟!"顾大英尖叫起来。

"怎么了?"我问。

"黄芹这是什么人啊,还是铺盖里藏暗器,真把我给刺疼了。"顾大英大声说。

我以为顾大英在开玩笑,便说:"难道棉花还能当针使?"

"你看看,你看看,这是棉花吗?这不是针吗?"顾大英让我看。

161

真是不看不知道，一看吓一跳：黄芹的棉絮里，别着好多枚校徽。

"黄芹拿这么多校徽有什么用呢？"我问。

"一点儿用也没有，估计真的是有偷盗癖了呗。"顾大英说。

"听说过洁癖，没听说过偷盗癖。"我说。

"我也没听说过偷盗癖，但现在是亲眼看见了，这一年来，我们也是亲身经历了，难道不是吗？"顾大英说。

是呀，黄芹把别人的东西据为己有，已经不是第一次了。比如说先前塞进床铺里的扁担，对她来说，又有什么大的用途呢？

"顾大嫂，我能进来看看吗？"寝室门口站着两个隔壁班的女生，那个矮个子女生大声地对顾大英说。看来，顾大英的绰号还真是名扬天下了，连别班的同学也知道她叫顾大嫂。

"有什么事吗？"顾大英问。

"我们怀疑你们班黄芹偷了我们班的梳子。"矮个子女生说，"而且是一连偷了好多把梳子。"

"这个……"顾大英赶紧把话题岔开，"你怎么没去上课呢？"

"你们不也没去上课吗？"矮个子女生说，"我是专门回来守株待兔的。"

"这个……"顾大英顿了顿，说："梳子，人人都有，谁能说得准那是谁的梳子呢？"

"但是，我们班昨天不见了许多把梳子。"矮个子女生强调说，"而且，有人看见黄芹进了我们寝室。"

顾大英站在门口，想了想，说："第一，学校经常强调，寝室里没有人的时候一定要锁门。第二，学校规定，不允许进别班的寝室。"

然而,那两个女生却不顾顾大英的阻拦,硬闯进了我们的寝室,朝黄芹的床铺走去。

"那里不是黄芹的床。"顾大英大喊。

我真是佩服顾大英,在这紧急情况下,她还能想着替黄芹掩饰,还能想出用这种调虎离山之计。我也明白,顾大英这样做,不仅仅是替黄芹掩饰,她是在为我们班的集体荣誉作掩饰。

"哼,我们早就知道黄芹是哪个床铺了。"矮个子女生说。

那两个女生直接走到黄芹的床铺前,抖了抖棉絮,看到了上面的校徽,矮个子女生尖叫起来:"哎呀呀,这么多校徽,是要开店卖校徽的架势呀!"

她们从棉絮里抖不出梳子来,又拿着刚拆下来的铺盖被面和包单抖了抖,还抖了我拆下来的枕套,什么也没有抖出来。

"把她的竹席揭起来。"另一个一直没说话的高个子女生说。

这竹席一扯开,我们都惊呆了:竹席下面,靠床铺的内侧,整齐地摆放着十几把梳子。

"哼,我看你们还有什么话说,你们班竟然出强盗了,还天天说你们班优秀……"矮个子女生得意而又气愤地说。

"我要去报告汪老师。"那个高个子女生说完,便朝汪老师的值班室走去。

不一会儿,生活老师汪老师来了。紧接着,高老师也来了。

也就在这时候,黄芹也到寝室里来了。还没到下课时间,她怎么回来了呢?也许是她发现教室里少了我和顾大英,一向多疑的她,可能猜到我们俩的消失和她有关,便回寝室里来了。

黄芹看见了棉絮上的校徽,看见了床上的梳子,看见了隔壁班的女同学,看见了生活老师和高老师……

我和顾大英都没有说话。

黄芹冷冷地看了顾大英一眼,也冷冷地看了我一眼,靠在床柱上,没有说话。

生活老师把隔壁班的那两个女同学带走了,应该是调查情况去了。寝室里剩下高老师、黄芹、顾大英和我。高老师轻声对我说:"先把这些拿去洗了吧。"

咦,高老师竟然知道我和顾大英是回寝室来帮黄芹拆洗铺盖和枕套的?

我听了高老师的话,弯腰准备从地上捡起从黄芹的床上拆下来的被面、包单和枕套,哪知黄芹一把把我推出老远,她踩着地上的被面,一边踩一边喊:"你们凭什么动我的东西?你们凭什么动我的东西?"

我被吓坏了,愣在原地,不知道该怎么办才好。

而后,黄芹突然一个转身,拔腿就往外跑。

"顾大英,江月,你们也跟来。"高老师丢下这一句,便跑出寝室,追赶黄芹去了。

快到江边的时候,我们赶上了黄芹。

黄芹并没有做出我们想象的过激的举动,她只是坐在长江边上,默默地看着远方,似乎还比我们想象的更加平静。高老师坐在黄芹身边,在和黄芹说着什么,因为声音比较小,我和顾大英没有听见。我和顾大英不敢上前去,只是远远地站着,因为没有高老师的话,我们也没有回校。

灰色的雾霭,在江心渐渐升腾,渐渐弥散开来,渐渐笼罩着长江。夜幕降临了。夜幕中,我仿佛也看不清方向,心里一团乱麻。我知道,我是在为黄芹担忧。从入学到现在,我感觉黄芹好像没有快乐过一天。有时候能看见她脸上挂着浅浅的笑,但那笑的后面,也一定藏着忧伤。有同学说,黄芹的烦恼都是她自找的,这么优秀的人,再难的题都能解决,怎么就走不出心中的那点阴影呢?老师们努力过了,同学们也努力过了,听说亨特儿校长也找她谈过。我想,她自己可能也努力过了,但她就是走不出心中的雾霭。以后的路,黄芹该怎么走呢?不说多远以后的以后,就拿今晚来说,黄芹该怎么度过呢?

大概在上第一节晚自习的时间,高老师带着黄芹,回转身来,往学校走。这一刻,我感到了些许的安慰:至少黄芹愿意回校了。

黄芹回到寝室后,是李心雨和邝琳玲一直陪着她。下晚自习回到寝室,我都不敢面对黄芹,我总觉得今天发生的事情与我有关,我算是整个事件的导火线,没有我,今天的事情就不会发生……

和我心有灵犀的李心雨捏了捏我的手,用她的眼睛告诉我:"不要太自责,这事儿不怪你。"我也用眼神回了她一句:"谢谢你!"

熄灯前,黄芹都很安静。熄灯后,黄芹却点起了蜡烛。生活老师在外面重复着她那句永不变更的话:"安静了啊,讲话就扣分啊……不要点蜡烛啊……"

然而,黄芹没有熄灭蜡烛。顾大英也没有如往常一样提醒她熄灭蜡烛。寝室里很安静,仿佛没有人似的。但我知道,此刻,我们寝室里的女同学,一定都没有入睡,她们的心里,都在挂念着这个叫黄芹的同学。

"3号寝室，熄灯了啊。"汪老师在外面敲门。

顾大英轻轻地打开寝室门，小声地对生活老师说了句什么，生活老师便离开了。

夜深了。陆续有同学传出均匀的呼吸声，有少数同学渐渐入睡。

我听见黄芹打开了箱子，我听见她从箱子里拿出了一些东西，应该是书或是什么吧，我还听到了翻开纸页的声音……这种翻纸页的声音一直在响，一直在响……再后来，我听到了抽泣声……

我下到地面上来一看，黄芹的床上，摆满了信封和信纸，信纸上的字密密麻麻。黄芹把这些信纸一页页叠起来，又一页页摆开……一页页叠起来，又一页页摆开……如此反复着。

我坐在黄芹的床沿上，轻轻地搂着黄芹的肩。她没有反抗，让我心中的内疚少了一点点。我想，我这样轻轻地搂着她的肩，定会给她一些温暖，一些心灵的慰藉。或许，搂着搂着，她就不哭了呢。或许，搂着搂着，她就把信件收起来，准备睡觉了呢。

然而，黄芹并没有如我想象的那样。她哭了一会儿，又开始自言自语，她一边抽泣一边自言自语，我也听不太清她到底说了些什么，只是模模糊糊地听出一些断续的词句："……本来就不该来……都是在骗我……我让你们后悔去……"

我真的吓坏了。李心雨和我心有灵犀，她起身来，坐在我的身旁，我们一起陪着黄芹。

黄芹一直折腾到下半夜也不睡觉。

顾大英和杨雁起床来，换下了我和李心雨，她们继续陪着絮絮叨叨的黄芹。

快天亮的时候，我在一股烟味儿中醒来。我听见寝室里有好几个同学都在咳嗽，我第一反应是：发生火灾了吗？

没有发生火灾，是黄芹在寝室里烧她的信件。

第二天上午，黄芹的爸爸妈妈来了。当他们从我们的教室门口经过的时候，我看见了黄芹爸爸一脸的无奈，看到了黄芹妈妈脸上的泪痕。

黄芹终于退学了。用这个"终于"，不是说我们大家希望她退学，而是她自己的愿望终于得以实现了。在我们看来，这是个不好的愿望。然而这可能是黄芹盼了一年的结果。

黄芹是在中午时分离开学校的。

"看，黄芹。"不知道谁喊了一声。

在教室里上午自习的同学不约而同地从教室里出来，目送黄芹跟着她的爸爸妈妈，穿过操场，走上那条通往只有几根柱子的校门的小路……眼见着黄芹的身影渐渐地消失在校门前的那个陡坡下面，我忍不住拉着李心雨，朝校门奔去。

我和李心雨，当然还有另外一些同学，都跑过操场，去送黄芹。下了一夜的大雨，江水猛涨，刚好有一艘大船经过，波涛拍打着江岸，仿佛在怒吼，也仿佛在演奏着贝多芬的《命运交响曲》为黄芹送行。踩着湿漉漉的沙，我们默默地跟在黄芹的身后，虽然没有一句话，但我知道，大家心里都有许多话要对黄芹说。

不知不觉，好多同学都用饭票跟着过了驴溪河上的船桥，一直无声地跟在黄芹身后。黄芹一直在前面走，她仿佛没有看见同学们似的。其实我知道，黄芹的眼睛，一直含着泪水。

江边，有一只小狗在"呜呜"地哭叫着，它是走丢了吗？它是找不到回家的方向了吗？它也是在为黄芹送行吗？

快到车站的时候,我知道,我们都应该返回学校了。

我掏出一封信,塞进黄芹手中。黄芹看了我一眼,嘴唇动了动,但没有说话。从黄芹的眼神中,我读出了一些信息,其中有一条我可以肯定,黄芹没有怪我和顾大英一起去拆她的铺盖。

黄芹走了。

回到教室里,杜大星对我说:"黄芹很幸运。"

我斜着眼睛望着杜大星,我的眼神一定在说:"老杜,你没有吃错药吧?黄芹都退学了,谈何幸运?!"

"她在津师这一年,可能也没几个好朋友。"杜大星说,"你跟李心雨拿她当好朋友,她很幸运。"

半个月后,我收到了黄芹寄来的信。这封信,我读了好几遍,心疼了好久。其中有一段,是字字锥心:

小月,这些天,每当醒来,都感觉像做了一场长长的梦。在津师的这一年里,为了发泄自己的情绪,为了被退学,我做了太多对不起大家的事情:从藏柳婷婷的扁担,到化学测试故意考4分,偷拿毛笔、粉笔、橡皮擦等,在学校要求讲普通话的时候故意说四川方言,为一支铅笔冲李少培大吼大叫,到偷拿大家的校徽,偷隔壁寝室的梳子……我做这些坏事,无非就是发泄自己的坏情绪,无非就是希望被退学,然而,每当这些坏事情被大家发现的时候,我又是那样的恐惧,怕你们真的把我当成小偷,然而,我又实实在在是一个小偷……

第三章　藏心事

1. 换同桌

"有同学想换同桌。"

二年级开学第一天,高老师走进教室里说的第一句话,让整个教室在一瞬间安静下来。

我悄悄地看了我的同桌杜大星一眼,想:老杜同学,你是不是也想换掉我这个傻同桌呢?我隐约发现杜大星也在悄悄地看我,或许,他也在想:是不是江月想要换掉我呢?

高老师继续说:"我的意见是,大家自由组合,寻找自己觉得最合适的同桌。请同学们利用一天的时间选择自己的同桌,明天午自习的时候,我们全班同学一起调整座位……"

这一天,教室里弥散着一股紧张的空气,空气中有股特殊的味道。

"心雨,你想换同桌吗?"在假山旁吃午饭的时候,我问李心雨。

"我想过。"

"你不喜欢和杨远做同桌吗?"我问。

"以前不喜欢,总觉得他说话一点味道都没有。"李心雨说,"不过,我现在不想换同桌了,我已经习惯了。除非杨远想换掉我。"

"嗯——"我想了想,说,"心雨,我的理解,是你已经习惯了杨远，习惯了他说那些没有味道的话，也就是说，习惯了他的平实，或者说叫朴实。"

"对，那是值得珍惜的朴实。"李心雨说。

吃完饭洗碗的时候，李心雨问我："你准备换掉老杜不？"

"就算说换，也是他想换我吧。"我小声说。

"你为什么这样想呢？"李心雨问我。

"或许，在老杜的心目中，我就跟你的同桌杨远一样，是一个说话没有味道的同桌。"我说。

"老杜说话有深度。"李心雨说，"但是，我觉得老杜也是一个有温度的人，同样值得你珍惜。"

……

杜大星有温度吗？有。一定有。他会恰到好处地关心同学们，当然也包括我。

第二天早操结束后，陈书记集中全体同学，例行开学训话。训话中，最为有趣的还是那句"不准谈朋友耍另（恋）爱"，惹得同学们极力忍着，但还是要笑出来。明明是"耍朋友谈恋爱"，却一直说成"谈朋友耍另（恋）爱"。还有一句是我们班同学关注的，就是"留……长发……的同学……请抓紧时间把头发理好……"同学们还是会习惯地朝刘长发看，刘长发也就望着天空，不知道是在寻找月亮还是星星，抑或是云朵。

下了早操，同学们进了教室准备上早自习。

"留……长发……"小滑稽刘胜故意搞笑，"留……长发……的同学，请抓紧时间……谈朋友耍另（恋）爱。"

"哈哈哈！"刘胜后半句的转折，惹得同学们哈哈大笑。

171

"请谈朋友耍另（恋）爱的同学，"刘胜大声说，"抓紧时间调换座位。"

刘胜这么一说，同学们不笑了，大家都你看看我，我看看你，好像在问：谁要换同桌？谁要谈恋爱？

"我可是看出来了。"刘胜继续唱着独角戏，他说，"凡是要换同桌的人，都是在谈朋友耍另（恋）爱，要么是怕被怀疑才和对象分开坐，要么是为了方便才想成为同桌。"

当同学们还想看刘胜继续演独角戏的时候，刘胜却拿起文选和写作书，大声地读了起来："浔阳江头夜送客，枫叶荻花秋瑟瑟。主人下马客在船，举酒欲饮无管弦。醉不成欢惨将别，别时茫茫江浸月……"

中午，同学们三三两两地急匆匆地进了教室，仿佛都想知道谁把谁换掉了，谁和谁又凑在一块儿成同桌了。我和李心雨一进教室，便看见黑板上写着四行字：

冤家就冤家。

三年就三年。

谁怕谁呀？

相互折磨也是一种快乐。

高老师进教室里来的时候，也看见了这四行字。以他看这四行字的时间来推算，我大概认为他把这四行字读了四遍以上。

高老师转过头来，笑呵呵地望着同学们，并没有要生气，也没有要质问谁的意思。

"冤家就冤家。"

"三年就三年。"

"谁怕谁呀?"

"相互折磨也是一种快乐。"

四个胆儿肥的男同学,像成语接龙一样,把这几句话按顺序念了一遍。

高老师仿佛没有听到接龙一样,说:"同学们,现在是调座位的时间,今天这次座位调整后,至少这一学期不会考虑调座位的事情了,请大家抓紧时间。"

教室里安静了至少有五分钟时间,没有一个人调换同桌。

"都不调换了?那就这样了。"高老师说。

"我要换。""留学"到我们班来便坐在最后一排的宦德宽一边说一边站了起来。

"你都没有同桌,怎么换?"杨雁冲口而出。

"我当然也可以换啊。"宦德宽说,"我把空气同桌换成同学同桌。"

高老师微笑着望着宦德宽,没有允许也没有阻止。

"烧杯,你怕不怕我把你打翻了甚至是打碎了?"宦德宽冲着李少培喊道。

这下,同学们明白了,宦德宽是想和李少培同桌。黄芹退学后,李少培便没有了同桌,也不知道什么原因,高老师也一直没有做调整,就让李少培的身旁空着。

"你搬到前面来,还是我搬到后面去?"李少培显然是同意和宦德宽同桌。

"我搬到前面来吧。我怕你在挪步的过程中摔坏了自己,你毕竟是玻璃做的。"宦德宽打趣道。

于是，开学换同桌事件，除了宦德宽和李少培拥有了同桌，别的同学都没有调换。我不知道别的同学有没有在心里嘀咕着不高兴，反正我是暗自高兴，我愿意和杜大星同桌。

换同桌风波刚刚平息下来，却在第二天又掀起了新的浪潮。事情是这样的：

课间的时候，学习委员陈小峰从收发室拿回来一摞报刊和信件，一一分发给同学们。李心雨也收到了一封信。李心雨拉着我，快步走出教室，走过大操场，来到了小操场上。

"出什么事了吗？"我问。

"你看，你看……"李心雨把信塞给我。

呀，真好，李心雨的文章发表了！

"心雨，祝贺你啊！"我也很激动，激动得不知道该用什么语言来表达自己对李心雨的祝贺之情。

"谢谢！"李心雨说这话的时候，眼睛里流露出抑制不住的高兴，她抿了抿嘴，说，"这里有两份报纸，我要送一份给文学社的茗野老师，感谢他的培养。我这篇文章，在投稿前，茗野先生给我仔细修改过，寄出的时候，连信封和邮票都是茗野先生给我的……"

"你遇上好老师了。"

"是的。"李心雨说，"茗野先生说我们都是一只只丑小鸭，只要我们努力，我们会在这里起飞，变成一只只白天鹅……"

我拉着李心雨的手，静静地分享她的幸福。

李心雨一直给我讲着他们文学社的老师和同学，直到上课铃声响起。

同学们陆续知道了李心雨发表文章的事情，纷纷表示祝贺：

"哇哦,李心雨同学为我们三班增光添彩了。"

"这绝对是我们年级发表的第一篇文章,必须庆祝一下!"

"建议男生帮李心雨打热水,女同学帮李心雨打饭。"

"要不要找个人来侍候更衣?"

"哈哈哈!"

……

一阵大笑过后,数学科代表王先强跑到讲台上,大声宣布:"我要和李心雨做同桌!我要和李心雨做同桌!"

哪知,杨远也跑到讲台上,大声宣布:"反对王先强抢我的同桌!反对王先强抢我的同桌!"

"我文选和写作成绩差,遇上写作文就头疼,我要换同桌。"王先强说。

"王先强,你这样明目张胆地嚷着要换同桌,只怕会伤了某些人的自尊心啊。"班长吴亚妮笑着说。

王先强搔了搔脑袋,然后看了看自己的同桌白志会一眼,问:"白志会同学,你宰相肚里能撑船,是不是?"

白志会的确也并没有生气,她笑着说:"我这肚子里撑不了船,但我可以把你送给李心雨,如果她愿意接收的话。"

"哈哈哈!"

教室里又一阵大笑。

换同桌事件,到此才算真正结束。

最为要命的是,补考名单公布了。这次,我们班补考的科次,比入学的第一学期少多了,高老师说:"我们班补考的科次,是全年级最少的。然而,我们并不能因此而骄傲,我们应该消灭补考……"

这次，我没有补考，感到很庆幸，我相信努力了便会有收获。师范校提倡"多能一专"，我做不到"一专"，但我能做到"多能"。正如办公楼前的一句标语：

中等师范要为小学培养全面发展、多能一专的人民教师。

李少培还是补考三科。

"烧杯，又打翻了么？"刘胜总不忘搞笑。

"翻了翻了，翻了三回。"李少培不觉得补考三科有什么不好意思。

"万一，继续翻呢？"刘胜不紧不慢地说，"而且，还是翻个三回，你有什么打算？"

"喂喂喂，刘胜，你几天没刷牙了？"顾大英大声吼道。

"喂喂喂，母大虫，我刷没刷牙，我几天没刷牙，与你有关系吗？"刘胜笑着问。

"有关系！因为你臭到我了。"顾大英说。

"我哪里臭了？"刘胜问。

"嘴臭。"顾大英说。

"哈哈哈！"同学们一阵大笑。

一直没有说话的宦德宽说话了："烧杯兄弟呀，你可别当我的接班人。"

"放心，我没有当接班人的潜力。"李少培说，"昨晚，我掐算过了，补考三科，刚好及格。如果不信，走着瞧。"

"兄弟，你要好好努力，可别再让我当孤家寡人。"宦德宽说。

"放心，我和你同桌到毕业。"李少培说。

"烧杯和管得宽做同桌最好了。两个人都补考得多，都是负数，负负得正嘛，两个人都会越考越好的。"班长吴亚妮一本正经地说。

"班长说得对！"好些个同学异口同声地回答道。

这次补考，我们班大获全胜：所有的同学都及格了。李少培的确如他所说的那样，并没有再次打翻烧杯，虽然不如他在第二学期开学时的补考一样，三科都刚好六十分，这次也是很险的分数：三科都在 60 分到 65 分之间。

"烧杯，你掐得这么准？"有人问。

"当然。"

"你就不怕掐掉一分或几分？"有人问。

"被掐掉刚好能及格的那一分，我就不叫烧杯了。"

补考了三科的李少培，依旧那么自信。

2. 缝铺盖

又要到检查寝室个人卫生的时间了。生活委员杜大星在班里宣布：请同学们在本周内把床上用品清洗干净，下周星期一学校统一检查我们二年级。

每到检查寝室个人卫生的时间，师范校园里便多了一道道风景线。操场边的梧桐树之间，女生寝室外的小树林中，都会牵着一根根尼龙绳，上面晾着花花绿绿的被面和雪白的包单，还有多数是镶着荷叶边的枕头套，如果是在春、秋、冬季节，还会有布毯，团花的、条纹的、单色的……师范校的这一道道风景线，是纪律的象征，是文明的象征。

天公也作美，这一周都是好天气，适合在室外晾晒床上用品。我们班有脱水机，脱过水的被面包单等，就算在没有太阳的天气，在室外晾一天也能干。

"起床啦！"

起床号还没有响，李心雨便把嘴凑在我的耳边，叫醒了我。

我们以最快的速度拆铺盖和枕头，在昨天晚上就准备好的水中放了些洗衣粉，把被面、包单和枕头套泡在桶里，提到教室门口，再去操场上跑步，做早操。

"很积极嘛。"杜大星看到我那泡有床上用品的桶。

我轻轻地笑了笑，没有回杜大星的话。

"我们不积极，就是在拖你的后腿。"李心雨说了我想说的话。

"喊，我可没有后腿。"杜大星一本正经地回答。

李心雨笑了，我也悄悄地笑了。

下了早自习，我和李心雨分工负责：我负责打回两个人的早饭（为了节约排队时间，只打馒头不打稀饭，吃起来也快），李心雨负责把泡着被面包单枕头套的桶提到洗衣槽那里，抢占两个洗衣槽，而且抢先打了水来倒进洗衣槽里，桶里也装了水备用。我把馒头端到洗衣槽那里，我们俩三下五除二地狼吞虎咽地吃完早饭，便快速地洗了起来。泡了一个早上的被面包单枕头套，不需要用太大的力去搓洗，只需要多清洗两遍，便能干干净净的了。在高老师那里去脱过了水，我们把事前准备好的晾衣绳系在女生院外小树林里的两棵树上，把我们的被面包单枕头套整整齐齐地晾在了上面。

课间的时候，我对李心雨说："走，我们去看看。"

"嗯，看看我们的晾衣绳有没有超载。"李心雨自然明白我的意思。

我们来到小树林里,发现我们的被面呀包单呀枕头套呀都挤在一起皱在一起,挪出来的地方竟然晾上了我们不认识的被面和包单。当然,那人的被面和包单也挤着皱着,也没能晾平。

"果然超载了,真是不像话。"李心雨嘀咕道。

"哎,估计实在是找不到晾晒的地方了,才想出这样的馊主意。"我说。

"走吧,越看越生气,不要看了。"李心雨一副假装生气的样子。

"不看了,也不气了。"我说。

就这样,我和李心雨回到了教室。

吃过午饭,我和李心雨决定去把皱着挤着晒的被面等翻一翻,以保证能干透。可是,当我们来到小树林的时候,我们傻眼了:我们的晾衣绳上,又挤上来一床被面,还是缎面的,虽然挤着皱着,也藏不住它的精致。

我上前去拍打了绸缎被面一下,狠狠地说:"谁让你来挤的!谁让你来挤的!"

"嘻嘻,"李心雨笑了,"小月,你和它生气有什么用?把它扔到地上才能解气,也才能给我们的东西挪出地盘儿来。"

心里虽然生气,但还是不会把人家的被面扯下来扔到地上。

我和李心雨一起,把我们的被面包单还有枕头套翻了一面。看着被挤得皱皱的被面包单和枕头套,我和李心雨也皱着眉头。把我们的翻了一面,我和李心雨竟然不约而同地开始翻侵略者的被面和包单。

"嘻,不生气了?"李心雨问我。

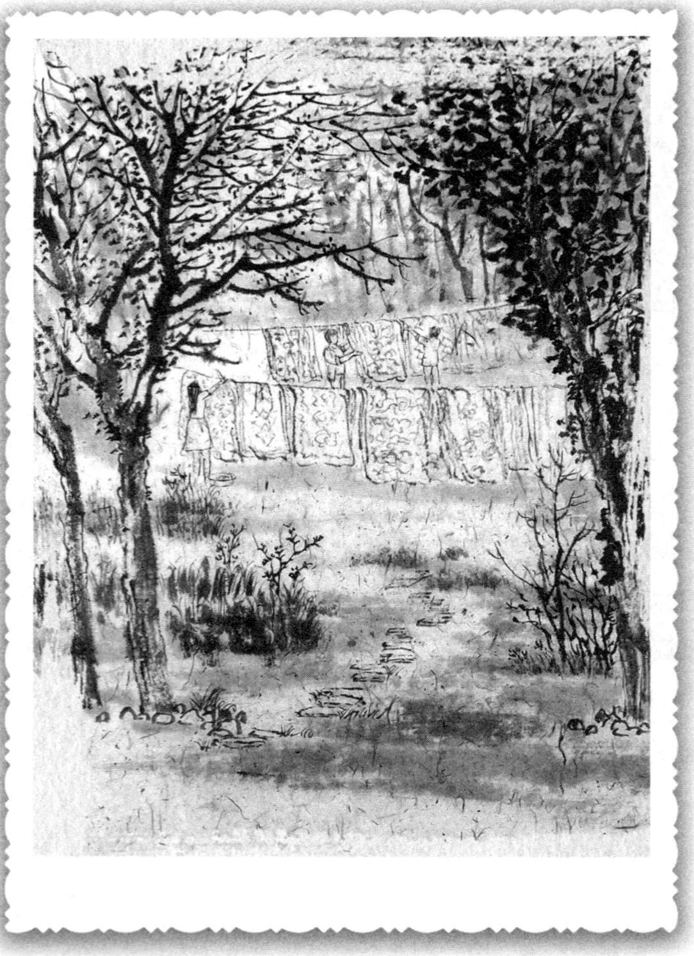

"或曰：'以德报怨如何？'"我念道。

"子曰：'何以报德？以直报怨；以德报德。'"李心雨答道。

"以直报怨，"我问李心雨，"那么，你有什么方式来惩罚侵略者呢？"

李心雨想了想，说："就以我们这样的行动吧。我们不记恨他们，不惩罚他们，反而帮他们翻晒，他们一定会内疚，就让他们内疚去吧。"

"唉，事情已经这样了，以德报怨也好，以直报怨也罢，都不重要了。"我说。

"重要的是，把这绳子上所有的东西都晾干，迎接检查。"李心雨说。

下午放学的时候，我和李心雨一起，把我们的被面呀包单呀枕头套呀都收了下来。侵略者们还没有来收东西，我们也没办法把晾衣绳解下来。唉，就让它继续为侵略者们服务吧。

吃过晚饭，我们的晾衣绳上的那床绸缎被面还没有收。

下了晚自习再去看，我们的晾衣绳孤单地拴在两棵树之间。

"看，有纸条。"李心雨说。

果然，晾衣绳上挂着一张纸，上面写着："谢谢晾衣绳！谢谢你们帮我翻晾被面！"

我和李心雨相视一笑。

如果说师范校的晾晒铺盖是一道风景，那么，缝铺盖也同样是一道风景。

同学们基本会选在星期天来缝铺盖。缝铺盖需要地盘，所以，校园里大凡干净宽敞平坦的地段，都会有同学在那里缝铺盖。

大家都知道，铺盖拆开后，便成三大块：被面、包单和棉絮，拆起来比较简单，只要找到线头，解开或剪掉，"呼啦呼啦"地，就拆散了。缝铺盖的粗棉线通常可以反复用，所以，拆铺盖的时候，一定要仔细，不要让棉线打了结，要小心翼翼地把棉线绾起来备用。拆铺盖简单，缝铺盖却是一件复杂的事情，如果你没有认真地看过妈妈缝铺盖，没有亲自缝过一次铺盖，你根本没有办法把拆散开来的铺盖还原。

缝铺盖是一个大工程。记忆中，妈妈缝铺盖的时候，总是吩咐我把吃饭时坐的长条凳端到院子里，再和妈妈一起把南竹块拼成的凉板床横放在长条凳上。这些准备好了后，先是铺上浆洗得雪白雪白的包单，把棉絮铺在包单的中间，四下里留出等长等宽的包单，再把被面铺在棉絮上，也要铺在正中间。这样，包单，棉絮，被面，从下至上地铺着，铺得很规整，似乎是用尺子量过的，没有一丝一毫的错位。

"小月，来，帮忙。"妈妈会叫上我，把包单的四周卷过来，压在被面上，刚好把棉絮裹在里面。

"来，折一个角。"妈妈对我说。

在缝铺盖的时候，把包单包上去压住被面后，四角的包单都要折一个三角形藏进去，把多余的部分藏好，相邻两边的包单缝好后形成标准的直角，这样缝出来的铺盖才好看。

缝铺盖的针，也是专用的大鼻子长针，针眼儿大，才能穿得过粗棉线。这个时候，必须用上顶针，否则，你没办法让针穿过厚厚的棉絮，把包单、棉絮和被面缝在一起。妈妈还告诉我，缝铺盖的时候，针脚长短要一致，如果一针长一针短，就像人走路时步子长短不一样,不好看。我觉得妈妈这个比方打得真好。

我在进师范校之前,妈妈让我专门演练过一次缝铺盖。妈妈站在一边,什么也不说,就让我自己做。等我缝好了铺盖,妈妈才告诉我哪里没有缝好,哪里应该怎么做。当然,从整体上来看,妈妈对我缝的铺盖还是满意的,因为她说:"还好,能见得客。"

在师范校不方便找长条凳和凉板床,同学们通常是把竹席拿出来,几条竹席拼在一起,便是缝铺盖的好地方。

我们寝室的女生也三三两两地把竹席拿出来,找干净宽敞平坦的地方铺上,开始缝铺盖。杨雁自告奋勇地加入到我和李心雨当中来。我和李心雨都算得上是缝铺盖的好手,杨雁就不行了,她越是来帮忙就越是添乱。你看看,她把折出来的三角藏进去后,包单的相邻两边根本就没有形成直角,如果照这样子缝上,会丑得你都不敢看。

李心雨不好直说杨雁在添乱,她委婉地让杨雁整理棉线。拆洗铺盖的时候拆下来的棉线,都是在手上绾起来,然后轻轻地打个粗结,要用的时候,把那个结轻轻地解开来,一圈棉线自然散开,便可以穿针引线了。然而,对杨雁来说,理棉线也不那么简单。理着理着,她尖叫起来:"哎呀哎呀,完了完了,打结了打结了……"

的确是打结了。

我从杨雁手中拿过那团凌乱的棉线,慢慢地理着。

见我把棉线理好了,杨雁不可思议地说:"呀,你一定是传说中的巧手仙姑吧?你会绣花吗?"

我笑了笑,说:"我不会绣花,但我会缝铺盖,会打补丁。"

"哇,还会打补丁,那可是一门大学问哦。"杨雁张大了嘴巴。

杨雁闲着没事，也嚷着要缝铺盖。她从李心雨手中拿过那根大鼻子长针，打量了一番，说："这么长的针，如果不小心藏进铺盖里找不到，那还不把屁股刺穿？"

"天啊，你不要吓人。"李心雨尖叫着，要去抢杨雁手中的针。

"嘻嘻嘻，你不要怕，我再笨，也不至于把这么长的针丢进了棉絮里吧？"杨雁说，"我就算要把针丢进棉絮里，也要拿到男生那边去丢，哈哈哈！"

这杨雁，还真够坏的，要是男同学听到她说这样的话，指不定会怎么反击她。

"来，套上顶针。"李心雨把顶针从中指上取下来，套在杨雁的中指上。

在我和李心雨的指导下，杨雁缝了一床铺盖，虽然针脚不那么均匀，但整体看起来也还不错。

"谢谢两位师父！"杨雁说，"我的铺盖缝好了，我继续为你们服务。"

杨雁的铺盖缝好了，我和李心雨的铺盖还没有缝呢，我们得抓紧了。

柳婷婷也在缝铺盖。杨雁消息灵通，她说："柳婷婷以一份烧白和一份红烧肉的代价，让郭东把我们苏书记的铺盖给偷出来了。而且，她还要帮郭东缝铺盖。"

看样子，柳婷婷也不是缝铺盖的熟手，她缝几针又拆一次，不停地缝不停地拆。

"这最先缝的一定是苏书记的铺盖，怕是被面和包单上都全是针眼儿了，嘻嘻嘻——"杨雁说。

杨雁这话说得对，柳婷婷这样缝了拆，拆了缝，如果是绸缎被面，是经不起这样折腾的。

柳婷婷一会儿对针脚不满意，一会儿对折出来的角不满意，总之就如推进一项极为重大的工程一样，进展极为缓慢。

我正想去帮柳婷婷缝铺盖，却被顾大英抢了先，她径直走过去，从柳婷婷手上夺过针线，缝了起来。

"这针脚太长了。"柳婷婷夸张地说。

"长点儿好，大气。"顾大英说。

"不行，这个角没有折好。"柳婷婷说。

"哪里不好？我看着就挺顺眼。"顾大英说。

……

不一会儿，苏杭和郭东来了。

"苏书记，你这是要干什么啊？"顾大英瞪了苏杭一眼，说，"闯到女同学的大本营里来抢铺盖啊？当心我到团学委去告你。"

苏杭本想说点什么，却被顾大英给噎回去了。

"我跟苏书记打赌，我输了，我要替他缝铺盖。我跟柳婷婷打赌，我赢了，我请柳婷婷帮我们缝铺盖。这个逻辑没有错哈。"郭东笑嘻嘻地说。

郭东这逻辑，把我们都逗乐了。

顾大英缝好了苏书记的铺盖，便回到自己的小组去了。柳婷婷和郭东的铺盖，就让他们自己忙去吧。

"苏书记，我可是帮你缝好了啊。"郭东把刚缝好的铺盖抱起来递给苏杭，笑着说。

"谢谢！"苏杭抱着铺盖走了。

苏杭走了后,郭东见柳婷婷根本就不会缝铺盖,便说:"让我来大显身手吧,我的铺盖我自己缝,让你们见识见识我的手艺。"海口是夸出去了,郭东只好硬着头皮上阵了。

高老师来了,他看了看我们缝好的铺盖,也看了看我们正在缝的铺盖,微笑着说:"都很能干啊!我上大学的时候,缝出来的铺盖经常是没盖几天就散了:包单是包单,棉絮是棉絮,被面是被面。建议你们把自己的铺盖缝好后,去男生那边帮一下忙,我不希望他们的铺盖也和我当年一样,盖几天就散了……"

女生们当然都愿意去帮男生们缝铺盖,虽然各有各的目的:有的女生是为了大显身手,有的女生则是为了学习加实习。

后来,据我们班的管得宽先生说,男生那边缝铺盖可真是一道独特的风景。有些男同学的确会缝铺盖,甚至缝得比女同学还好,比如秦岭,他缝铺盖真是又快又好。还有刘长发,听说他能把包单围成的四个直角弄得很标准,就算你拿量角器去量,也绝对是标准的 90 度。

还听管得宽先生说,李少培他们组缝铺盖的时候,竟然把两床棉絮叠在一起缝。缝的时候觉得很吃力,长长的针怎么也刺不透棉絮,还怪棉絮是铁板一块。缝好后,又说铺盖太重了,还拿着铺盖抖了抖,说是不是有人捣乱,把石头给塞进棉絮里去了。结果呢?缝到最后,发现差一床棉絮。原来,那床重重的铺盖里面,有两床棉絮。

我们班的铺盖全部洗干净缝好后,便迎接了学校的卫生检查。检查结束后,杜大星在班上宣传:"学校表扬了我们班,说我们班的床铺收拾得最干净整洁,特别是铺盖,都叠得非常方正,棱角分明,快赶得上军队的铺盖了……"

"三班三班，就是不一般。"刘胜大声说。

"男生们的铺盖叠得方正，难道没有女生们的功劳吗？"吴亚妮问。

"这个，在我们三班的功勋簿上必须永远记上。"刘胜说。

"是呀是呀，铺盖，如果不是缝得好，你再好的手上功夫，都叠不出那么方正的豆腐块儿来。"郭东说。

"那是，郭东自己缝的铺盖，根本就拉不直，铺开来，还没有郭东的身体长，就像被他偷吃了一截一样。哈哈哈！"杨雁大笑着说。

"喊，还说我。"郭东指着杨雁说，"你来帮我缝铺盖，就差点儿没把大鼻子长针埋藏进我的铺盖里，这是典型的'绵里藏针'，这心机啊，简直跟《水浒传》里的孙二娘、扈三娘，还有那谁谁谁有一比。"

听到郭东这话，我想笑。原来，杨雁去帮郭东缝铺盖，竟然真的差点儿把长针给丢进了棉絮里。

杨雁还没来得及还击，顾大英却说话了："郭东，除了孙二娘和扈三娘，还有谁啊？我顾大嫂有那心机吗？有那样毒吗？"

郭东知道自己惹了祸，便赶紧赔笑："哎哟，大嫂，亲爱的大嫂，您老人家又不卖人肉包子，不毒，不毒。"

郭东刚"安抚"好了顾大英，杨雁又发话了："郭东，我没有把铺盖缝得非常好，这是事实。江月和李心雨帮你缝了铺盖，你总得有所表示吧？"

"只要碰过我的铺盖的同学，我都应该感谢。"郭东说，"那我就帮你们大家做一件事情吧。"

"这才像话。"杨雁说，"那么，你准备帮我们大家做什么事

187

情呢？"

郭东想了想，说："等下一个课间的时候，我帮你们上厕所。"

"哈哈哈！"

同学们都大笑起来。

"郭东，你耍赖皮！"杨雁生气地吼道。

"不愿意我帮你们上厕所？"郭东说，"那这样吧，等下次缝铺盖的时候，你们的铺盖都由我来缝，这总可以了吧？"

柳婷婷斜了郭东一眼，说："只怕你把自己给缝进铺盖里去了，我们找不着你，还得登寻人启事。"

"嘻嘻嘻——"柳婷婷的话，把女生们都惹笑了。

3. 猪八戒配白骨精

琴法的学习，也是师范校的重要课程之一。学校要求中师生全面发展，每个中师生走上工作岗位后，小学里的每一个科目都随时能上，要求大家是一颗螺丝钉，哪里需要，就往哪里钉。

音乐老师柯韵老师也不止一次在课堂上强调琴法的重要性，她说："音乐可以带给我们美好的享受，是小学阶段的重要课程……在小学阶段开设音乐课，可以促进学生的身心健康发展，培养学生的审美情趣……学习琴法后，我们要做到能弹乐曲，能为歌曲伴奏，能边弹边唱……"

每当快下课的时候，柯老师给我们讲完了当堂课的知识，便会给我们自弹自唱一曲。柯老师一向很投入，自弹自唱时，既旁若无人，又把自己置身于表演大厅，那神情，那动作，无一不感染着我们。当唱到"汗水流在地主火热的田野里，妈妈却吃着野菜和谷糠"时，脸上满是凄凉；当唱到"五星红旗迎风飘扬，胜利歌声多么嘹亮，歌唱我们亲爱的祖国，从今走向繁荣富强"时，脸上满是骄傲与自豪；当唱到"为什么战旗美如画，英雄的鲜血染红了它；为什么大地春常在，英雄的生命开鲜花"时，脸上满是对英雄的缅怀……

自开始学琴法以来，教室里的那架脚踏风琴，便会在课余时间响起。每到课间，或者是下午放学后，同学们便迅速地抢占那架风琴，一旦抢到，便宁可不吃饭，也不愿意从琴凳上下来。

我脸皮比较薄，时常是不好意思去抢教室里的那架风琴，杜大星和李心雨都帮我抢过几次。

教室里那一架风琴，用于同学们练琴的话，当然是不够的。

在女生院下面的洗衣槽旁边是音乐室，音乐室的旁边有一些小单间，每个小单间里都放着一架脚踏风琴。这里便是琴房。学了琴法，要练习，要考试，想要考出优异的成绩，就必须加强练习。琴房，是学琴法的中师生们必须去的地方，也是爱好音乐的同学们喜欢去的地方。

我们班分到四间琴房，每周一三五可以排队去练琴。琴房的钥匙由文娱委员柳婷婷保管，班里的同学按学号排列，四人一组，在规定的时间排队去琴房练琴。我们班普遍存在的问题是：男同学的琴法不如女同学。当然，也有如陈小峰那样琴弹得非常好的男同学。为了提高我们班的音乐成绩，柳婷婷和学习委员陈小峰商量，决定采取一帮一的办法，让一个女同学带一个男同学练琴。于是，我们班按男女生来搭配,先自由组合,剩下的再来统一安排。

"抓阄儿了,抓阄儿了。"郭东大声喊道。

柳婷婷马上制止:"不能抓阄儿啊,要是弄成高手和高手组合,那可就浪费资源了。如果琴盲和琴盲凑到了一块儿,就成一对瞎子,真是要乱弹琴了。"

"哈哈哈,只怕高手遇到琴盲后,会哭笑不得啊。"刘胜说。

"不怕不怕,要有挑战极限的勇气。"吴亚妮也来打趣。

"牛郎配织女。"

"董永配七仙女。"

"猪八戒配白骨精。"

"哈哈哈——"

全班大笑。

这样的自由组合,的确也生出一些趣事来。

刘长发最怕的就是音乐,关于刘长发的那个顺口溜,还时不时有同学拿来念一念,尤其是在音乐课上,大凡音乐老师请刘长发起来唱几句,他总跑调。每当刘长发跑调,总会有同学把那几句顺口溜拿出来念一念:"刘长发,乐感差,唱歌跑调调,跑到了拉萨,去看布达拉。"所以,刘长发必须提前采取行动,否则,自由组合的时候,他担心自己组不到能帮助他提高琴技的同学,更担心没有人愿意收他这个唱歌跑调的徒弟。

刘长发拜柳婷婷为师这件事,是柳婷婷讲给我们听的,听得我们哈哈大笑。

柳婷婷说,刘长发在第一时间找到她,喊她一声"师太",这可把柳婷婷吓了一跳,当然,这种称呼也把柳婷婷气坏了。

"我有那么老吗?"柳婷婷生气地问刘长发。

"我叫您'师太',是对您的尊敬,而不是说您的年龄达到了'师太'这个级别。"刘长发非常耐心地解释着。

"总之,你把我喊得太老了。"柳婷婷还是不依。

"据说吃香瓜子可以把老人变年轻。"刘长发说。

柳婷婷当然知道刘长发的意思,她忍住笑,说:"瓜子吃多了上火。"

"多?刚好够就行了,谁让你吃太多?"刘长发一本正经地说,"香瓜子吃多了,不仅上火,还会让人变老。"

柳婷婷说,她听到这里的时候,都差点笑出声儿来了,她说她已经知道刘长发的意图了,但是不愿意揭穿他。

"师太,您老人家只管教我练风琴,至于挑沙的事情,您老就不用操心了,我会帮您解决。"刘长发说。

"我有那么老吗?你一口一个'您老、您老'的。"柳婷婷又假装生气了,"而且,挑沙的力气,我还是有的。"

"刚才不是说了吗?我叫您'师太',是对您的尊敬。"刘长发说,"我承认您有挑沙的力气,但请您把这些力气留着。您想想,教一个五音不全的人练琴,是不是会很费力气呢?如果您挑沙把力气挑没了,就没办法当我的'师太',我的琴法就不及格,我还会补考不及格,在毕业考试后补考再不及格,我就拿不到毕业证书……您这样,不就把我给毁了吗?"

"什么啊?是我把您给毁了?"柳婷婷生气了,她尖叫起来。柳婷婷一着急,竟然把刘长发用在她身上的那个"您"给直接用上了。

"'师太',您可别在我这里用'您',这样我会受不了。"

刘长发说，"我刚才一着急，说错了，不是您把我给毁了，是我自己把自己给毁了，因为我没能说服'师太'您当我的琴法老师。"

刘长发这么绕来绕去，可把柳婷婷给绕得找不到方向了，也把柳婷婷给绕急了，她说："好了好了，不要喊我'师太'了，也不要再用'您'了，我真是受不了。我答应您就是了，我来负责您的琴法……"

"噢，不要在我这里用'您'，应该是'你'。"刘长发说，"谢谢柳婷婷同学愿意和我结成对子，愿意当我的琴法老师，谢谢！"

就这样，刘长发成了柳婷婷的徒弟。

柳婷婷在给我们讲这事的时候，真是又好气又好笑。我和李心雨也听得直乐，笑得直不起腰来。

杨雁笑着对柳婷婷说，"你给刘长发当老师，可真是苦了你。"

"人家这么诚心，再苦，也只好接着呀。"柳婷婷又好气又好笑。

无师自通弹得一手好风琴的学习委员陈小峰，竟然收了顾大英为徒弟。顾大英在说起这事的时候，得意无比。

"我就想拜陈小峰为师，听他弹琴，简直就是一种享受。"顾大英说，"说实在的，我还真担心陈小峰不收我这个徒弟呢，在音乐方面，我还真是笨。"

就这样，班里琴法好的同学和琴法差的同学两两结成对子，在为战胜琴法而奋斗，像我这类琴法中等的同学，反而没有人来找我结对子，奇怪的是，杜大星也没有和谁结对子。

"干脆我们结对子练琴吧。"杜大星对我说。

"我……"我一时词穷。是呀，我和杜大星的琴法差不多，谁当徒弟谁当师父呢？

"你愿意当徒弟还是师父？"杜大星问我。

"都不想当。"我想了想，这样回答了他。

"我也这样想。"杜大星说，"我们谁都不是徒弟，谁都不是师父。也可以都是徒弟，都是师父。也就是说，我们一起进步吧。"

李心雨的琴法不错，和她的同桌杨远结为对子，我想，他们也会在相互鼓励中共同提高。

结好对子以后，我们班的同学，多数是男同学和女同学以师徒的名义，在规定的时间去琴房练琴。我们班以男同学和女同学结为师徒成双成对地出入琴房的事情，很快就在年级里传开了。

"三班真是反了，这么明目张胆地谈恋爱。"

"公然成双成对地出入，都不想毕业了？"

"估计已经被亨特儿校长盯住了，集体被处分，是早晚的事情。"

"高老师带的班级，怎么会出现这样的事情呢？"

……

这样的议论，已经在校园里传播开去。

神探亨特儿校长肯定不会放过这如波涛般汹涌而来的新闻。这一天，轮到我们进琴房，四间琴房，按以往的排法，原本应该是四人一组，一人一间琴房。现在，我们班结了对子，那就是八人一组，两个人一间琴房。我们拿着琴法书朝琴房走去的时候，见亨特儿校长站在洗衣槽旁，看似在看同学们洗衣服，其实我已经猜测出，他是在注意我们这些进入琴房的同学。

"亨特儿校长是不是来抓我们的？"杨远笑着说。

"抓就抓呗。"李心雨说。

"亨特儿校长心里明亮着呢，放心。"杜大星说。

"不做亏心事,不怕鬼敲门。"杨远说。

"你把谁比作鬼?"杜大星问杨远。

"这个嘛……"杨远笑了笑,没有说完。

"如果他会那么随意地敲门,他就不是同学们敬佩的神探亨特儿校长了。"我说。

"同意。"杜大星说。

我们进了各自的琴房,开始练习。

我的确也用眼角的余光看见了亨特儿校长从我们的琴房门口经过的身影,但是,亨特儿校长并没有进到琴房里来,也没有如大家传说的那样,把我们一个个都抓到他的办公室去,然后交给德体处,最后在全校集会的时候通报批评。

规定的时间很快就到了。我们从琴房出来,见亨特儿校长还在洗衣槽那里。

"花这么多精力来练琴,有进步吗?"亨特儿校长问杨远。

"有进步,以前不会的,师父都把我教会了。"杨远指着李心雨说。

我和杜大星没有说话,只是笑了笑。亨特儿校长也对我们笑了笑,示意我们可以离开了。

火眼金睛的神探,怎会看走眼?他一定知道,我们班结对子练琴,并不是为了方便谈恋爱,而是为了把风琴练好。

"唉,真是没意思。"刘胜大声说。

"什么没意思?"有人问。

"我们班没有因为集体谈恋爱而被集体处分,没有如别的班的同学的愿啊,纪律流动红旗还是被我们给捧回来了。"刘胜乐呵呵地说。

"就是就是，今天我听音乐老师说，我们班的琴法是练得最好的。"柳婷婷高兴地向大家宣布。

"噢噢噢，庆祝一下吧。"刘胜大喊道。

这时候，高老师来到了教室门口，他高兴地说："同意你们庆祝，但不要蹦得太高，把天花板给捅漏了，当心楼上的同学掉下来。"

"呀，高老师，您知道我们要庆祝什么啊？"刘胜问。

"当然知道，我们班的琴法进步很大，得到表扬了。"高老师说，"你们这些小鬼头，还真会玩花样，真是让我虚惊一场。"

看来，我们班结对子练琴，有了效果。当然，最初做这事的时候也有集体谈恋爱的嫌疑，否则，怎么会把高老师也吓了一跳呢？

因结对子练琴事件，同学们改变了对柳婷婷的看法。

"柳婷婷，你这个金点子不错。"我说，"当初，同学们戏说'猪八戒配白骨精'，虽然是开玩笑，不过还真成了一件大好事。"

柳婷婷并没有如往常那么骄傲，而是理了理长辫子，说："作为文娱委员，我总不能整天只顾自己跳舞参加比赛拿奖，我也得为全班同学考虑一下才好。"

听了这话，我笑了，李心雨也笑了。

4. 织了手套送给谁

天，越来越冷。

驴溪岛上的风,比别处的风要急一些,要冷一些。所以,驴溪岛的冬天,也比别处冷一些。一向不长冻疮的我,手上也开始长冻疮了。那些硬硬的小疙瘩,又肿又痒,恨不得一爪子把它们给挠下来。

"好像又降温了,穿厚点。"这天早上,先于我起床来到屋檐下洗过了脸的李心雨提醒我。

"能穿的都穿上了,总不能把那件还没干的衣服也穿上吧。"我皱着眉头说。

"我去给你摸一摸,看那件衣服干了没有。"李心雨说完,又出了寝室。

我的衣服不多,冬天也基本是穿三件:一件贴身的绒衫,一件穿了好几年的已经接过两次长度的毛衣,春秋时穿的外套。李心雨的意思,是想让我把两件外套都穿上。

"真的没有干。"李心雨进寝室里来告诉我这个消息的时候,冲着我挤了挤眼睛。

"不怕,一会儿在操场上跑快点,多跑两圈就暖和了。"我说。

的确,晨起跑步,锻炼身体,能增加身体的抵抗力。体育老师胡司令也对我们说:"天天跑步,你想感冒都不行。"

"抓紧时间起床了啊,要关大门了啊……逮住一个扣一分啊……抓紧时间起床了啊……"女生院里,汪老师那断气的哨声和千篇一律的催促词,催得人心头发慌。

"啊,啊,啊——"每当汪老师的声音过后,总会有女生学她的口气,"啊啊啊"地学一通。

好吧,再冷,也得起床跑步了。

跑步的时候,李心雨告诉我:"听说在冻疮还没化脓的时候,天天早晚用热水烫,能够烫好。"

"好啊。"我说,"不过,我老是习惯用冷水洗手。"

"我来监督你,每天早晚用热水烫手,少烫一次就罚跑十圈。"李心雨说。

……

李心雨开始了天天拿着暖瓶打开水,而且早晚监督我烫冻疮的日子。

李心雨不知道是什么时候买回的毛线针和毛线,她开始织手套。

"什么时候买的这些呀。"我问。

"昨天文学社结束后去马项垭买的。见你在练排球,没有拉你一起去。"李心雨说。

"你给谁织呀?"我问。

"先织呗,谁的手能戴上,就给谁织。"李心雨说。

"要不要我来猜一猜是谁的手戴得上?"我挤了挤眼睛。

李心雨当然能读出我的表情后面藏着的东西,她掐了我一下,说:"不要乱猜了,我是给你织的。"

"这个红色很漂亮呢。"我说。

"嗯,除了漂亮,看起来也暖和。"李心雨说。

我也去马项垭买回了毛线针和红色的毛线,开始织手套。

紧接着,我们班掀起了织手套的热潮。同学们选用的毛线颜色,以红色居多,因为红色是特别适合女同学的颜色,也正如李心雨说的那样,红色看起来暖和。当然,也有选黄色、绿色、橙色等较为鲜嫩的颜色。然而,也有少数同学用的是深色,如深蓝色、深绿色、黑色等。于是,大家便开始猜测:大凡用红色、黄色等鲜亮的颜色织的手套，是给自己或身边的好朋友织的；而那些选用深色毛线的同学，应该是给男同学织的，因为男同学才适合戴深色的手套。

顾大英用的便是深蓝色毛线。寝室里便展开了一场猜测。

"我觉得顾大嫂有情况。"杨雁说。

"我有什么情况？"顾大英提着热水进了寝室门。

"母大虫，你老实交代，你的手套是给谁织的？"杨雁问顾大英。

顾大英并没有生气，她面不改色地说："为什么说这手套是织给别人的呢？"

"因为它是深蓝色，女生都喜欢浅色或鲜艳的颜色。"邝琳玲说。

"唉，你们这些小女人啊。"顾大英感慨了一句，接着说，"我就喜欢深色。我不图它漂亮，我就图它耐脏，不用经常洗。"

这也符合顾大英的性格。

就在大家以为顾大英的手套一事就此结束的时候，顾大英冷不丁冒出一句："我改变主意了，我准备把这双手套送给我的师父陈小峰。"

"哇！真的是师父吗？"杨雁问。

"不是师父难道还是徒弟？"顾大英反问道。

"嘿嘿嘿！"杨雁笑了。

"陈小峰，一说话就脸红，只怕我如果真拿他当男朋友，他一定会躲在寝室里不敢去教室上课，哈哈哈！"顾大英大笑着说。

顾大英接下来的举动，足以证明她之前的确是为自己织的手套。她重新买了黑色的毛线开始织手套，还说："这个要好好织，可不能漏针，否则，师父会觉得我这个徒弟太蠢了。"

晚上，熄灯了。汪老师照例巡查女生院，让大家赶紧熄灯息声。

听不见汪老师的声音了,杨雁起床来,轻轻地打开一个门缝儿,悄悄地往外看。

"恶老太应该走了,赶紧起来加班吧。"杨雁小声说。

大家赶紧起床来,开始加班织手套。床铺原本就靠窗的同学,可以借着从窗口照进来的灯光,就坐在床上织。靠角落里的同学,有蜡烛的便点起蜡烛,没有蜡烛的或为了节约的,便溜出寝室,把桶啊盆儿啊翻过来当凳子坐。

大家都专心地织着手套。我和李心雨也专心地织着手套。李心雨的手套是为我织的,我的手套是为她织的,不用说,我们俩的心里都知道。

"你应该织一双蓝色或黑色手套。"李心雨悄悄地对我说。

"为什么?"

"送人呗。"李心雨说。

"送谁?"

"那个姓老的同桌。"李心雨鬼兮兮地说。

我掐了李心雨一下,继续织手套。

说实在的,我想过给杜大星织一双手套,他是我的偶像,对我的帮助也很大,然而,我不敢贸然地送这样的礼物给他,我怕他误会我。

"3号寝室的,集体扣分了啊——"

天啊,汪老师不知道什么时候来到了我们寝室的屋檐下,她这么一吼,吓得同学们赶紧起身朝寝室里涌。

"砰——"

"砰砰——"

"砰砰砰——"

"啪——"

……

一阵桶和盆儿打翻了的声音,搪瓷盆与搪瓷盆碰撞的声音,桶和盆滑进阴沟里撞在石头上的声音,还夹杂着有谁摔倒在地的声音……真是凡所应有,无所不有。

我们都进了寝室,把毛线针和手套塞进床底下,钻进被窝里,闭上眼睛,假装睡着。汪老师走进寝室,压低声音把我们训了一通,自始至终都没有人回答她一句,她训着没劲,便走了。

当然,纪律分是被扣定了,我们也只有靠申请义务劳动来挽回被扣分的局面。

第二天一早,隔壁寝室的同学问我们:"昨天晚上你们班集体抗议了,还是在抓老鼠?那么大的响动……"

我们都笑而不答。

早操结束后,高老师把我们寝室的同学都留了下来,把我们带回寝室,让我们交出所有的"赃物"。没有一个人抗拒,所有的同学都把刚织完的或没织完的手套拿了出来。

望着这一堆花花绿绿的战利品,高老师笑了。高老师把这些成品或半成品翻看了一遍,笑着说:"织得挺用心嘛。"

同学们都以为,高老师会收走这些惹祸的手套。然而,高老师并没有这么做,他对我们说:"不是不能织手套,但要分清时间,不能违反学校纪律,以后都要注意了啊,再被逮着了,就任由汪老师处置了。"

因为天天用热水烫冻疮,我的冻疮竟然奇迹般地好了,那些硬疙瘩消了，不肿也不痒了。对李心雨的感激，我无法用语言来表达，也无须表达。

李心雨把织好的手套送给了我，我也把织好的手套送给了她。同样是红色的手套，但相互赠送后，戴在手上，感觉不一样，感觉比自己织的那双更温暖。

杜大星见我和李心雨戴着同样的手套，说："下辈子我也投胎变女生，会织手套，可以和好朋友戴一模一样的手套。"

"如果你愿意，我可以教你织手套。"李心雨打趣道。

"如果我把女生的活儿都抢了，女生们不会放过我。"杜大星说。

"只怕你想抢，也抢不过来。"李心雨说。

听说，高老师也收到了一双手套。至于是谁送去的，高老师不知道，我们也不知道。然而，高老师仿佛没有戴手套的习惯，他一直是光着手来给我们上课。高老师仿佛也看出了同学们的期待，他笑着说："我舍不得那双手套，我把它当成艺术品，放进了箱子里，珍藏。等我老了，不经冷了，再拿出来戴。"

5. 越野赛后看雪景

一年一度的越野赛，又开始了。

师范校的越野赛时间，定在每年的12月26日——毛泽东诞辰日，如果遇上下雨，时间顺延。毛泽东主席曾于1952年6月10日为新中国体育工作题写了"发展体育运动，增强人民体质"这12

个大字，推动了我国体育运动的发展，也激发了大家参加体育运动的积极性和主动性。师范校把越野赛的时间定为毛泽东主席的诞辰日，自然有着特殊的纪念意义。越野赛的路线每年都会有所变化，男女生的线路也不同，女生的线路要短一些。线路大概是：从操场出发，穿过马项垭，跑过白沙大桥，绕到驴溪河对面的土公路上，一路跑到白沙场口，沿江边跑一段，从船桥上过江，在最累的时候却要爬校门外那段陡坡，全程有五公里左右。

去年的越野赛，正巧我重感冒，我连跑带走，整个年级一百多名女生，我竟然也进了前五十名。今年，我的身体好好的，我暗暗告诉自己："一定要拿个好名次，争取进年级前十吧，争取给班里多加一点分。"

我在起跑冲出操场的那一刻，看到了站在操场边上的杜大星。杜大星冲着我微微一笑，仿佛在说："加油哦。"我带着杜大星的鼓励，朝前方跑去。

一开始，我并没有加足马力往前冲，而是尽量把步长拉到最大，节约体力。平日里，我跑得快的时候总有人会说："你腿长嘛，你跑两步相当于人家跑三步。"体育老师也说我这长腿在长跑中占了不少优势。我也知道，如果一开始冲得太快，到后面就会累得无法支撑，不但冲不到前面，反而会落后，如果眼见着一个个同学从你身边超过，你会失去努力的信心，甚至会放弃。

沿着驴溪河畔跑了一会儿，快跑到白沙街上的时候，我感觉特别累，如果没有信念支撑着，根本就不想跑了，这就是体育老师说的极限到了。我记得胡司令的话："只要你坚强地挺过了这个极限，接下来你就会感觉轻松多了。"我没有放弃，在最累的时候，我在心里喊：“加油，加分！加油，坚持！加油，加分！加油，坚持……”一步一个字，一个字一步……我就这样坚持着。

越野赛的名次越靠前，给班级加的分就越多，在班级荣誉面前，大家都愿意努力。

挺过了极限，不那么累了。我告诉自己："赶超！"

我总是瞄准前面的某一个运动员的身影，然后尽量拉大步长，尽量往前赶，尽量与她的距离越来越近。我其至在心里唱起了校歌："驴溪岛上的儿女，前进前进前进，向着灿烂的朝阳，献出对人民教育的忠诚……"

在唱校歌的过程中，我超过了好几个女生。

四根柱子校门，就在前方。

然而，四根柱子虽然就在眼前，你要跑到那里，却得爬一段陡坡。都说，这段陡坡是要命坡，每年的越野赛，倒在这段陡坡上的英雄好汉还真不少。虽然我一再鼓励自己："加油，加油……"然而，到了这陡坡下面，却觉得自己真的没有力气再爬坡了。

这时候，顾大英也喘着粗气跑到了我的身后。我想："今天我一定要战胜母大虫，可不能让她超过了我。"

我铆足了劲，往陡坡上冲。这段不长也不短的陡坡上，有坐着休息的同学，有捂着肚子皱着眉的同学，有站着喘粗气的同学……我回过头去，却见顾大英坐在地上歇息。这一刻，我不禁为顾大英担心起来。长跑的人都知道，一旦停下来，就有可能再也不想跑了，或者就算跑，也没有先前的速度了。

果然，当我战胜了陡坡，回头一看，顾大英还没冲过陡坡的三分之一。

战胜了陡坡,我的步子顿时轻快起来,我跑过一段平路,跑进操场,朝终点冲去。

终点处,杜大星把"1"号牌递到我手上,说:"祝贺你,拿第一了!"

"不能停,继续小跑一段啊。"杜大星提醒我。

我在操场上慢跑了一圈。我停下来的时候,看到顾大英也到终点了,她拿到的是"3"号牌。顾大英捂着肚子,皱着眉头说:"千不该,万不该,就不该停下来歇口气,大忌呀大忌,不然的话,也可以拿年级第二名。"

"年级第三名,已经很不错了。"杜大星安慰着顾大英。

"还好,冠军在我们班上,没有丢。"顾大英对我说,"幸亏你跑得快。"

"你不让着我,我哪能拿冠军啊。"我笑着说,"在陡坡那里,如果你使劲往前赶,我一定跑不过你。"

这次越野赛,我们班依旧拿到了团体总分第一名。面对荣誉,高老师只说了一句:"记住,坚持就是胜利。"

越野赛过后,同学们又投入到紧张的期末复习中。晚自习的时候,几个好热闹的同学又开始找乐子。

"同学们,不要紧张,不要紧张,越紧张越考不好。"李少培打趣道。

"李烧杯,不要紧张,不要紧张,紧张是三科,不紧张也是三科。"刘胜继续打趣。

"啊哈哈,知我者,刘胜也。"李少培笑着说。

……

"非关癖爱轻模样,冷处偏佳。别有根芽,不是人间富贵花。谢娘别后谁能惜,飘泊天涯。寒月悲笳,万里西风瀚海沙。"

咦,是谁在吟咏《采桑子·塞上咏雪花》?

是李心雨。刚才,在李少培他们打趣的时候,李心雨却在读她喜欢的古诗词。这会儿,正巧读到《采桑子·塞上咏雪花》,兴许是太过喜欢,便情不自禁地吟咏出声来。

"谁说谢娘后便没有人怜惜雪花了?"李少培大声说,"老天爷要是能给我们痛痛快快地下一场雪,我们一定好好地怜惜雪花,我一定要为雪花作一首诗,流传千古。"

"鸭梨班长,讨论几句历史,不要扣分哦。"丁小章立刻兴奋了,她接着说,"谢娘用'未若柳絮因风起'来形容雪花,堪称绝喻。李烧杯,如果老天爷真痛痛快快地下了一场雪,你打算用什么来形容雪花呢?"

"现在还未下雪,谈作诗,为时过早。"李少培说。

"唉,真扫兴。我们这里,我记得还是在我们上小学的时候下过一场大雪,我们想见到雪,比大臣见皇上还难呐。"丁小章说,"好吧,我还是到我的历史隧道里去穿行吧,兴许能遇上谢娘呢。"

教室又安静下来,同学们都忙着复习功课。

不知道是老天爷想让李少培作一首诗,还是丁小章在历史的隧道里穿行时遇上了谢娘,在这个冬天里,在我们期末考试前夕,真的下了一场大雪。

离窗户最近的同学最早发现这个早晨的不一样。

"哎呀呀,下大雪了!"

"真的下雪了,地上积了这么厚的雪!"

"快出来看雪呀，下大雪了！"

……

整个女生院都沸腾了。

整个师范校园都沸腾了。

在极少见雪的地方，毫无征兆地来一场大雪，给大家一个极美的雪的世界，能不让大家兴奋吗？上一次看见雪，还是在上小学的时候，清晨起来，妈妈就对我说："下大雪了，上学路上要小心，看到地上有电线，就绕过去……"走出家门，寒风扑面而来，地上铺着厚厚的雪，许多竹子都被压得倒下了，那是我对雪最深刻的印象。

操场上也满是积雪，学校的广播里宣布，今天不做早操。早自习后，学校广播里又宣布：今天上午不上课，同学们可以尽情地赏雪、拍照。

我想，赏一场难得的雪，也算是师范校为我们开设的一堂珍贵的课吧。

我、李心雨还有杜大星，我们一起朝校门那边走去。

"心雨，快看，那边在照相呢，我们也去照一张吧。"我说。

要是照相，也是很奢侈的，拍一次照片要一元五角钱，加洗一张照片要另加五角钱，这于我们这些来自农村的中师生来说，也是极为奢侈的消费。

"心雨，小月，我想拍照。"柳婷婷也朝我们这边赶来。

"你想拍就拍呗，这么美的雪，再配上你的红外套，照出来会很美。"李心雨说。

柳婷婷高高兴兴地拍了照，她说："我一定要加洗很多张，我们班上每个同学都有份儿。"

"快来快来，拍大合影了，都来啊，见者有份儿。"一向不大吼大叫的杜大星，冲着周边的同学们大喊。

一听说拍合影，在周边的同学们都聚了过来。

"咔嚓——"一张合影留下了，大家都笑得很欢。

接下来，同学们便三三两两地合影。杜大星提出要跟我和李心雨合影，还要单跟我留影，跟李心雨留影，他说："这么美的景，一定要成为我们友谊的见证。"

"好好好，我同意老杜的提议。让我们纯洁的友谊，有纯洁的雪做见证。"李心雨高兴地说。

我自然也同意杜大星的提议，也同意李心雨诗一般的说法。

拍照，赏雪，真是非常开心的日子。

不知道在以后的日子里还能不能看到这么美的雪。

第四章 终诀别

1. 拯救流动红旗

中师二年级下期开学报到那天,李心雨便给我分享了她的幸福:她发表了两篇作品,样刊和稿费都收到了。

当天下午,李心雨带我去了白沙的大光书店,要买一本精装《红楼梦》送给我。看着11.35元的定价,我说:"太贵了,换一本吧。"李心雨却执意要买来送给我,她说:"我早就想送你一本书。"

"这稿费是你辛苦得来的,你还是为自己买一本书吧。"我说。

李心雨笑了,她说:"我发表了作品,文学社茗野老师会奖励书给我。这是我们文学社的规矩。"

"哇,真好!"我再一次替李心雨高兴。

付了钱,走出书店,我对李心雨说:"我回去后,要写上今天的日期,注明赠书人和赠书原因,你也要在这本书上签上你的大名,我要把这本书永远珍藏,等你成为著名作家了,你的墨宝肯定是无价之宝。"

李心雨说:"我倒是没想过自己能成为著名作家。目前,我能做的,便是多读书,多写文章,做一只勤奋的丑小鸭。文学社的茗野先生说,我们文学社的成员,都是丑小鸭,我们会从这里起飞,变成一只只白天鹅。"

"变成白天鹅的时候，就是著名作家了。那时候，我就可以拍卖这本《红楼梦》了，我就发财了。嘻嘻嘻——"我笑了。

"只怕你到时候就舍不得了。"李心雨斜了我一眼。

"知我者，心雨也。"我说。

开学报到这一天，在分享着李心雨的喜悦的同时，我还有一件心事。寒假里，我买了黑色毛线，织了一双手套。这双手套，我织得很认真。我想把这双手套送给我的同桌杜大星，感谢他在学习上给我的影响和帮助，但我不知道该怎样送给他，也不知道他会不会收下这双手套。

然而，我还是趁着同学们都去食堂打饭的时间，来到教室里，写了一张只有"JY"两个字母的字条，夹进手套里。我鼓起勇气，把手套放进了杜大星的桌肚里。

吃过晚饭，我在寝室里一直磨蹭到读报课时间快到了，才朝教室走去。

我进教室去的时候，把头埋得很低，像一个做错了事情担心被老师批评的小学生。我坐到座位上，谁也不敢看。我埋下头来，掀开桌盖，从桌肚里拿书和文具。我拿到了一本新书——路遥的《人生》。我拿出这本书，好奇地翻开第一页，里面有一张纸条，上面写着：

寒假去书店，买了两本书，这本是特意为你买的。

路遥的《人生》，是我们大多数人的人生。

同时也谢谢你的礼物！

我的心怦怦直跳。杜大星已经收到手套了，还送了我一份珍贵的礼物，让我感到惊喜。然而，我竟然忘了给他说声谢谢。

下晚自习回到寝室,我抓紧时间洗漱,然后趴在床上看《人生》,一直看到熄灯。我把《人生》压在枕头底下,让它伴我入眠。

上学期期末成绩补考的名单公布了,我和李心雨都没有补考,我的同桌杜大星当然也没有补考。班里的同学有补考一科的,也有少数同学补考两科。李少培还是不多不少——补考三科。

高老师说:"在我们年级,我们班是补考人次最少的班级,是全科及格人数最多的班级……这里面,有老师们的努力,也有同学们的努力……希望大家好好学习,争取消灭补考……"

高老师离开教室后,刘胜大声说:"消灭了补考,就等于打坏了烧杯。"

"三科补考,三科及格,而且刚好60分,或者在60分到65分之间,这样的神话,千万消灭不得。"杨雁的音量比刘胜的更大。

"哈哈哈!"

同学们又一阵大笑。

有句话叫"欢喜不知愁来到",接连这两天,男生寝室被扣了两次分。

这两次分,都扣在我们班的重要人物身上。

第一次扣分,扣在苏杭身上。苏杭在团学委办公室加班,整理之前的播音稿存档,然后把这一周的播音人员及内容安排下来,还加班油印团学委的小报,不知不觉,就错过了归寝时间。等他把手上的事情做完,走出团学委办公室,走出办公楼,才发现寝室的灯已经熄了。他快步跑到男生院门口,被值周老师逮了个正着。

不管什么理由,不按时归寝,都是要被扣纪律分的。苏杭也不例外。

第二天，办公楼前的公示栏里，便公布了我们班被扣分的情况。

"哇，苏书记被扣分了。"杨雁张口就喊。

"没有按时归寝哦。"邝琳玲说。

"是不是值周老师搞错了哦？苏书记也会违反纪律？"杨雁反问道。

"苏杭回来时一身油墨味儿，一手的油墨。"杜大星小声说。

苏杭做起事来的确很拼命。他不止一次说："我要学习校团委游书记那种兢兢业业的精神，抓紧每一分钟，把每一件工作都做到极致……"

第二次扣分，扣在杜大星身上。

下午放学后的大扫除，男生寝室107寝室由杜大星做。一切都做好了，杜大星正准备吃郭东给他打回来的晚饭，突然想起自己还得去检查教室和公地的卫生情况，便匆匆出了寝室。哪知，就在他走出寝室的时候，那碗没有放得太稳当的饭，竟然从台面上掉到了地上，饭菜洒了一地。杜大星检查完教室和公地的卫生后，便到了读报课时间，他就匆匆赶往教室，把那碗没有吃的饭给忘了。

就因这碗自个儿打翻了的饭菜，让107寝室又一次被扣了分。

"哟，107寝室，这是要做什么呢？"班长吴亚妮说话了。

"郭东一定有话说。"杨雁就是嘴快。

郭东大概也觉得自己这个室长有些失职，他搔了搔乱蓬蓬的头发，说："这个嘛，我有责任。我愿意接受惩罚。"

"罚？怎么罚你？罚你天天洗头，你愿意吗？"吴亚妮问。

郭东笑着说："就算我愿意，也加不了分啊。"

课间的时候，郭东拿一张十六开的画纸，在上面写了"拯救流

动红旗"几个美术字,粘在一把扫把上,在教室过道里一边走一边喊:

"拯救流动红旗行动,有愿意参与的前来报名。拯救流动红旗行动,有愿意参与的前来报名……"

郭东这一招还真灵,课间十分钟不到,便有好些个同学报名参加义务劳动了。拿着愿意参加义务劳动的同学的名单,郭东宣布:"如果把我们107寝室被扣的分给清除掉,把我们班的流动红旗拯救回来,我们107寝室的男生,在任何时间都听从大家的差遣。"

郭东的话一说完,杜大星便说了三个字:"要出事。"

"要出什么事?"我小声问。

"你很快会知道。"杜大星说。

杜大星的话刚说完,只听杨雁大声问:"哈哈,郭东,你们107寝室的男生,我们想怎么差遣都可以吗?"

"只要是力所能及的。"郭东说。

"帮我们打热水,可以吗?"杨雁说。

"当然可以。"郭东说,"只要你不怕我们毛手毛脚的,把一桶变成半桶就好。"

"没关系,如果把一桶变成了半桶,就再跑一趟,再来半桶,就凑成一桶了。"顾大英一本正经地说。

"嘻嘻嘻——"邝琳玲忍不住笑了。

"帮我们挑沙,可以吗?"杨雁说。

"当然可以。"郭东说,"为女生们分担劳动任务,是每个男生义不容辞的光荣职责。"

"哎哟哟,邋遢大王怎么突然变得这么跟德体主任一样了?我浑身起鸡皮疙瘩了,真是受不了。"顾大英说。

"帮我们排队打饭，可以吗？"杨雁继续问。

"当然可以。"郭东说，"能帮女生们排队打饭，是何等荣幸。"

"只怕走到半路，碗里的肉就被偷吃得一片不剩了，嘻嘻嘻——"李心雨冒出这么一句来。

"你以为男生都是老鼠变的？"杜大星说。

"不是老鼠，也是馋猫。"李心雨说。

这时候，柳婷婷替郭东说了句好话："这大概应该是郭东入学以来做得最靠谱的事情了。"

"应该加上'之一'。"顾大英说。

"为什么呢？"邝琳玲问。

"郭东做得最靠谱的事情，应该是给我们班争得一个王位。"顾大英说。

"什么王位？"邝琳玲疑惑着。

"邋遢大王呗。"杨雁反应快。

"正确，加十分。"顾大英说。

不管怎么说，郭东做了一件非常正确的事情。杜大星和苏杭一起，把参与义务劳动的同学分成了若干个四人小组。苏杭带柳婷婷、杨雁、宦德宽去打扫团委办公室那一层的卫生，吴亚妮带我、李心雨和陈小峰去打扫文学社那一层的卫生，顾大英带队去女生院后面的浴室打扫阴沟，杜大星、任耀飞、秦岭分别带队去打扫大桥院、临江院和芭蕉院的卫生死角。

午休时间，我们班参加义务劳动的大军，浩浩荡荡地朝各目的地赶去。

在义务劳动的过程中，苏杭回到教学楼，把二班的本周负责写

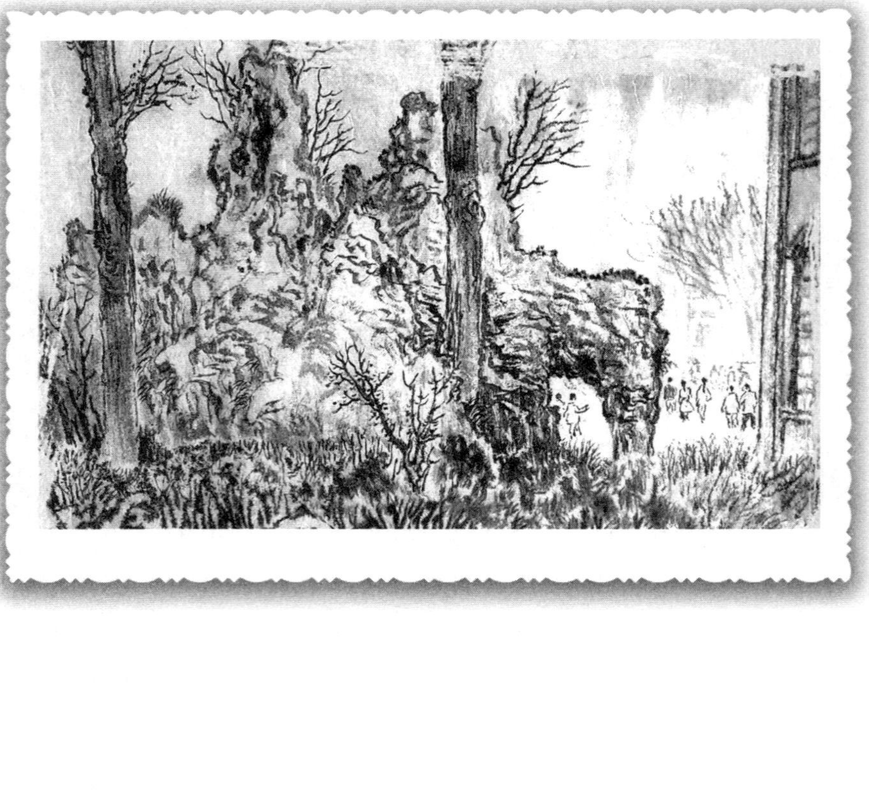

通讯稿的团学委通讯员请出来,到我们班义务劳动的现场观看,告诉他一定要好好地写一篇广播稿,晚上在广播里播出。这对通讯员来说是一件好事,因为一旦通讯稿播出来,也可以给他自己的班级加分。

这位老实的通讯员很卖力,利用下午的课间和自习课时间,写了一篇长长的稿件,把我们班所到过的角落都写进去了,还写得特别生动具体。吃晚饭的时候,我们都从广播里听到了这篇题为《浩浩荡荡的义务劳动大军,走遍校园的每一个角落》的广播稿,听得同学们一个个脸上都洋溢着得意的神情。

尽职尽责的苏杭还亲自把这篇广播稿送到了生活部长那里,最后的结局是,我们班的清洁和纪律分都加上来了,除去被扣掉的分,还有剩余。

我们班把差一点就失去的流动红旗给抢回来了,二班的同学们却在埋怨那位写稿的通讯员。听宦德宽说,面对指责,那位通讯员义正辞严地说:"不管是哪个班做了好事,我都会写一篇精彩的报道,与流动红旗无关。"

事后,高老师也在我们班上表扬了二班那位通讯员,他说:"从小处说,这位同学没有私心,从大处说,这位同学正是我们师范校要培养的未来的优秀的人民教师……"

2. 猪儿虫事件

开学后不久,校园里猪儿虫泛滥。

花台里的各种花叶上，操场边的各种树叶上，都趴着肥嘟嘟的猪儿虫。猪儿虫所到之处，新鲜的嫩叶便很快缺个口，缺个洞，到最后成了只剩叶脉的残叶。

"啊——"一声尖叫，把所有坐在花台旁吃饭的同学的目光都集中过去了。

"哎呀妈呀，猪儿虫，都掉到我碗里来了，真是太恶心了！"顾大英把饭碗放在了花台上，里面盛满了饭菜，看样子才刚吃几口。

碗里最显眼的，是那条肥嘟嘟的猪儿虫。

"哈哈哈，这是一只失足的猪儿虫。"不管什么时候，刘胜都不忘打趣。

"不对，这是从天堂坠落到人间来的天使。"郭东一本正经地说。

"哟，诗人呢。" 刘胜说。

"昨天从学校文学社窗外经过，听见里面正在朗诵诗歌，那一瞬间，我预感到，我会成为诗人。果然啊！"郭东还是那么一本正经。

女生们这会儿都围着顾大英，各种表情，各种尖叫，各种感慨，混合在一起。

刘胜也走过来，他看了看顾大英碗里的猪儿虫，一副大惊小怪的样子喊道："老天爷，这猪儿虫也太嚣张了吧？"

"是呀是呀，什么虫啊，竟敢欺负母大虫。"郭东应了一句。

"哈哈哈，这叫小虫欺负大虫吧？"杨雁张口又来一句。

听到杨雁这句话，郭东笑了，笑得坏坏的。

"不关我的事，不关我的事呀，这话是从杨雁嘴里说出来的。"郭东大声说。

"不动脑子，轻易就上了郭东的当，母大虫是虫子吗？"柳婷婷反对着杨雁。

杨雁也觉得自己说错了话,伸了伸舌头,闭了嘴,继续吃饭。

"哎呀呀,又掉进碗里了。"郭东尖叫一声,同时指着杨雁的碗。

"啊!"杨雁一声尖叫,把碗扔进了沟里。

"哈哈哈!"郭东大笑着说,"这才叫小虫欺负大虫。"

原来,并没有猪儿虫掉进杨雁的碗里,这只是郭东的一个恶作剧。所幸的是,杨雁碗里的饭也快吃完了,而且,这碗也是搪瓷碗,不容易摔坏。

顾大英把饭菜倒掉,虽然还饿着肚子,却也没有心思去食堂打饭了。我和李心雨把碗里的饭菜分别拨了一些给顾大英,让她将就填填肚子。

我和李心雨捧着还没吃几口的饭菜,东瞧瞧,西望望,担心有猪儿虫不请自来。

"当心。"坐在一旁的一直没有说话的杜大星说了两个字。

当心?当什么心?我和李心雨面面相觑。

"树上有猪儿虫,树下有邋遢虫。"杜大星不动声色地说。

我明白了,杜大星是在提醒我们,既要防树上的猪儿虫,还要防着郭东吓唬我们。

"走。"李心雨用胳膊肘轻轻地拐了我一下。

我和李心雨便到教室里吃饭去了。

今天的晨练,又有几个睡懒觉的男生被神探亨特儿校长给抓住了,他们除了要把晨跑补上以外,还接受了另外的惩罚——每人捉猪儿虫50条,以此来抵消被扣的纪律分。与此同时,亨特儿校长还宣布了一个重大决定:凡是能捉到50条猪儿虫的同学,都可以

219

抵一次劳动挑沙的任务。

此决定一出，台下一片哗然。

"猪儿虫们可要遭殃了。"

"看来，猪儿虫可是亨特儿校长前世的仇人啊。"

……

体育老师胡司令宣布早操解散后，有人大喊一声："各就各位，预备——捉猪儿——虫！"

"哈哈哈！"操场上响起了一阵笑声。

晨起迟到被罚捉猪儿虫的同学中，有我们班的邋遢大王郭东。

"这下好了，小虫欺负大虫的事实，终于成立了。"顾大英大声说。

大家都知道，顾大英在以牙还牙了。

"哟，母大虫，满校园的猪儿虫，都是你招来的吧？"刘胜问。

顾大英没有说话。

"据说，好几年以前，校园里也是猪儿虫泛滥。据说，那时候是捉30条猪儿虫可以抵一次劳动。"宦德宽又开始挖陈年旧事了，"而今却需要捉50条才可以。看样子，今天的猪儿虫，比那年厉害。"

"嘻嘻嘻，50条猪儿虫哎，肉嘟嘟的猪儿虫，就像一条条小猪儿。"杨雁笑了。

"要装好大一碗哦。"柳婷婷说这话的时候，仿佛全身起鸡皮疙瘩的样子，直摇头。

"装过猪儿虫的碗，还能打饭吃吗？"我笑着说。

"如果是我捉到了50条猪儿虫，我一定不会上交。"李少培说。

"拿来做什么？拿到实验室搞科研？"李心雨问。

我和李心雨果真心有灵犀,她的问题,正好是我想问的。我冲着她笑了笑,她懂我的意思。

"李少培拿着烧杯去捉猪儿虫,捉满一烧杯后,拿到化学实验室,分别加入酸、碱、盐等,让它们进行化学反应,观察其变化,一一作好记录……"刘胜发表着演说。

"可不是那样的。"李少培说。

"那你要把它们怎么办?"柳婷婷问。

"拿到食堂去,请师傅帮忙,挑10条最大的出来油炸,挑10条最绿的凉拌,挑10条最肥的炖汤,挑10条最瘦的爆炒,剩下的10条拿来清蒸。"李少培说。

"一样叫化学反应,只不过用的容器和所放的催化剂不一样而已。"刘长发说。

或许,只有刘长发这样的理科尖子,才能把脑洞打得这样开。

"师范校就成了化学实验室了。"杜大星说。

"嗯,猪儿虫是催化剂。"我接了一句。

"很好。"杜大星说,"猪儿虫这个催化剂,让校园里多了一分惊险和快乐。"

"哎哎呀,恶心死了!以后食堂的饭菜还能吃吗?"柳婷婷尖叫着。

"哈哈哈!"同学们大笑起来。

是呀,李少培这主意,可真恶心人,听得大家想把肚子里还没有消化的东西都吐出来。

"我建议,我们班写一篇关于食堂用多种花样烹饪猪儿虫的文章,拿到团学委的播音室去播一播。"班长吴亚妮竟然想出了这么一个馊主意,她可一向是一本正经的,这回也加入了搅和的队伍。

"到时候,广播里在说猪儿虫的N种吃法,校园里,大家都在吃饭……哇哇哇,好恶心啊!"顾大英做一副恶心状。

"嘻嘻嘻,母大虫,原来你也怕吃虫啊?"郭东嬉笑着扔出这么一句。

"郭东,如果那些猪儿虫欺负你的话,请你告诉本大虫,本大虫一定帮你解决。"顾大英说。

顾大英真有意思,对"母大虫"这个绰号,她非但不反感,还时不时拿出来自嘲一番,逗大家快乐。

"顾大嫂,你觉得我会怕猪儿虫吗?"郭东说。

"你肯定不怕。"顾大英说,"因为猪儿虫是你自家兄弟。"

"对,都姓猪。"杨雁大声说。

"哈哈哈!"教室里又一阵大笑。

接下来,我们班不只是郭东开始捉猪儿虫,另外一些同学也加入了捉猪儿虫的行列。其实,最想捉猪儿虫的,是女生们,因为50条猪儿虫可以抵掉一次挑沙任务。特别是那些力气小的女生,都有点害怕每周劳动课上的挑沙任务。然而,许多女生都害怕这肥嘟嘟的猪儿虫,就是它出现在眼前,都不敢捉起来,更不敢提着装有猪儿虫的袋子走路。

当然,也有胆儿大的女生,如顾大英、吴亚妮、杨雁、丁小章等,她们总会在课间跑出去捉猪儿虫,然后装进一个钻有小洞的纸盒子里。

我和李心雨也结对去捉猪儿虫,还准备带上柳婷婷。柳婷婷胆小,说:"不去,打死我也不去,我宁愿挑沙也不愿捉猪儿虫,想想它的样子,我浑身起鸡皮疙瘩,更要命的是,吃饭的时候,我看哪根菜哪根菜就像猪儿虫，我都不敢打豆芽菜来吃了⋯⋯"

我和李心雨商量好了，我们凑齐50条猪儿虫后，就交到亨特儿校长那里，给柳婷婷抵一次挑沙任务。

"啊——"

中午时分，同学们都在认真练字的时候，教室里响起了一声尖叫。这声尖叫，根本不用夸张地说，肯定是整栋教学楼都能听得见。谁也想不到，这尖叫声竟然从顾大英的嘴里传了出来。

顾大英是何等胆大的人物啊！绰号顾大嫂、母大虫，怎么会大声尖叫呢？顾大英的尖叫，和猪儿虫有关。

"老天爷啊，这虫，上辈子和我有仇啊？"顾大英的声音里，带着哭腔。

"猪儿虫它上辈子和你有仇，这辈子是你欠它，哈哈哈！"是刘胜的声音。

顾大英踩到了一条猪儿虫。猪儿虫通体肥嫩，这么一踩，便挤出一摊绿绿的汁液来⋯⋯哎呀，简直没办法描述。

"刘长发，你陷害我！"顾大英生气地冲着刘长发吼。看来，她踩着的猪儿虫是刘长发捉回来的。

刘长发把猪儿虫装在一只小小的可以收口的尼龙网中，大概是网口没有收得太紧，已经有几条猪儿虫爬出来了，正巧，顾大英到第一排的组长那里交作业回来，便踩到了一只。

"我不告你犯了杀虫罪然后再判你个杀虫偿命，就已经很好了，你凭什么说我陷害你？"刘长发一本正经地说。

"你告，你告⋯⋯"顾大英气得说话也结巴起来，"你信不信我把你所有的猪儿虫谋害掉？"

看来，顾大英真是被惹恼了。

"别别别！"刘长发说，"这可是可以抵挑沙任务的。就算我拿来送人，也有个人情吧。"

刘长发一不做二不休，他把尼龙网里所有的猪儿虫都倒出来，开始数："一条、两条、三条……"

真是太恶心人了。

班主任高老师不知道是听到了尖叫声还是恰巧准备进教室来看看，他也正好看见刘长发在认真地数着猪儿虫："二十一、二十二……"

"比做数学题还认真啊。"高老师笑着说。

"这是一个新的研究领域，必须认真对待。"刘长发一本正经地说。

高老师笑了，那是同学们都喜欢的充满阳光的笑。

把猪儿虫带进教室里来的，不只有刘长发。许多同学都会把捉住的猪儿虫带进教室里来，用纸盒装着，用碗装着，用自折的纸口袋装着，或是用文具盒装着……等凑成整数，或三五个同学凑齐50条，再拿去交给亨特儿校长抵挑沙任务，或抵被扣的清洁纪律分。这段时间里，你可得小心，说不定你打开文具盒会发现一条猪儿虫，你从桌肚里拿书的时候会抓到一条猪儿虫，你一屁股坐到椅子上会发现你谋杀了一条猪儿虫……

不知道是谁没有把自己的猪儿虫管理好，或者是在清数的时候掉了一只，抑或者是谁的恶作剧，一段时间以后的一天，柳婷婷突然尖叫："哎呀呀，这是什么呀？"

大家凑上去一看：是茧子。

"哈哈哈，猪儿虫要在你这里安家了。"

"猪儿虫还真会挑地方呀，和美人做邻居。"

"哈哈哈！"

……

3. 全军覆没

一大早，我们班的留学生管得宽先生便带给大家一枚定时炸弹——107寝室的男生全军覆没。

"什么叫全军覆没？他们一个个不都好好的吗？你不还在吗？"大嘴杨雁把教室环顾了一周，大声说，"都在呢，怎么叫全军覆没呢？"

"全军覆没是昨天晚上的事情，今天早上起来当然又好好的了。"管得宽先生说。

"管得宽，就是说，你们107寝室的七个男生，昨天晚上在熄灯后，眼睛一闭，就全部死了。今天早上，起床号一响，眼睛一睁，就又都活过来了。是不是这样啊？"顾大英问。

"哈哈哈，真是死过去容易，活过来也容易啊。"刘胜笑着说。

李心雨回过头来，悄悄地问杜大星："老杜，你也死一回又复活了？"

杜大星没有回话，只管从桌肚里找书。

"看来老杜同志还不够清醒，应该是还没有完全活过来。或者说，现在只算行尸走肉，灵魂还在别处游荡。"李心雨打趣道，"据推测，昨天晚上一定死得很惨。"

杜大星慢条斯理地说："熄灯后，下象棋，翻了船，全军覆没。"

干脆利落的短句，却再现了昨晚107寝室的场景。

更为详细的情形，且听咱们的管得宽先生一一道来。

昨晚熄灯后不久，便有夜行侠起来过象棋瘾，一开始是两人，再后来是三个人……当然，最终是几个人，管得宽先生也没有说。

管得宽先生的讲述继续：下了一局象棋，有视力不够好的同学说，借着月光看不太清棋局，得点上蜡烛才好。

有同学插话："谁的视力不好？从实招来。"

当然不会有人站出来承认，一旦站出来承认，就必定暴露目标了。

管得宽先生的讲述继续：大家都知道，男生院的窗户，就是一个大风洞，没有窗扇，更不可能有窗帘。于是，为了点上蜡烛，大家便扯出一床深色的布毯来挂在窗户上当窗帘，然后点上蜡烛，堂而皇之地下象棋。炮翻山，马走日，象飞田，车行直线……正在高呼"将"的时候，敲门声响起……

"神探亨特儿驾到。"吴华伦大喊着打断了管得宽先生的讲述。

"哈哈哈！"顾大英大笑着说，"神探亨特儿踩着滑轮驾到。"

"107寝室全军覆没，故事到此结束。"郭东说，"管得宽，你管得再宽，也不能把自己的丑事往外说呀。都说'家丑不外扬'嘛。哎呀呀，我都无脸见江东父老了。呜呜呜呜——"

然而，管得宽先生并没有因为郭东的暗示而停止讲故事。故事还在继续：

亨特儿校长敲门，谁也不敢拒绝开门。门，轻轻地开了。亨特儿校长进到寝室，见所有的人都睡在床上，闭着眼睛。寝室里还有蜡烛燃烧后残留的味道。亨特儿校长摸出火柴来，点燃了蜡烛。亨特儿校长又打开随身带的电筒，把床上睡着的那些个男生的脸都照了一遍。

"都起床来。"亨特儿校长压低声音吼了一声。

没有人起床，都假装睡得很沉的样子。

亨特儿校长又拿手电筒把所有铺位的男生的脸都扫了一遍，说："起来！七个，一个不少。"

还是没有人起床来，都想赖过去。

"再装死，我就不客气了。"亨特儿校长并没有生气，只是语气更严厉了，"电筒光一照，眼皮都在动，真死假死我都看不出来？"

在电筒光的照射下抽动的眼皮出卖了大家。七个男生，一个不少地起床来，在亨特儿面前站成一排。

"哈哈哈，真正是全军覆没啊。"杨雁夸张地笑了起来。

管得宽同学最后总结一句：所谓的全军覆没，并非集体有罪，有几个冤死鬼，卧床听棋而已，却当了陪葬，比如爱学习的杜大星。

亨特儿校长也猜到并非七人都参与了下象棋，他责令室长在一天之内把违反纪律的同学报到校长办公室去。室长郭东在同学们面前义正词严地说："要剐一起剐，反正我不当汉奸。"这样一来，107寝室所有的同学都保持沉默，那意思仿佛是：都是一条船上的海盗，命运相连。

高老师把107寝室的男生请到办公室，想了解一下昨天晚上的情况，哪知，这七个同学的态度还是那样，一个个都保持沉默。高老师笑着说："要说你们七个都没有违反纪律肯定不可能。我估计，肯定是有两个人下棋,有两三个人下床围观,还有两三个人在床上看。所以,你们都违纪了。"

上报违纪名单的时候,班长吴亚妮问过室长郭东:"报几个?"

"两三个也可,四五个也可,五六个也可,六七个也可。"郭东说。

"不能只报两个吗?"吴亚妮说,"报两个和报七个,扣分相差很远啊。"

"有什么不一样的?"郭东说,"反正都是扣,反正都是参加义务劳动,反正都是捉猪儿虫,有什么不一样的啊?"

"好吧,你们七条好汉,正好结伴打妖怪。"吴亚妮说,"必须把扣掉的分给我找回来!不管是义务劳动还是捉猪儿虫。"

"遵命!"郭东说。

就这样,郭东把107寝室七个人都报到了亨特儿校长的办公室。亨特儿校长对他们的处罚是:到食堂里做义务劳动三次,每人捉猪儿虫100条,再视其改正错误的态度来决定是否需要全校通报批评。

我问过同桌杜大星:"后悔了没有?还要扣个人的操行分呢。"

"你觉得我做过让自己后悔的事情吗?"杜大星反问。

我想了想,说:"好像没有。"

"不是好像,是绝对。"杜大星说。

"真不后悔?那可是100条猪儿虫呢。"我说。

杜大星笑了笑,没有说话,继续写他的毛笔字。

107寝室的男生们,从此踏上了捉猪儿虫之路。下课铃声一响,他们便一个接一个地飞奔出教室,去寻找猪儿虫的踪迹。就连一向内敛的苏杭,也稍显夸张,变得风风火火起来。100条啊,100条猪儿虫啊,可不是闹着玩儿的。虽然说校园里猪儿虫泛滥,但也不是唾手可得的，再加上前段时间被大家疯狂寻找，现在想要一口气捉到数条猪儿虫，已经不那么容易了。

我和李心雨依旧会在课余时间结伴捉猪儿虫，柳婷婷依旧会加入我们的队伍。

"柳婷婷，你还差多少满50条？"我问。

"还差30多条呢。"柳婷婷说。

"不要担心，有我们呢。"我说。

"嗯。"柳婷婷说，"不过，我希望捉到更多的猪儿虫。"

我和李心雨把捉到的猪儿虫全部都给了柳婷婷，希望能为她抵一回挑沙任务。在帮柳婷婷凑齐50条猪儿虫后，我和李心雨还剩下5条猪儿虫。

"心雨，看谁还缺少量的几条，我们就把它们给谁吧。"我提议。

"那个最缺猪儿虫的人就在你眼前，你却视而不见。"李心雨说。

噢，我回过神来了，李心雨说的那个最缺猪儿虫的人，是我的同桌杜大星，他不正需要凑100条猪儿虫吗？到食堂做三次义务劳动相对容易，要捉到100条猪儿虫就没那么容易了，何况他们107寝室人人都要捉100条猪儿虫，何况全校同学都在抽时间抢捉猪儿虫。

"送你一份礼物，要不要？"我对杜大星说。我也不知道自己什么时候学会了故弄玄虚。

"什么礼物？今天又不过节。"杜大星说，"而且，我无功不受禄。"

"这礼物复姓猪儿，名虫，5条。"我小声说。

"嘿，先谢谢！"杜大星说。

"就是说你愿意收下了？"我问。

"嗯，收下了，谢谢！"杜大星说。

劳动课又到了。令我们意想不到的是，柳婷婷竟然挑着箩筐，和我们一起朝江边走去。

"咦，你的猪儿虫不是能抵一次挑沙任务吗？"我说。

"是够，大家都知道我害怕挑沙，都送我猪儿虫，我很感谢。不过……不过……"柳婷婷说到这里，便吞吞吐吐起来。

"好了，你不用'不过不过'的了，我们知道了。"李心雨说。

我也明白了柳婷婷的意思，她是把这些猪儿虫都记在苏杭的名下了。

"不管怎么样，那些猪儿虫有了好的用途。"我说，"待会儿我们帮你挑沙。"

"可不可以让我自己好好地完成任务啊？"柳婷婷说。

"好好好，不帮你，我们站在路边给你加油。"李心雨说。

后来呀，我们听管得宽先生说：107寝室那700条猪儿虫，终归是没有捉够数量，在他们自身的努力下，在全班同学的帮助下，甚至还在隔壁友好寝室的帮助下，他们凑够了200条猪儿虫，关于这200条猪儿虫如何安放的问题上，107寝室也作了一番部署。

有人说，这200条猪儿虫应该记到杜大星和苏杭的头上，这样，他们就不会被全校通报批评，不会被扣纪律分扣操行分，有利于他们毕业时保送大学或者留校。

但是，杜大星和苏杭坚决不同意这种做法，他们认为，违纪是整个107寝室的事，200条猪儿虫是大家的劳动成果，不能由他们两人独享。

有人说，干脆把这200条猪儿虫送给班上体力差的女生，能抵四个挑沙任务，但还是遭到了反对，理由是：必须专虫专用。

专虫专用，专虫专用。这句话，越念越觉得有意思。

最后的决议是：把200条猪儿虫送到亨特儿校长那里，统一记在107寝室头上，并且向亨特儿校长申请为期一周的义务劳动，每天一次，保证每次都做彻底。

107寝室以实际行动得到了亨特儿校长认可，最终的结果是：亨特儿校长没有全校通报批评他们。

107寝室，虽然在一个晚上全军覆没，但也在另一个晚上东山再起。一天晚上归寝后，亨特儿校长来到107寝室，表扬他们能想办法弥补所犯的错误，说他们不自私，有集体主义精神，等等。

4. 搬寝室

师范校因为要在我们现在住的女生院的位置新建女生宿舍，所以，全体女生都要搬家了。原来的男生院，住在底楼的低年级的男生不动，楼上几层宿舍里的男生全部搬到了行政办公室旁的那幢平房老教室里，腾出来的宿舍，容下所有的女生。住在一楼的男生从靠厕所那一侧的巷道口进出，楼上的女生们全部从挨教学楼这一则的大门进出，这样就免了男女生从同一个大门进出的尴尬，也避免了男女生轻易就能相互串门。

我们班女生分到了四楼的三间宿舍：417室、418室、419室。

231

此前,我没有进过男生院,也不知道里面的布局,现在竟然要搬到男生院楼上住,心中不禁有几分惊喜。或许,女生对男生院的好奇,与男生对女生院的好奇,是一样的吧?

在搬寝室之前,室长顾大英和班长吴亚妮提前去看了新寝室,然后又带着全体女生去看。我们班的三间宿舍窗户都朝着操场那边,也就是朝着江风来的方向。窗户很大,没有窗扇,更没有窗帘,谁都不愿意去选正好靠窗的铺位。

"夏天倒是凉快,冬天呢?非被冻死不可。"

"是呀,这么大的窗洞,简直就是吃人的大风洞。"

"如果来一阵龙卷风,非得把窗边的人卷到江边去不可。"

……

这些表现,这些话语,顾大英和吴亚妮都看在眼里,听进了心里。顾大英和吴亚妮开过两人会议后,便召开了全班女生会议。

"在搬寝室前,我们一共有21个女生,得先把三间寝室的人员分出来,选出各间寝室的室长,然后再以寝室为单位,到新寝室去确定铺位。"顾大英说。

"自由组合吧,这样住在一起才开心。"柳婷婷说。

我知道,柳婷婷是希望和我与李心雨住一间寝室。

"不能自由组合,那样有拉小集团的嫌疑,我们得按某种方式分一下。"丁小章说。

"这样吧,我们就按现在的寝室布局,按床铺顺序,把同学们分成三组。然后,按现在的格局顺序,再对应到新寝室里去。"顾大英说,"大家都不太愿意住靠窗的铺位,我提议,班委室长小组长等自己主动调到靠窗户的铺位去,看大家有没有意见。"

"这个主意不错。"吴亚妮说,"搬进去后,同学之间可以协商调换铺位,但一定要双方同意,友好调换,不能因为这事闹别扭。"

"还有什么意见的同学,可以现在提出来。"顾大英说。

过了大概一分钟时间,没有人说话。

"那好,我们就按这个标准来分寝室和铺位了。"顾大英说。

分寝室的结果自然不用说,我和李心雨依旧在同一间寝室,还有吴亚妮、顾大英、林涛、马长芬和唐虹。

"哎,真是冤家路窄啊!"杨雁重重地叹着气。

我知道杨雁说的冤家是谁,以前她喜欢和柳婷婷抬扛,她觉得自己得罪了柳婷婷,觉得柳婷婷把她当成了冤家。

柳婷婷来帮我收拾东西的时候,我问她:"你把杨雁当冤家了?"

"以前是。"柳婷婷说,"现在不了。"

"为什么?"我问。

"生别人的气,就是和自己过意不去。我不愿意继续跟自己过意不去。而且,我觉得也没什么大不了的,不就偶尔抬抬扛吗?我可以把这些当成生活的乐趣。"柳婷婷说。

这时候的柳婷婷,和刚入学时的尖酸刻薄的柳婷婷,完全是两个人。

班长吴亚妮带着选出来的三位室长:顾大英(419寝室)、邝琳玲(418寝室)和安雨芳(417寝室)去新寝室,按老寝室的铺位顺序,把同学们的铺位给确定下来,并贴上各自的姓名,以免在搬进寝室后闹别扭。

明天就要搬寝室了,同学们都很兴奋。兴奋之余,我又嚼出几分惆怅来,真有点舍不得住了快两年的女生院。

搬寝室这天，男生们都来帮我们搬东西，通常是对应的男同桌来替女生搬东西，也会有三五个男生组成一个小分队，统一搬运女生院里的锄头、箩筐等劳动工具。

我的东西基本是杜大星帮我挑上楼的。他用我的箩筐，一头装上箱子，一头装上装满了生活用品的桶和一些书，直接挑到了我所在的419寝室。而我，只拿了一床凉席。

我回到女生院，准备看看还有没有搬掉的东西，同时也可以帮别的同学搬点东西。这时候，正巧苏杭来替他的同桌林莉搬东西。苏杭扛着林莉的箱子，又四下看了看，见柳婷婷一手提着箱子一手提着装满生活用品的桶，皱着眉头准备出寝室，他上前去，从柳婷婷的手中拿过箱子，他一个人提着两只箱子，快速地离开了女生院。

同学们进到各自的寝室后，并非像吴亚妮和顾大英想象的那样按照铺位上的名字对号入住。

"哎呀呀，谁把我的铺位给调换了？" 418寝室的杨雁大声嚷嚷着。

"你嚷什么嚷啊？你又没有住在风口上。" 在靠窗下铺收拾东西的柳婷婷说。

的确，杨雁的铺位在进门处的上铺，这应该算是最好的铺位了，她还嚷什么呢？

"按照老女生院的铺位，我应该在你的上铺。" 杨雁指了指柳婷婷所在铺位的上铺，说，"以前，我不就住在你的上铺吗？"

这时候，新室长邝琳玲正提着半桶水进寝室里来了，她就住在柳婷婷的上铺，那个靠窗的铺位。

"邝琳玲，你凭什么占了我的铺位？" 杨雁大声质问邝琳玲。

"我是室长，我想，靠窗的铺位大家都不太喜欢，便自作主张，提前把你调到内侧来了。"邝琳玲说。

"你是觉得你当了室长，不调到坏位置去的话，人家会说闲话，对不对？你不是自愿的，对不对？"杨雁说。

"我愿意呀，谁说我不是自愿的？"邝琳玲惊讶地望着杨雁。

"哼！凭什么把我调到藏风的铺位？我为什么要享受你们的特殊照顾？"杨雁生气地说，"你们大家都觉得我很娇气吗？我这身体可是铁打的，我不怕风，我就要睡在窗边，我就要吹新鲜的空气，才不要闻你们的脚臭气呢。"

杨雁这么一说，邝琳玲还真不知道该怎么回话了。

这时候，正在靠内侧下铺整理东西的丁小章对柳婷婷说："柳婷婷，我来和你调换一下吧，靠窗空气好，我喜欢。"

哪知柳婷婷却说："我不是你们想象中的那么娇气，我也喜欢呼吸新鲜空气。"

"要是你受了风寒，影响你上台表演舞蹈，那可就坏了大事了。"丁小章夸张地说。

"丁小章，就算你愿意搬到操场上去吹冷风，我也不把我现在的铺位换给你。"柳婷婷很坚决地说。

最终的结果是：柳婷婷依旧在靠窗的下铺，杨雁坚持搬到了原本应该在的铺位——柳婷婷的上铺，靠窗的上铺。

我所在的419寝室，按原本的铺位，吴亚妮和林涛的铺位本应在里侧的，顾大英以及她下铺的空位都应该是在里侧的，吴亚妮和顾大英在安排铺位的时候，特意把她们的铺位都调换到了靠窗的位置。我和李心雨一进419寝室，便发现铺位被她们善意地调换过了，我们就以最快的速度"霸占"了靠窗的铺位，依旧是我在上铺，李心雨在下铺。另一侧的马长芬和唐虹也心领神会，赶紧"霸占了"靠窗的上下铺位置，把顾大英的铺位挪到了里侧。

后来，顾大英说："我这下铺空着，这里避风一些，你们挪一个人进来吧。"然而，挪谁进去呢？我、李心雨、马长芬和唐虹谁都不愿意挪进去。最后，我们通过抓阄儿的方式，唐虹抓到了，便搬到里侧的下铺去了。

搬完寝室后，同学们都很兴奋。大家虽然对住了两年的女生院很是不舍，但毕竟那里即将被推倒重建，数月后，那里将立起一幢崭新的女生院。

一阵忙碌与喧闹之后，男生院的楼上，便成了女生们的天下。我亲眼看见，底楼男生用晾衣叉挑起一张大约是两开的画纸，上面写着几个醒目的大字：

停止尖叫吧，楼上的公主们！

哈哈哈，看来，我们的吵闹，已经让男生们的耳膜受不了了。

男生们一定没有想到，这群女生入住后，让他们受不了的事情，还会有更多更多。

5. 抢占洗衣槽

抢占洗衣槽和水龙头，一直是师范校的一道风景。

整个师范校，就只有芭蕉院对面那一处集中洗衣的地方，那里有二十个左右的洗衣槽，每个洗衣槽上都没有配水龙头，洗衣服所需要的水，还得上两级石阶，那里有两个水龙头，供大家洗衣服用。

洗衣槽少，水龙头更少，所以，抢洗衣槽和抢水龙头，便成了家常便饭。

星期天，我和李心雨准备去洗衣服，临出寝室的时候，从418寝室门前经过，柳婷婷在床上喊："帮我占个洗衣槽。"

"这个得看运气。"我说，"如果有空位，一定给你占一个。"

为了给柳婷婷占洗衣槽，我们特意多带了一个空桶，是顾大英的。

来到洗衣槽那里，刚好还剩三个空位。我和李心雨在空桶里放了件衣服，替柳婷婷占了位置。

"赶紧去抢水吧。"李心雨一边把衣服捡进洗衣槽里，一边对我说，"光有洗衣槽有什么用，没有水，就洗不成衣服。"

我和李心雨拿着水桶，快步到水龙头处排队等水。

李心雨和我一起提过第一桶水后，她便全心全意地负责洗衣服，我全心全意地排队提水。我们一共拥有两个洗衣槽，轮流清洗衣服，很快，很方便。

我刚提了两桶水到李心雨身边，一个提着满满一大桶衣服的男生指着我们为柳婷婷占的洗衣槽问我，"这里有人洗衣服吗？"

我看了李心雨一眼，李心雨也看了我一眼，我们俩不约而同地说："有。"

"这是给别人占的位置吧？"那个男生指了指洗衣槽里装有衣服的桶，笑着说，"洗衣服，是以人为准，还是以桶为准？"

听了这话，我和李心雨都有点不好意思。我想：这位师兄（看

237

起来是三年级的师兄）可真是厉害啊！

见我们不好意思，那位师兄笑着说："如果人还没这么快来的话，就把这个位置让给我洗一下吧，我洗得快，泡个水就行。"

人家都这么说了，我和李心雨也不好再说什么，我像做贼似的，把洗衣槽里的那个只放了一件衣服的桶给拿了出来。

"谢谢！"那个男生道了声谢后，便开始洗衣服。

这时候，我们班的小滑稽刘胜和邋遢小子郭东也结伴来洗衣服，不过，已经没有空出来的洗衣槽了。

"我们帮你们排队提水，你们加快洗衣服的速度，然后把位置给我们腾出来。"刘胜说。

于是，刘胜和郭东便开始帮我们排队提水，我和李心雨便只管洗衣服。

刚才挨着我们洗衣服的师兄，果真是把衣服拿来泡个水，他很快就洗好了，离开的时候，他笑着对我和李心雨说："谢谢你们让位啊！"

我以为可以有一个空洗衣槽给刘胜和郭东了，然而，就在这个时候，苏杭来了，他径直走到这个空洗衣槽前，把衣服放进去，便排队提水去了。在水龙头那里排队提水的刘胜和郭东也看见苏杭用了我们身边那个空洗衣槽，他们也没什么意见，只听刘胜对苏杭说："你的衣服干净，也少，你赶紧洗，我和郭东衣服多，也脏，等你洗好了我们慢慢泡，慢慢洗。"

我和李心雨自然也加快了洗衣服的速度，可不能辜负了帮我们排队提水的刘胜和郭东。

真是不巧，柳婷婷在这个时候来了。她依旧是扎一根长辫子，在长辫子的末梢绑一块漂亮的手绢,看起来真是漂亮得很。

"哎,你们帮我占的位置呢?"柳婷婷大声问,那口气,还撒着娇,"这么两个大活人,怎么就占不了一个位置呀?"

我赶紧把我这个洗衣槽里的衣服全部扔进李心雨那个洗衣槽里,对柳婷婷说:"这个是给你占的,我们这是清洗第三遍了,马上就清洗干净了。"

柳婷婷刚把衣服放进洗衣槽,便看见苏杭提着水来了。

苏杭只管往衣服上抹肥皂,也没有和站在一旁的柳婷婷说话。柳婷婷却忘了自己应该去排队提水,她站在洗衣槽前,理着一件件脏衣服,不知道是在生气还是在等别人帮她提水来。

刘胜提着水来了,我赶紧指了指柳婷婷的洗衣槽,刘胜明白我的意思,只听"哗啦啦"一阵水响,桶里的水都倒进了柳婷婷的洗衣槽里。柳婷婷却不紧不慢地理着那些脏衣服,我提醒她说:"婷婷,赶紧洗吧,排队的人越来越多了。"

柳婷婷这才开始动了起来。

"小月,我们也抓紧给别人腾空位。"李心雨说。

"嗯,马上就好。"我一边应着,一边把最后一件衣服从水里拎出来,拧干,放进桶里。

郭东正巧提了水来,我对他说:"这个洗衣槽归你和刘胜了,你们慢慢洗。谢谢你们帮我们排队提水。"

我和李心雨正准备去食堂打午饭的时候,柳婷婷洗好衣服回来了。她非常兴奋,高兴地对我和李心雨说:"江月,李心雨,你们等等我,等我晾好了衣服跟你们一起去打饭。"

柳婷婷一边晾衣服一边哼歌儿:"半个月亮爬上来,咿啦啦,

239

爬上来，照着我的姑娘梳妆台……"看得出，她的心情很好。

柳婷婷晾好了衣服，把我和李心雨拉到寝室外面，对我们说："走，去马项垭，我请你们吃豆花饭。"

"呀，柳婷婷，你发财了？"我笑着问。

吃豆花饭是按人头收费，每人一碗豆花，米饭随便吃，每人收两元钱。我们三个人的话，柳婷婷就要花销六元钱，这对我们这些农村娃来说，也算是一笔巨款了，我们一个月也没有几元零花钱。

柳婷婷见我和李心雨在犹豫，她嘟着嘴说，"你们俩如果不去，就是看不起我。"

好吧，如果不领人家的情，还真会惹人家生气。我和李心雨便随着柳婷婷往马项垭走。这一路上，柳婷婷走起路来真是脚底生风，非常开心快乐的样子。

我们走进了马项垭的一家卖豆花饭的小饭馆。

"老板娘，来三碗豆花三碗饭。"柳婷婷大声说。

我们各自去打调料。吃豆花其实就是吃调料，调料味道直接决定豆花的味道。我喜欢多放一些辣椒，李心雨喜欢多放一些花椒面，柳婷婷却喜欢在调料里放醋。我想起了妈妈说过的一句话："正做不做，豆花蘸醋。"意思就是说，该做的事情不做，不该做的事情却要做。

我们津津有味儿地吃了起来。

"刘胜和郭东真不够意思。"柳婷婷一边吃一边说。

"他们怎么了？"我问。

"他们就把衣服往水里泡了一下，就拿走了，绝对没有洗干净。"柳婷婷说。

"哇,刘胜也要向郭东学习,要做我们班的第二个邋遢大王了。"我说。

"他们怎么不够意思了?"李心雨问。

"他们跑得那样快,分明就是不愿意帮我提水。"柳婷婷说。

"那的确是不够意思。"我说。

柳婷婷调皮地舔了舔嘴边的饭粒,说:"今天苏书记好像心情不错。"

一听这话,我和李心雨都瞪大了双眼望着柳婷婷。

"你们俩,瞪这么大双眼睛望着我,要吃人啊?"柳婷婷笑着说,"苏书记不是不爱理人吗?今天你们走了后,他帮我排队提了几桶水。"

"哦,真不错。"李心雨说。

"当然,我也没有亏待他,我把他的衣服多清洗了一遍。"随后,柳婷婷压低了声音说,"你们别看苏书记平时很讲究卫生,其实他跟别的男生一样,衣服都是积了一大桶才一起洗。"

"嘻嘻嘻——"李心雨笑了,她说,"那个我一直崇拜着的讲卫生的有点帅的苏书记,竟然也跟邋遢大王是一伙的。"

"人家苏书记是工作忙,不是不讲卫生。"我替苏杭打抱不平。

"嗯,还是小月善解人意。"柳婷婷说。

其实我知道,柳婷婷最高兴的,不是发现了苏杭也邋遢的这点小秘密,而是一向骄傲的苏杭也跟别的男生一样,愿意跟她互相帮助,一起洗衣服。我想,我们时常相互帮助着抢占洗衣槽,相互帮助着排队提水洗衣服的同时,也一定会开出美丽的友谊之花来。

6. 谁去参加演讲比赛

这些天,柳婷婷的心情都非常好,时不时见她在偷偷地笑,或唱几句不带词的曲儿。然而,柳婷婷平日里和同学们相处得不大好,所以,她的好心情,仿佛除了与我和李心雨分享之外,也得不到更多更好的分享。柳婷婷请我和李心雨到马项垭吃过豆花饭后,还准备请我们到食堂吃红烧肉,我和李心雨都以长胖了想瘦下来为理由,婉拒了柳婷婷的好意。

为了表达自己的喜悦之情,柳婷婷还有意和寝室里的同学们搞好关系。然而,她越是想和大家亲近,大家就越是和她拉开距离。

一件让柳婷婷意想不到的事情发生了:她的饭菜票不翼而飞了。气得柳婷婷直哭。说实在的,饭票菜票丢了,对柳婷婷来说,并不算一件大事情,因为她家境好,她生气的是竟然有人偷她的饭菜票。她哭过之后,到学校办公楼,通过学校那台电话,联系到她爸爸妈妈上班的单位,说了饭票菜票被偷的事情。回到寝室后,柳婷婷大声说:"丢个票就能气死我吗?没那么容易!我爸爸明天就给我送钱来。"柳婷婷的声音大得连我们在隔壁寝室都能听得见。

的确,就在第二天,柳婷婷的爸爸便托人给她送了钱来。生活费,对柳婷婷一家来说,的确是一件小事情。我想,如果我的饭菜票丢了,我一定会急死,一个月的生活费,对我们家来说,绝对是一大笔钱。

然而,就在柳婷婷到总务处买了饭菜票后,她丢失的饭菜票,却又原原本本地回来了,搞得她骂也不是,笑也不是。

就在饭票事件过后,师范校由团学委组织的一年一度的演讲比赛又要举行了。

可以说，我们师范校绝大多数同学都能上台演讲，而且都是优秀的演讲选手，因为每个同学都有足够多的机会上台锻炼。然而，毕竟每个班只有一个参加演讲比赛的名额，所以都要推出最为优秀的选手去参赛。

我们班推选谁去呢？有同学说："柳婷婷形象好，如果去参赛，一定能拿高分。"哪知，柳婷婷一听到这话就急了，她说："我完全可以凭我的演讲水平拿到高分，这高分，与长相无关。"

这次演讲的主题是一个"俭"字。柳婷婷非常积极认真地寻找材料，准备参加班里的选拔赛。苏杭要求各小组都报一至两名同学参加班里的选拔赛，希望能选出能代表我们班最高水平的选手去学校参赛，为班级争得荣誉。

"心雨，你文笔好，帮我看看演讲稿，好吗？"柳婷婷把写好的演讲稿递到李心雨面前。

李心雨认真地看了一遍，说："写得很好啊！"

"我查了好多资料，花了好多时间，才写成这个样子。"柳婷婷说："不过，我读起来总觉得不太顺口。心雨，你按演讲稿的感觉帮我改一改，好吗？等改完了，我会感谢你的，一定会……"

"不用请我吃饭。"李心雨抢过柳婷婷的话茬儿说，"要不然，你的饭菜票还会不见一回。"

"嘻嘻——"一旁的我，忍不住笑了。

"嗯，我不请你们吃饭，我请你们看电影。"柳婷婷笑着说。

"看电影也不用请，我替你改就是。"李心雨说。

李心雨替柳婷婷修改过的演讲稿，柳婷婷非常满意。

243

"心雨，其实你也可以参加演讲比赛。"柳婷婷说。

"在组长的怂恿下，我参加了选拔赛，正在准备稿子呢。"李心雨说话的时候，显得有些羞涩。

我以为柳婷婷会如以前一般，脸色一变，几句刻薄与讽刺的话脱口而出，因为面对的毕竟是竞争对手。然而，柳婷婷却惊喜地说："呀，你真的要参加呀？我一直为你不参加选拔赛而感到可惜呢。"

"你，就不怕到时候她演讲得比你好吗？"我说出这话以后，立即心生悔意，我想："要是柳婷婷真有这想法，这下子她一定会在心里恨我了。"

李心雨也盯了我一眼，她眼里的暗示我懂："你怎么当着她的面这样说呢？"

然而，柳婷婷却说："比赛是公平的，如果我输了，我甘拜下风。尤其是如果输给李心雨，我心服口服，而且会觉得输得光荣。"

看神情，我确信，柳婷婷这话的背后一定没有藏着任何一丁点儿的虚伪。

在李心雨全心全意地准备班里的演讲选拔赛的时候，柳婷婷竟然当着全班同学的面，撕掉了她自己的演讲稿。

"管得宽先生，你好久没有发言了，你知道原因吗？"刘胜问管得宽先生。

"咳咳咳——"管得宽先生清了清嗓子，又顿了顿，说："我已经改正归邪了。噢不，我已经改邪归正了，除了好好读书，所有的闲事杂事，都和我没有关系。"

的确是，管得宽先生好久没有给大家发布新闻了，也没再把他经历的那些陈年旧事翻出来给大家讲。

很快，我就知道了柳婷婷撕演讲稿的原因。有传言说：苏杭在团学委表态，这一届演讲比赛，他放弃当评委的资格。柳婷婷听到这个消息后，认为苏杭是在针对她，她当面质问过苏杭："你为什么要放弃当评委？是不是因为我要参加比赛？"

苏杭没有回答柳婷婷的问题，这让柳婷婷特别生气。她对我和李心雨说："他放弃评委资格，明摆着就是因为我要参加比赛……"

"你不要想太多了，说不定他有别的原因呢。"李心雨说。

"是啊，说不定他想把当评委的机会让给团学委别的同学。"我也安慰柳婷婷。

"不管怎么说，他就是喜欢跟我过不去。"柳婷婷说。

"不要想那么多了，好好准备比赛吧。"李心雨对柳婷婷说。

"你可别松懈，小心李心雨抢了你所有的风头。"我说。

"你别用激将法，这对我来说是没有用的。"柳婷婷说，"不过，我还是会参加选拔赛，但是，我能预感，我进不了学校的决赛。"

在苏杭决定放弃评委资格后，班里有同学提议，让苏杭报名参加班里的选拔赛，因为苏杭的普通话好，台风好，如果代表我们班到学校参加演讲比赛，很有可能拿到一等奖。然而，苏杭却不为所动，他说近段时间团学委事情特别多特别忙，他没有精力来做这件事情。他还说，如果同学们在准备演讲比赛的过程中，有需要他帮助的，他一定会全力以赴。

我和李心雨都担心柳婷婷的情绪受到影响，劝她不要在意苏杭当不当评委，也不要在意他参不参加比赛，只管把自己的比赛准备好。李心雨还拿话激柳婷婷："如果你不用十二分的努力，只怕会成为我的手下败将哦。"

"早就说过了,如果输给你,我会很光荣。"柳婷婷说。

"你的嫉妒心怎么不见了?"我笑着问。

柳婷婷想了想,说:"我的嫉妒心,被你们俩给吃掉了。"

"啊?"我和李心雨都很惊讶。

"就是说,我跟着你们,我的嫉妒心都没有了。"柳婷婷说。

"看来,这叫'近墨者黑'了。"李心雨笑着说。

"我才不管什么黑白,我只知道,跟着你们学,没有错。"柳婷婷说。

班里的选拔赛,柳婷婷没有拿到最好的成绩,她的总分比第一名李心雨少了一分。结果出来后,我以为柳婷婷会疏远我们,毕竟她曾经是一个多么要强多么爱面子的同学。然而,柳婷婷的确如她和我们说的那样,她并没有生气,她真心地祝贺李心雨,并且希望李心雨能在学校的演讲比赛中取得好成绩,为我们班争得荣誉。

拿到了决赛资格,李心雨却不安起来。她说:"选到学校参加比赛的,都是各班的高手,我真担心啊……"

沉默了好些天的杜大星开口说话了:"在演讲水平相同的情况下,你的演讲稿肯定比别人写得好,如果你足够自信,你获胜的可能性很大。"

见我和李心雨都没有说话,杜大星又说:"如果足够自信。"

"谢谢杜老提醒!"李心雨道了谢,心里还是很忐忑。

李心雨还是对自己的演讲稿不放心,她拿到文学社里去,请社员给她看,请茗野先生给她改,拿回来后又字斟句酌,句子的长短,音调的协调,每一个细节她都没有放过。

演讲比赛的头一天,柳婷婷好心地从箱子里翻出她的漂亮裙子,拿到我们寝室里来,对李心雨说:"心雨,穿我这条裙子上台吧,保管让你成为最耀眼的公主。"

柳婷婷这裙子真是漂亮啊!即使是一只丑小鸭穿上它,也会立即变成一只白天鹅。

"我可以摸一下吗?"我小声地问。

"摸吧,又摸不坏。"柳婷婷说,"你想穿上身都可以。"

那裙子的纱可真柔真软,领口点缀着的珠子又润又滑。

"心雨,如果你穿着它去演讲,整场演讲比赛,你肯定是全场最漂亮的那一个。"我对李心雨说。

李心雨想了想,说:"我还是穿自己的布裙吧。"

"为什么呢?"柳婷婷惊讶地瞪着李心雨,说,"你可别觉得不好意思啊,我真心愿意让你穿我的漂亮裙子上台演讲。"

"谢谢你!我知道你的好意。"李心雨说:"不过,这次演讲的主题是'俭',我想,我那条朴素的布裙,应该更适合这次的主题吧。"

"噢,也是。"柳婷婷明白了。

演讲比赛抓阄儿,李心雨竟然抓到了一号,这就意味着她是第一个上台演讲。一贯的舞台经验表明,一号选手多少都要吃点亏。有同学埋怨苏杭,说他在团学委,怎么都不替李心雨考虑一下呢?苏杭的回答是:"我当时根本就不在场。何况,抓阄儿确定序号是最公平的,抓到几号就是几号,难道还能调换吗?"

就因为这事,有同学说苏杭不顾班级荣誉,也有同学表扬苏杭说得好。

"杜老,你怎么看?"有人问杜大星。

247

"事情正在按正确的方向发展。"杜大星回了一句比较高深的话。

演讲比赛，作为一号选手的李心雨，最终获得了二等奖。我们年级六个班，六个选手参赛，一等奖一名，二等奖两名，三等奖三名，李心雨的成绩是二等奖第一名。

"祝贺你呀，心雨！"我开心地说。

柳婷婷一下子拥抱住李心雨，大声说："心雨，我必须请你……"

"请我看电影，到学校大礼堂看电影。"李心雨又抢了柳婷婷的话茬儿。

"你怎么老抢我的话呀。"柳婷婷说。

"就是要改掉你爱请客吃饭的毛病。"我替李心雨回答着。

"好好好，我改，一定改！"柳婷婷说完，撇了撇嘴，但脸上还是带着微笑。

演讲比赛后，茗野先生让李心雨把这篇演讲稿再次作了修改，投给了报社。李心雨说："这次演讲比赛，我需要感谢的人很多，比如老师们，同学们……我特别感谢文学社，感谢茗野先生对我的培养……"

7. 获得长跑冠军

在师范校，体育运动可谓重头戏。操场上有一句醒目的标语：

发展体育运动，增强人民体质。师范校的体育运动，既可以让师范生们在这里锻炼身体，有一副好的身板走上工作岗位，也为将来走上工作岗位，上好小学体育课做好准备。

一年一度的运动会，又进入筹备阶段了。体育委员任耀飞把报名册拿到班上，让同学们按自己的特长填报参赛项目。

"任耀飞，你样样全能，多报几样吧。"柳婷婷说。

"不行，有规定，每人限报三项。"任耀飞说。

"那么，你就选我们班除了你别人拿不到年级第一名的项目。"吴亚妮说。

"遵命！"郭东说。

"又不是让你报，你遵什么命？"柳婷婷瞥了郭东一眼。

"任耀飞正在忙，我替他遵命一下，不可以吗？我这也叫替他分担工作。"郭东笑着说。

关于运动会的报名，女生800米和1500米照常是难项，许多人都不愿意报。男生的1500米和3000米虽然难度也大，但还不至于没有人报。学校有个惯例：在运动会中，凡是女生800米赛、男生1500米赛能取得前六名，女生1500米赛和男生3000米赛能全程跑完的，期末的这些项目的考试都可以免考。我照例报了800米和1500米。800米讲究速度与耐力的结合，我拿年级前六名应该没有问题。至于1500米，如果当天状态好的话，也许可以拿前三名，甚至是冠军。在体育比赛中为班级争光，我一定可以做得到。一年级时的校运会，我们班的团体总分是第一名，今年，同学们也跃跃欲试，看样子也很有希望拿团体冠军。

在两天的校运会时间里，除了紧张的比赛，还有一个重头戏便是播音稿。为什么说播音稿也是重头戏呢？它可以宣传各班的比赛成绩，可以给班级团支部加分，也可以让没有在赛场上拼搏的播音员们以另外一种方式亮相。我们班也有几位通讯员，这其中当然少不了我的好朋友李心雨。在运动会进行的时候，各班通讯员都会写一些报道送到由团学委牵头成立的播音组，播音组负责审稿的同学把情况属实质量过关的通讯稿送给播音员，再由播音员在广播里播出。当然，如果播音员觉得通讯稿写得不好，或者和之前的报道有重复，也有权力决定不播。而且，播音员还有优先播优秀播音稿的权力。

苏杭是这一届运动会播音组的组长，他的普通话很好，至少在我们班无人能及，他的能力也得到了校团委游书记的认可。看到播音台上坐着的苏杭，柳婷婷异常兴奋，她对李心雨说："心雨，你多写一些通讯稿，我负责拿上去让他播，播得越多，我们班加的分就越多。而且，我们可以在气势上压倒其他班级。"

李心雨想了想，说："直接拿给苏书记？这样不好吧。"

"有什么不好的？他肯定会听我的。"柳婷婷自豪地说。

"我们开通讯员会议的时候就讲过了，所有的通讯稿都有专人负责收稿和审稿，播音员不负责审稿。"李心雨说。

"他们要求他们的，我们按我们的想法来做。"柳婷婷说，"我们班有金牌播音员在那里，难道还不能有一点优先权？"

"真的不行，我不能破坏纪律。"李心雨坚决不同意。

"哎，你这人，怎么这样固执啊！"柳婷婷拿李心雨没办法，也只好放弃。

在800米比赛中，我摔了一跤，虽然我迅速爬起来拼命地追赶，也没能进入前六名。但我一点也没有泄气,我告诉自己:1500米一定要拿前三名。

"小月,你还有机会,1500米也是你的强项。"李心雨安慰我。

"800米冠军与你擦肩而过,就是为了让你拿1500米冠军。"柳婷婷也来安慰我。

我觉得我最不敢面对高老师,因为在这个项目上,我没有能为班级加分,从高老师身边走过的时候,我都低着头不敢看他。然而,高老师却春风满面地对我说:"江月,和以往相比,今天的速度明显有所提升啊,这是你平时喜欢晨跑的结果,继续加油啊!把身体锻炼好是最重要的,至于在比赛中能不能拿到名次,还要看机遇。"

高老师的话,让我感觉心里暖暖的。我暗自告诉自己:一定要在1500米长跑中拿名次,力求保季夺冠。

在1500米长跑比赛之前,我为了确保不出问题,我不仅认真检查了鞋带,还认真地检查了裤带。对裤带的检查是在寝室里进行的,李心雨还笑我呢。她说:"嘻嘻嘻,你还真检查裤带啊?这玩意,一旦拴牢,就不会滑吧?"

我的手指隔着裤腰的缝,把整条裤带都摸了一遍捏了一遍,说:"肯定要拴牢,但万一它断了呢?"

"你过于紧张了。"李心雨说。

"我必须紧张啊。"我说,"鞋带松了可以系,可以把鞋脱掉继续跑。如果裤带出了问题,那可就出丑了。"

为了保险,我把裤带和鞋带都拴成死结,这样,它们根本就没有松开的可能了。

见我把裤带和鞋带都拴死了,李心雨笑着说:"你呀,真是太小心了。"

"再不小心，我就无颜再见江东父老了。"我一本正经地说。

"小月，就冲你这股认真劲儿，这次的长跑比赛，你一定能进前三名，如果发挥好的话，说不定还能拿冠军呢。"李心雨说。

"谢谢！借你的吉言。"我说。

1500米长跑比赛，可不像说话那么简单。在平常的训练中，许多女生跑到七八百米的时候，便坚持不下去，多半是一副生了重病快要死去了的模样，要不是因为就连体育也必须及格才能毕业的规定，估计有些女生是打死也不愿意跑这1500米。何况，1500米的长跑比赛，参赛的都是各班的种子选手，你一眼望过去，个个都是在晨跑中便较过劲的对手。我坚持体育老师说过的一开始不能拼尽全力冲在前面的准则，起跑后，我基本处于队伍的前六，紧跟着前面的运动员，不前进，也不落后。跑到六七百米的时候，虽然很累，真有停下来歇口气或喝口水的想法，但我坚持住了，班上负责后勤保障的同学在跑道边上递上来的水，我也坚持不接。长跑的时候，那水有致命的诱惑，喝了一口还想喝第二口，喝了半杯还想把整杯都喝下。然而，肚子里装了过多的水，跑起来便会很疼，疼得你没办法忍受，只好停止跑步。

我很累。眼见着一个原本在后面的运动员赶上来和我并肩跑步了，我想加把劲稍快一点甩掉她，但是我怎么也使不出更多的劲来，没过多大一会儿，我眼见着她跑到我前面去了。那一刻，我对自己特别失望，连放弃比赛的心都有了。

我在心里默念："江月，你必须坚持，你不可以放弃，你要积蓄力量反超。"

我稍作了调整，调整步子，调整呼吸，努力把内心的浮躁赶出去……

我听到了李心雨的呼喊，看见了杜大星挥着的拳头，看见了高老师温暖的笑容……我鼓足劲，努力往前赶……超过了一个……又超过了一个……已经是第二名了……

跑在第一的毕竟是强有力的对手，我从身后看她，感觉她仿佛并不怎么累。然而我告诉自己：我都这么累了，她也一定很累，她只不过在坚持着。

还剩最后一百米了。我必须加油！我必须超过她！我必须把我在跑800米时的失败赢回来！我必须为我们班的团体总分加六分！

我咬紧牙关，在最后关头拼命地往前冲……

我第一个到达终点。

"小月，不要停，慢跑一圈。"是李心雨的声音。

我没有停下来。我仿佛全身充满了力量，感觉自己还可以跑一趟1500米。

当我停下来后，杜大星递过来一杯水，还说了一句："你太拼了。"

"难道人家不应该拼吗？为了集体荣誉。"柳婷婷瞥了杜大星一眼。

我转过身去，用运动衣的袖子擦脸上的汗水。我背对着大家，望着手上的这杯水，长跑的累，已经消解了一大半。

我虽然夺得了1500米长跑冠军，但接下来却发生了一件不愉快的事情。比赛结果公布后，李心雨赶紧为我写了一篇短讯，柳婷婷说她替李心雨交到播音组去审。然而，柳婷婷却并没有把这则短讯送给审稿的同学,而是悄悄地把它夹进了团学委的同学已经审过的稿件中。李心雨只顾着为我高兴,也没有发现柳婷婷这一举动。

苏杭在按顺序播音的时候,发现手上有一份稿件上并没有审稿人的签名,便把稿件放在了一旁。因为播音稿实在太多,苏杭也没来得及把这篇稿件拿给审稿的同学,也或许放在那里被遗忘了,所以,这份稿件一直没有播出来。

其实,我并不在意我获奖的消息有没有在广播里播出来,只要能给班级加分,能拿到一张获奖证书就足够了。然而,李心雨却有点不高兴,她找到柳婷婷,说:"你把我写的稿子放在哪里了?"

"我放在播音台了呀。"柳婷婷也觉得很奇怪。

"那为什么没有播出呢?"李心雨问。

"我直接放在苏杭那里了,我想,即使是没有审过的稿子,如果他看见是我们班的,也一定会播出的。"柳婷婷说。

"你为什么非要走捷径呢?"李心雨有些生气了。

"我这是为我们班好啊!"柳婷婷一副生气加委屈的样子,她说,"我也是希望有你署名的播音稿能早一点播出来呀。"

其实,我知道李心雨的意思,她希望播音稿能顺利播出,并非是因为上面署了她的名,她是希望能把我获奖的消息带给全校师生,同时也让这份稿子给我们班的团支部加分。

为了这件事,柳婷婷也去质问了苏杭。或许,她在苏杭那里并没有得到满意的答案,她伤心地哭了,哭得两眼通红。我和李心雨前去安慰了好一会儿,柳婷婷才停止了哭泣。

8. 诀别

又到期末考试前抱佛脚的时间了。

每当晚上熄灯后,值周老师走了,值周组的同学也来查过了,寝室过道里便会渐渐热闹起来。大家都端起小板凳,找一个空位安放下来,背靠着墙,或者面对着墙,开始复习。过道里的灯光虽然不够亮,但眼力好的同学也还将就能看得清书上的字。在寝室里夜战的同学,在点蜡烛之前,会用毯子遮住没有窗扇和窗帘的窗子,门也会拿毯子遮挡一下,以免透光。通常,大家会在十二点前结束夜战,也有学到下半夜两三点的,更有甚者,学个通宵。

在准备理论考的同时,音乐、美术、体育等科目的技能考试也陆续在进行着。

这节音乐课,要考试听旋律写五线谱,由柯韵老师弹奏一段曲子,同学们把它记录下来。这项测试总分为10分,就是说,它要占期末成绩的10%。这分值,说高也不高,说低也不低,按柯老师的要求,出现一处错误扣1分,乐感好的同学可以拿满分,乐感不好的同学,可能1分都拿不到。在上一节音乐课下课的时候,柯韵老师就宣布了这节课要测试的消息,所以,大家都非常认真地带了笔和五线谱本子。

"哎呀呀,我忘记带谱本了。"快到音乐教室的时候,任耀飞一声尖叫。

"快飞！"刘胜打趣道。

任耀飞拔腿朝教室跑去的时候，郭东大笑道："哈哈哈，人，真的飞起来了。"

上课了，按音乐课的常规，柯老师弹着风琴，带着大家唱了几条视唱曲，便开始准备听写测试。

"准备好了啊！"柯老师说，"我再强调一句，是用五线谱记录，不是用简谱啊……"

与此同时，我听到了小声的议论：

"123都很要命，小豆芽儿更要命。"

"怕什么，你又不是不会画小豆芽儿。"

"画是会画，就怕它们站错了地方。"

……

"安静了啊！"柯老师加重了语气，脸上的肌肉都绷紧了，她用唱歌的气息和腔调说，"不遵守纪律的同学，这一项考试直接记零分！"

这样一来，所有的同学都闭了嘴，音乐教室里安静得连柯老师呼吸的声音都能听得见。

柯老师弹出来的这一小段旋律，说简单也简单，节奏不太快，让同学们有充分的边听边思考的时间。不过也有难点，其中有一个附点四分音符，不知道那些乐感差的如刘长发那样的同学有没有听出来。

"在测试页上写上名字，分组上交。"柯老师说，"没有写名字的同学，按零分处理。"

测试过后，柯老师让大家自习，复习乐理知识，为理论考试做准备。

下课铃声响了，柯老师宣布下课后，刚才还紧绷着的空气，马上就活跃起来，同学们一边出教室一边谈论着刚才的小测试。

"哎呀，我觉得我可能要被扣2分。"

"能得8分，已经很不错了。"

"那个附点音符，到底是几分音符啊？"

"太短了，有点像八分，又有点像四分。"

"哈哈哈，这个附点音符，就是柯老师给我们放的烟幕弹。"

……

我和李心雨起身来，也准备出音乐教室。李心雨问我："小月，能拿满分吗？"

"感觉能，但还是有点担心。"我说。

"我也拿不太准。"李心雨说，"要不要找柳婷婷对一下答案？她肯定拿满分。"

我扭头一看，柳婷婷正背对着我们，身体靠在长靠背椅上。

"柳婷婷，给我们公布一下正确答案呗。"我大声说。

可是，柳婷婷没有回话。我以为她故意不理我，便大步走过去，一边走一边说："柳婷婷，音乐考试，我们班就你的答案最权威……"

我的话还没说完，只听"砰"一声响，柳婷婷倒在了地上。

"哎呀！"我一声尖叫，跑了过去……

"晕倒了……心雨……快……喊人……"我急得说不出利索的话来，因为我看见了柳婷婷那紧闭着的双眼，还有她那我从来没有见过的吓人的脸色。

257

李心雨跑出音乐教室大喊:"快来人啊,柳婷婷晕倒了……"
　　我坐在地上,抬起柳婷婷,让她靠在我的怀里。柳婷婷双眼紧闭,好像她的世界已经与我们没有关系了……
　　我的脑子里"轰"一声响,思绪与呼吸仿佛都停止了,我的脑子一片空白……
　　柳婷婷被送到了学校医务室。
　　很快,她又被送到了白沙二院。
　　尽管同学们都在为她祈祷,然而,不幸的消息,终究还是传来了:柳婷婷走了,她永远地离开了我们……
　　我的书桌上,还摆着柳婷婷在音乐课上用过的笔和谱本,望着这些,我泪流满面……
　　在医院的太平间里,我们看到了白色被单盖着的柳婷婷。
　　我一直以为,在苏杭那友谊的天空下根本就没有柳婷婷,即使是有,也只给她留了那么小那么小的一丁点儿的不起眼的位置。然而,我错了,我们都错了。是苏杭从我手中抱过柳婷婷,把她抱到了学校医务室抢救。在从学校医务室到人民医院的路上,不管多累,苏杭都没有停止过抬担架,别的男生要求换他一下,他也不愿意,一直坚持把柳婷婷送到医院。在医院里,苏杭一刻也没有离开过。当医生宣布柳婷婷已经离去的时候,苏杭请求医生再仔细地检查柳婷婷的身体,请求医生再好好地抢救柳婷婷,他说柳婷婷还活着……当柳婷婷被送到太平间后,苏杭一直坐在柳婷婷身边,一言不发,任泪水流淌……
　　同学们陆续回校上课。最后只剩下我和李心雨,还有苏杭。
　　我和李心雨都不知道该用什么样的语言来安慰苏杭。我们都静静地坐着，没有说话，只是想再陪陪柳婷婷。

　　我们从未想到，这么漂亮的花朵，就这样凋谢了。如果柳婷婷能活过来，我们一定会以她的骄傲为快乐，而且会陪着她一起骄傲，陪她一起耍小姐脾气，陪着她一起说一些让人生气的话……

　　就在这个二年级的期末，骄傲的柳婷婷走了，她定是到那个骄傲的世界去了，去过她最为骄傲的日子……

第五章 不负韶光

1. 争取做优秀的孩子王

中师三年级开学后的一个星期天,杨雁约我和李心雨一起,去聚奎中学(也被称作江津三中)看初中同学。

聚奎中学,又名黑石山。为什么叫黑石山呢?因为山上有千姿百态、大小不一的黑石 500 余墩而得名。这些黑石千姿百态,有如鹰嘴一般的鹰嘴石,有两石对开形成"一夫当关,万夫莫开"的函谷石,有留着二郎神屁股印的二郎石……黑石山上不仅石头多,还有着高大茂密的花草树木,桃、李、梅、兰四季开放,樟、松、柏、杉间杂,林间众多白鹤,或立或飞,或静或鸣,溪水绕石,鹤影、树影、花影,蓝天白云,争相倒映……黑石山顶有一建于 1928 年的鹤年堂,号称"川东第一大礼堂"。登上鹤年堂,能望见滔滔东去的长江。除了鹤年堂,黑石山上还有聚奎书院、明代的川主庙、名人墨迹石刻、"白屋诗人"吴芳吉和著名画家张采芹的墓等珍贵的文化遗产。黑石山,既是学习的好地方,也是旅游的好去处。

这所风景秀丽、底蕴深厚的聚奎中学,和我们的江津师范校相距三公里左右,师范校与聚奎中学的学生,大多是在各区乡初中时的同学,所以,相互间往来较为密切。有时候是周末相互走动,聊生活,聊学习,聊未来……有时候是写封书信,把自己的近况告诉给对方。

我们六个人：我、李心雨、杨雁、杜大星、郭东、管得宽先生，约定九点半从师范校出发，步行去聚奎中学。从师范校到聚奎中学，以平常的速度步行，大约一个小时，如果一边走一边玩耍，通常一个半小时能到。

刚到校门口，遇见准备去江边玩耍的顾大英、丁小章和李少培，听说我们要去聚奎中学，便也加入了我们的队伍。

九个人的队伍，的确很热闹，哪怕每个人说一句话，也有九句，如果其中一两人或两三人甚至四五个人一起说，那简直就是人们常说的"闹山麻雀"（形容热闹的方言）。我们这一群闹山麻雀，走过船桥，踩着江边的卵石，走过白沙街道，走上了通往聚奎中学的马路上。

一路上，大家你一言我一语地说着班里的事，说着寝室里的事，说着隔壁班隔壁寝室的事，有时候还会说说老家的事。

"丁小章，说说你的历史。"郭东对丁小章说。

"我就这点年龄，没什么历史。"丁小章说。

"我补充一下：说说你知道的历史。"郭东说。

"我知道的历史，好像有点多，从这里开始讲，一直讲到聚奎中学，再从聚奎中学走回来，一直走到师范校，都讲不完。"丁小章说。

"拣你最想讲的历史来讲。"郭东就是想听丁小章讲故事。

"讲我最想讲的历史。"丁小章想了想，说，"在中国的现代史上，有一位非常著名的人物……"

"你又要给我们讲毛泽东还是周恩来？讲朱德还是彭德怀？"

郭东又打断了丁小章的话。

"郭东，你怎么跟一个三岁小孩子一样，老是爱打断人家说话呀？从小，我妈妈就告诉我，打断人家说话很不礼貌。"顾大英很严肃地批评着郭东。

郭东赶紧做出一个把嘴巴闭得很紧的样子，让大家忍不住笑了起来。

"在中国的现代史上，有一位非常著名的人物，"丁小章说到这里，特意看了郭东一眼，确定他不插嘴了，才继续说，"他有一个响亮的代号……"

"哇，还有代号啊，让我猜一猜。"郭东又插话了。

"现在，我把话语权交给郭东了。"丁小章说。

郭东知道自己又犯了错，赶紧闭上嘴巴，还用一只手捂住，用另外一只手打着手势告诉大家："我坚决不说话了。"

"在中国的现代史上，有一位非常著名的人物，他有一个响亮的代号，"丁小章顿了顿，说，"叫邋遢大王。"

听到"邋遢大王"这四个字，我们都想笑，却又努力地忍着。郭东把捂着嘴的手拿开，大喊："上当了，上当了！"

"我还没讲完呢，你上什么当？"丁小章问。

"你这是在捉弄我啊。"郭东说。

"如果我捉弄你，我就会说：他有一个响亮的代号，叫东郭先生。"丁小章说。

"好吧，我错了，你继续。"郭东说完，又用一只手把嘴巴捂上。

"我改变主意了，我就要让你上一次当。"丁小章说。

郭东没有说话，只是瞪大双眼，好像在问丁小章："你让我上什么当?"

丁小章似乎也看明白了郭东的疑问,她说:"我宣布,我的历史故事讲完了。"

郭东斜了丁小章一眼,说:"真不够意思,让你讲个历史故事,你这么小气,就讲了一句话。"

我们几个都各自悄悄地笑,唯有郭东朝丁小章吹胡子瞪眼。然而,丁小章可不会理睬郭东这副表情,她假装没有看到郭东的表情,她走到我身边,对我说:"来,江月,我们俩比一比,看谁的步子长。"于是,我们开始比步长,我们每走一步,都尽量把步子拉长。我毕竟比丁小章高一些,所以,走着走着,她便落下了一大截。

大概在十一点的时候,我们到了聚奎中学。周日的聚奎中学,也不是太热闹。虽然有进出的学生或家长,多数都显得行色匆匆,仿佛总是在抓紧时间赶往某一个地方,或者要在某个时间抓紧做完某一件事情。

"我们各自找自己的同学去吧,下午一点在'一夫当关'集合回师范校。"杨雁宣布。

各自散去。

我和李心雨依旧结伴去找她的初中同学。

"你确定不去找你的同学?"李心雨问我。

"不找了。找了也没多少话可以讲。"我说。

从二年级升到三年级,李心雨的同学也换了教室,找了好一会儿,才在一间教室的窗外找到了她的同学——杨梅。

杨梅所在的教室里,所有的同学都在埋头学习。

"杨梅,杨梅。"李心雨在窗外一边压低了声音喊杨梅,一边招手。

杨梅听到喊声，抬起头来，看见了我们。她从教室里走出来，拉着李心雨的手，说："心雨，你来了。"

"嗯，来看你。"李心雨说，"走，我们出去说说话，然后一起吃午饭。"

杨梅看了看手腕上的表，面露难色。

"怎么了？你们要补课？老师不让出去？"李心雨问。

杨梅摇了摇头，说："不补课。但大家都在教室里拼命地学习。"

"你们抓这么紧啊？"李心雨说。

"能不抓紧吗？高三了，明年就高考了，我们都要考大学啊，哪像你们，手捧着铁饭碗，根本不用学习了，把三年时间混满就可以了……"杨梅说，"我要考最好的大学，四年后，就有大学文凭了……"

杨梅后来说了些什么，我没太听进去，我脑子里有个东西在作怪，嗡嗡作响。

随后，李心雨失望地拉着我的手，走过林荫道，走过小石桥，走过一片林子……

"你们怎么也在这里？"

是杨雁的声音，她朝我们走来了。

这时候，我仿佛才从梦中醒过来，一看，我们在"一夫当关"这里。

"你的同学呢？"李心雨问杨雁。

"唉，人家要考大学，人家是要拿大学文凭的人，我就不好多打扰了。"杨雁说。

不一会儿，杜大星、郭东、顾大英、丁小章和李少培也陆续来到了"一夫当关"。

"这里所有的人都要考大学。"杨雁说。

"所有的人都在拼命。"顾大英说。

"他们拼命学习,也没有错。"丁小章说。

"其实,我觉得他们是在嘲笑我们的铁饭碗。"我说。

"我们捧着铁饭碗,有错吗?这铁碗饭,是当年中考的时候,我们用高分换来的。中考前,我们也是在拼命啊。"顾大英愤愤不平。

"不要怪他们,他们是在给自己另一种拼搏的机会。"杜大星说。

"他们追求自己的理想,没有错。"李少培说。

"看来,我也得有自己的理想了。"郭东说。

"你的理想,就是把这些拼命学习要参加高考上大学的同学,归到你的邋遢王国里,当好你的国王。"管得宽先生说。

"管得宽,都这个时候了,你还开玩笑。"杨雁不高兴地说。

"其实,我们虽然捧着铁饭碗,但我们也很努力,我们也有奋斗目标。"李心雨说。

"嗯,你发表作品,将来你可以当作家。"我说。

"丁小章喜欢历史,以后可以当一名史学家。"杨雁说。

"杨雁,你的歌唱得好,一定要加油!我希望将来在舞台上看到你的身影。"李少培说。

"到时候,我们都排队去给杨雁献花。"我笑着说。

"我是没有什么理想了,好好地毕业,当个合格的孩子王,然后,争取让我的学生们个个都考上大学。"李少培说。

"我嘛,争取在毕业之前改掉邋遢的坏毛病,我可不想真成立一个邋遢王国。"郭东说。

"江月，你呢？"李心雨问我。

"我啊……"我真不知道该说什么，"我也没什么特长，就真是他们眼中的混日子的中师生了。"

"你很全面啊，将来你一定是一名优秀的小学教师。"杨雁说。

"我只有努力了。"我说。

"我叫管得宽，将来，应该是当班主任的命，把班上的方方面面都管好。"管得宽先生在自嘲。

"你呢？"杨雁问顾大英。

"我啊，将来去当体育老师，带着学生锻炼身体。"顾大英说。

"现在剩你了。"李心雨对杜大星说。

"我说出来你们不要骂我。"杜大星说。

"说，谁敢骂你，我跟谁急。"顾大英说。

"好吧。"杜大星说，"我也想上大学。"

大家都沉默了。

杜大星继续说："师范校每年都会遴选几名优秀毕业生保送上大学，我想努力争取。不过，我们年级成绩好的同学太多了，就是在班上，刘长发也算是强有力的竞争对手。不过，我努力过了，就算没能保送，也无怨无悔。我努力把字练好，将来到小学里去教学生写字，我经常听爸爸妈妈说：'字是打门锤。'"

……

在聚奎中学的"一夫当关"，我们一行九人，讨论着一个非常严肃的话题：如何把师范的最后一年过得充实，怎么让自己更加努力有所进步，争取做优秀的毕业生，争取做优秀的孩子王。

"肚子在咕咕叫了。"顾大英说。

"走，赶回马项垭去吃豆花饭。"杨雁提议。

"好，吃了豆花饭，学习加油干。"郭东编了一句打油诗。

"我们一起来念这句打油诗。"丁小章说，"预备——开始——"我们大声地念着："吃了豆花饭，学习加油干。"

念完后，我们大步走出聚奎中学，大步踏上了回师范校的马路。

2. 邋遢大王闯祸了

这几天，同学们的话题大多集中在一个焦点上：上一届的师兄师姐们的毕业分配情况。我们中等师范学校毕业的学生，除极少数能分配到城区的小学或初中外，基本分配到了乡村小学甚至是极为偏远的山区小学，那些学校条件差，校舍非常简陋，为老师提供的宿舍也仅仅算得上可以遮风避雨而已，工资极低，每个月只有一百余元。

听说有位师兄分配到非常偏远的山区，要坐三个小时的公共汽车，下了车还要走两三个小时的山路才能到学校。学校里六个年级总共只有十五个学生，所有的年级所有的科目都由他一个人上，他一节课要上二到三个年级，没有上课的年级便在教室的另一个角落里做作业。学校里的生活很艰苦，只能自己去树林中捡柴来生火做饭。下午三四点钟，学生都放学回家了，空荡荡的学校里，只留下他一个人，孤独地守着。

听说有位师姐分配到一所只有两个老师的学校，当然，这两个老师还包括她自己。师姐要负责一到三年级的所有科目的教学，刚入学的一年级学生中，有一个大脑发育有问题的男孩，上厕所都要这位师姐抱着去，每天，男孩都要把屎尿弄到衣服裤子上，男孩那不讲理的妈妈还要来学校骂这位师姐，说她没有把孩子带好。

有位在城区长大的师姐，被分配到了偏远的山区，她极不习惯山区学校的生活。她个子娇小，却要到很远的井里去挑水。她胆子很小，夜晚，老鼠爬过墙缝的声音，外面林中猫头鹰叫唤的声音，山风吹过的声音……都让她害怕，让她整夜整夜地睡不着觉。

有位在学校里歌唱得特别好的师兄，分配到一所村小，那里原有的三位老师都是代课老师，当他像在学校一样早起到林中练声的时候，引来一群村民，他们像看稀奇怪物一样看着这位师兄，甚至有人说："小兄弟，你怎么发出这种声音啊？我们还以为林中闹鬼了。"那位师兄哭笑不得，从此再不敢早起练声了。

……

听到这些，我们这群将要被分配到各学校的中师生忐忑不安。

"如果苏杭被分配到山区，他成天讲普通话，人家会以为是生产队的广播又响起了。"郭东打趣道。

"郭东，你这邋遢样儿，最适合被分配到山区小学。"丁小章说。

"为什么？"郭东问。

"早起碰上你，还以为是从林中窜出来的山猫。"丁小章说，"眼睛鼻子耳朵头发都辨不出来。"

"唉，要是我被分配到偏远山区，都不敢早起练声了。村民们可别拿着锄头出来把我当成野猪赶，甚至把我打来炖汤。"杨雁半开玩笑半当真地说。

"老杜,到了识不得几个字的地方,你的字写得再好也没有用,因为他们根本不识字。"顾大英说,"李心雨,你的文章写得再好,到了那里,谁懂你写了些啥?"

杜大星慢悠悠地说:"那些大人不识字没关系,我写给学生看。"

"那些山区娃放学都要回家看弟弟妹妹,还要上坡砍柴打猪草,你以为他们能回家好好写字?"顾大英说。

杜大星没再回话,继续埋头写字。

李心雨也没说话,她只管埋头看书。但我看得出,李心雨的心思并没有在书上,而在刚才顾大英说的那句话上。

这沉重的话题,自然也影响了我的心情。李心雨对我说:"小月,不管未来如何,愿我们不负韶光。"

嗯,愿我们不负韶光。

星期天,杨雁约我们去白沙街上看录像电影《醉拳》,由成龙主演,大家都非常喜欢看。杨雁说:"大家一起去看部录像电影,换个心情,再继续好好学习。"

于是,我们一行六人——我、李心雨、杨雁、杜大星、郭东和管得宽先生,相约去看录像电影。

我们来到一家录像馆门口,见门口的小黑板上写着杨雁说的录像电影《醉拳》。

"这种录像馆,是私人开的,听说还会放一些我们不能看的录像。"管得宽先生说。

"管他会放些什么录像,我们只看这部《醉拳》,不会犯错吧?"杨雁说。

"大家都听着,我们今天只看《醉拳》,如果老板要放别的录像，我们找他退票，而且马上离开这里。"杜大星说。

"好。"我们都点了点头。

我们每人花了五角钱买了票，进到一个昏暗的厅里，开始看《醉拳》。

《醉拳》结束后，我们六个人都一致认为，《醉拳》的确好看。由于录像馆里空间小观众多，时间长了便有些缺氧，所以，我们从里面出来的时候，个个都满脸通红。

这时候，我看见了神探亨特儿校长。我不禁想起亨特儿校长多次在集会上讲过的："不要到街上那些私人开的录像馆里去看录像，那里头坏人多，放的也多数是些不健康的录像……如果被我查到偷偷去看黄色录像，我打断他的脚杆……"

亨特儿校长朝我们招了招手，我们六个便乖乖地朝他那边走去。

"看的什么录像？看得面红耳赤的。"亨特儿校长先是对我说，"你过来，我问你句话。"

亨特儿校长把我叫到一旁，问我看的录像的名字。我说了，是《醉拳》。

随后，亨特儿校长又把郭东叫到了一边。我想，无非也还是问刚才我们看过的录像的名字。

然而，不知道郭东的回答哪里不对劲，亨特儿校长走过来，生气地对我们大家说："你们，六个，高老师班上的，回去好好地写检讨，今天晚自习之前必须交到我办公室来。"

天，写检讨，真要命。

亨特儿校长的记忆力特别好，就算记不得你的名字，也能记得你的班级。他扔下我们，继续巡街去了。

"郭东,你跟亨特儿校长说什么了?"杨雁生气地问。

此刻的郭东,就像一个做错了事情的孩子,他搔了搔脑袋,小声说:"亨特儿校长问我,刚才我们看的录像叫什么名字,我一着急,说错了,说成《黄飞鸿》了……"

录像馆门口的小黑板上,的确写有《黄飞鸿》,也难怪郭东在情急之下会说错。

这个邋遢大王,不光是生活邋遢,连看个录像也邋遢,整部录像都看完了,竟然不知道自己到底看的哪一部。这祸,他可是闯大了!

"两个同学说的录像名不一样,那就有看黄色录像的嫌疑了。"杜大星说。

"这下好了,回去接受处分吧。"丁小章说。

"正儿八经看个录像,却被处分,真是……唉!"李心雨说。

大家都沉默了。

再怎么忐忑,再怎么觉得冤枉,再怎么委屈,我们回到学校的第一件事情,便是到高老师那里报到。杜大星主动给高老师讲了整件事情的经过。让我们意想不到的是,高老师说:"我相信你们。"

过了一会儿,高老师又对我们说:"晚上,演讲课的时候,你们都到申校长的办公室去,还是由杜大星先把整件事情的经过讲给校长听。校长对你们每个人问话的时候,你们都必须照实说,不能为了洗清'罪名'而自作聪明地编一些理由出来。在申校长面前,任何编造的理由都是站不住脚的,再聪明的狐狸,在他那里都会露出尾巴来。"

在去亨特儿校长的办公室前,教室里展开了讨论。不知道我们中的哪一位把消息透露出来了，还是同学们从别的渠道知道了我们看黄色录像要被亨特儿处分的事情，总之，我们班教室里很热闹，班里的同学分成了两大派，一派支持亨特儿校长，一派反对亨特儿校长。

"亨特儿校长什么时候判错过案？犯了案，被亨特儿抓住了，就赶紧认错吧，否则没好果子吃。"

"亨特儿校长有什么了不起？不也就是经常拿扣分拿降级拿开除学籍来吓唬我们吗？"

"'神探'二字可不是吹的，他是校长，他抓到你重大违纪，怎么处分你，都说得过去。进师范校来，是让你学知识长本事的，不是让你来做坏事情的。"

"不要因为有人称他一声'神探亨特儿'，你就盲目崇拜了。"

……

总之，崇亨派和反亨派，在教室里争得很是热闹。

高老师相信了我们，我们就像吃了定心丸一般，按高老师安排的时间，到了亨特儿校长的办公室。杜大星把事情的经过讲给亨特儿校长听了，亨特儿校长问了几个问题，都是杜大星一个人回答的。在问过杜大星几个问题后，亨特儿校长便让我们回教室。当然，亨特儿校长走在最前头。

就在崇亨派和反亨派争得上火的时候，亨特儿校长出现在教室门口。当然，我们六个人也跟在他的后面。

"亨特儿来了！"有人小声喊了一句。

一下子，两派都极为安静。一派用崇敬的眼神看着他，一派用敌视的眼神来看他。亨特儿校长大声说："经过调查，班里的六位同学看的的确不是黄色录像,是我判断失误,我特地来向大家道歉。同时也重申一下纪律,黄色录像对你们的成长有害,大家一定要远离这些不健康的东西……"

亨特儿校长给大家说完后,又转过身来,对我们说:"对不起啊,错怪你们了。你们也可以惩罚我一回,罚我做义务劳动都可以。"

我发现,亨特儿校长在说这话的时候,脸微微发红,还露出了羞涩的笑,像一个向老师承认错误的小学生一样。我知道,亨特儿校长的道歉是真诚的。

"不用不用,您是校长……"顾大英的话说到一半,便打住了。

"我是校长,做错了事也要受罚。"亨特儿校长微笑着说。

大家都没有说话。

"进去吧。"亨特儿校长说,"三年级了,要给小师弟小师妹们做好榜样。"

我们进到教室,各自坐下。此刻,我对亨特儿校长的崇拜,不由得又添了几分。

3. 六人画展

学校要举行六人画展,这原本和我没有什么关系,但当我看到学校公布的名单中竟然有郭东的名字,便开始对这事感兴趣了。听说这次画展特别重要,听说会有远方的客人来观展,听说好的画有可能被买去收藏。

郭东这家伙，上次差点儿害得我们"身陷囹圄"（借用丁小章的话），从入学第一天起，他整天邋邋遢遢的，给他一个"邋遢大王"的名号，一点儿也不为过。自从他爱上画画后，毫不吹牛地说，他的身上从来没有缺过颜料和墨汁，有时候是头发上，有时候是脸上，当然，大多数时候是在衣服上，就连他的白网鞋，严格地说，也应该叫迷彩鞋。

我们班都对郭东这枚开心果寄予了厚望。高老师对郭东的关心当然自不必说，同学们也表现出比往日更高的热情。

然而，郭东却没把六人画展放在心上，他和往常一样，该吃饭吃饭，该搞笑搞笑，该上课上课，该做作业做作业，该打球打球，该东张西望还是东张西望……

"郭东，班长找你。"杨雁站在教室门口，冲着在操场上打球的郭东大喊。

郭东抱着篮球，满头大汗地跑进教室。

吴亚妮问："东郭先生，你的参展作品都准备好没有？"

"准备好了，就那几幅。"郭东一边说一边转身要走，人家篮球正打在兴头上，此时此刻，画展的事，仿佛不如打篮球重要。

"画都在哪里呢？都裱好没有？"吴亚妮问。

"在画室里，白青蓝老师统一拿去裱好的。"郭东把话说完的时候，已经跑到操场上去了。

"鬼家伙，就像我要参加画展一样。"吴亚妮生气地吼道，"点儿都不争气！"

这些天，另外五人都在紧张地准备着画展的事，只有郭东不着急。直到星期天的早上，另外五人都布置好了，郭东的画却还在画室里睡大觉。现在,不只是郭东的画在睡大觉,郭东自己也在睡大觉。眼见着下午两点画展就要正式开展,就算是再不急的人,都应该行动起来了。

杜大星把郭东从床上扯起来,扔给他一件衣服,说:"赶紧穿上,布展了。"

然而,郭东却揉了揉眼睛,说:"吃了午饭把画拿去挂在钉子上,不就行了。"说完,又倒头睡去。

从宣布六人名单那天开始,郭东就没有紧张过。

杜大星叫上团支书苏杭,还叫上我和李心雨,到郭东的画室,把他那些已经裱好准备参展的绘画作品拿到画展现场,准备给他布展。

"李心雨,未来的文学家,你来给郭东拟一个简介。这个展厅的情况你也看到了,简介的风格,要适合这里的氛围,建议在调侃中带着对艺术的严肃的追求。"杜大星说,"江月,你负责提修改意见。"

"我敢给文学家提意见吗?我找死啊。"我打趣道。

"旁观者清。"杜大星对我说完,又转身对苏杭说,"苏书记,我们来计划一下,这些画怎样挂最协调,不影响整体布局和美感。"

我和李心雨回到教室,开始给郭东拟简介。

郭东者,三(3)班邋遢大王也。头发上、脸上、衣服上、鞋上,都是各色颜料的栖居地,横看竖看上看下看左看右看,怎么看都是一幅抽象画。爱运动,爱打趣,是同学们眼中的开心果。追求纯真自然的艺术理想。郭东者,在哪里?寻现场最为邋遢之人。

这份简介,可是我和李心雨修改数次后才定稿的。一向不爱夸奖人的杜大星看到这份简介,眼睛一亮,脱口而出:"妙!绝妙!"

"你怎么不在现场布置?"我问杜大星。

"鸭梨班长在那边指挥,高老师也过去了,我们得赶紧把未来梵高的个人简介落到纸上,再挂到墙上。"杜大星说。

"用钢笔字还是毛笔字?"我问。我想,这样的场合,应该是不会用粉笔字。

"用钢笔字?"杜大星一边从画夹里找宣纸,一边说,"我怕那些专家没有带放大镜,哈哈!"

"老杜,你以为专家都是老人?"李心雨说。

"年纪轻轻的,难道能成专家?可能性不太大。"杜大星说。

"在我的心目中,你也是专家,但是,你有几岁呢?"李心雨一边研墨一边说。

"我,人称老杜,你说我几岁?我都九十又九岁了,你瞧,我这老花眼镜,我都记不得它到底陪了我多少年了。"杜大星低下头来,假装把目光从眼镜上方射出来,看着李心雨。年纪大的老师,上课戴着老花眼镜,他们看书的时候目光是透过镜片落到书本上的,他们看讲台下面的学生的时候,往往是让目光绕过眼镜片,从眼镜上方射出来,看着台下的同学们,那神情,惹得台下的每个同学都想笑出声来,但总是忍着,所以,每个人的脸都涨得通红,用郭东的话来说,就像每个同学都憋着一个屁,不敢放出来。

杜大星就是杜大星,杜大星不愧为同学们心中口中的老杜,他挥毫泼墨,不仅把郭东的简介用好看的隶书书写出来,还随手画了一幅郭东的漫画像。

"哇,这就是郭东嘛,邋遢得他称第二都没有人敢称第一了。"

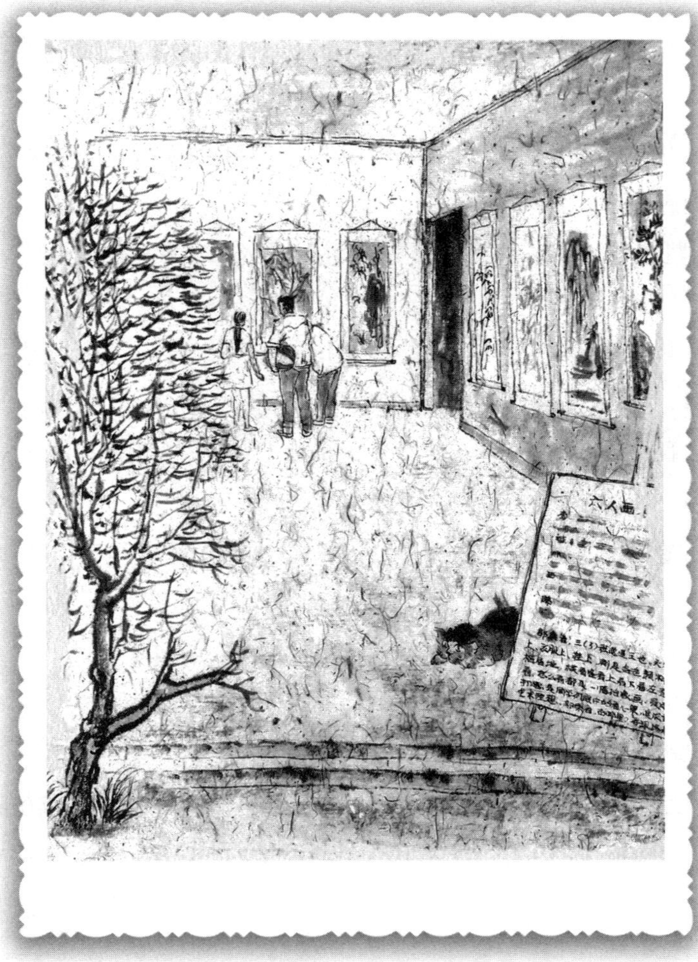
六人画

杨雁凑过来，夸张地说。

当我们把郭东的简介拿到展厅里的时候，郭东的画也全部挂好了。

"哇，真是想不到，咱们班的邋遢大王还能画出这么好的画。"丁小章感慨道。

"丁小章，你来说说，郭东是哪个历史人物或者神仙的化身？"李少培问。

"郭东就是郭东，他本身就是一个传说，没有前世，只有今生。"丁小章一本正经地说。

"我有预感，有一条红地毯，正在为我们班的邋遢大王铺开。"杨雁说。

"就怕邋遢大王打翻了调料盘，把红地毯染成了花地毯。"刘胜说。

"花地毯，正好啊，前程似锦，多姿多彩。"杜大星说。

下午两点，六人画展正式开展。郭东在开展的前一秒钟赶到现场，他竟然转了一圈才找到属于自己的展位。

展厅里聚集了一些爱好美术的同学，当然也有前来看热闹的同学。白青蓝老师对六个参展的同学进行简单的介绍后，还说了些鼓励他们的话。白青蓝老师的话音一落，郭东便离开了展厅，朝教室跑去。

郭东跑到教室里，仅仅是为了赶物理作业，昨天物理老师布置的作业，要求今天交，他还一个数字都没有写呢。做完了物理作业，郭东想到书法老师布置的两页毛笔字他还没写，便开始研墨。

"啪——"

郭东把墨打翻了。这下可好,他在收拾地上的墨汁的时候,弄得自己脸上、衣服上、鞋上全是墨。不过,这也符合郭东的日常情况。

"郭东,找你,找你!"顾大英气喘吁吁地跑进教室,冲着郭东喊,"郭东,找你,找你!"

"谁找我呀?把你急成这样。"郭东一边用废的宣纸擦手上的墨,一边心不在焉地说,"是梁山好汉找我吗?还没有见过你母大虫这么着急过。"

"艺术家,画家。"顾大英停下来喘了口气。

"不要开玩笑,我不是艺术家,也称不上画家。我就是个邋遢大王,大家的开心果。"郭东一边说,一边不紧不慢地把纸团扔进了垃圾篓里。

"哈哈哈,郭东,估计真的是梁山好汉找上门来了,你什么时候得罪顾大嫂了?这下子,吃不了兜着走吧。"李少培打趣道。

这时候,我看见一位留着长长的胡须的中年人,站在我们班教室门口,朝教室里张望。顾大英赶紧走到教室门口,指着郭东对这位长胡子先生说:"伯伯,您要找的人,就是他。"

噢,是这位长胡子的先生找郭东。

郭东一下子愣在原地,搔搔脑袋,不知道该上前去,还是该坐下来。

见郭东愣在原地,长胡子先生走进教室,走到郭东身边,问:"孩子,你叫郭东吗?"

"嗯。"郭东使劲地点点头,他想用点头来掩饰他内心的紧张。

"我看过你的画了,很好啊!但还有很大的进步空间。"长胡子先生说。

原来，这位长胡子先生先是在展厅看了郭东的画，从简介上看到的班级，找到我们班里来了。

一向伶牙俐齿的郭东，这会儿却傻了，成哑巴了。见郭东不说话，长胡子先生又问："你那个简介，是你自己写的吗？"

郭东朝我们这边看了看，说："听说是他们帮我弄的。"

"听说？哈哈哈！"长胡子先生乐了，他笑着说，"你这小家伙，原来是个糊涂蛋啊！"

长胡子先生这话，把同学们逗乐了，却把郭东说得更不好意思了，他红着脸，直搔脑袋。

"伯伯，那个简介，是我们班的李心雨和江月拟的文字，由杜大星亲自书写，那漫画也是杜大星随手画的。"吴亚妮解释道，"您别笑话，因为郭东忙不过来，才请同学们帮忙的。"

"好啊，师范校真是出人才啊！"长胡子先生高兴地说，"不过，我猜测啊，郭东这个糊涂蛋，一定是在开展前也只顾玩耍，同学们急了，替他布展，我没有猜错吧？"

同学们忍住笑。郭东用手揉着鼻子，估计这会儿他是恨不得找个地洞钻进去。

长胡子先生和我们大家聊了一会儿后，便笑吟吟地出了教室。

晚自习的时候，高老师兴高采烈地给大家带来了好消息：长胡子先生是一位著名的画家，是一家书画院的院长，他已经和白青蓝老师谈过了，也和郭东谈过了，他决定收郭东为徒。

"我就说嘛，我有预感，有一条红地毯，正在为我们班的邋遢大王铺开。"杨雁说，"现在，这条红地毯已经铺开了吧？"

"是，你神机妙算，以后我喊你杨半仙行不？"刘胜打趣道。

"去去去！"杨雁冲着刘胜皱眉又撇嘴。

"呀呀呀，你这龇牙咧嘴的形象，真是不好看。"刘胜对杨雁说。

高老师还对同学们说："同学们，只要我们努力，只要我们朝着自己既定的方向不懈地努力，总会看到成果。"

这下子，同学们又充满了斗志，大家都相信，只要努力发展自己的特长，未来一定是光明的。

下了晚自习，我和李心雨没有马上回寝室。我们坐在操场边上的一棵梧桐树下，背靠着背。

"小月，你说，我这样坚持下去，将来会成为作家吗？"李心雨问我。

"能啊。"我说，"其实，在我心目中，你现在就是作家了。"

"才发表三篇作品，还算不上作家。"李心雨说。

"算。"我说，"你那么爱读书，那么爱写作，就凭你这颗火热的心，文学的殿堂也会为你打开。"

"呀，你说这话，就像在写诗呢，在我心目中，你是诗人了。"李心雨笑着说。

"心雨，你就不要笑话我了。"我说。

"我没有笑话你，你的文笔其实也挺好的。"李心雨说，"这学期，我担任了文学社的秘书长，负责的事情很多，要负责到各班宣传和收稿件，要负责小报的审稿工作，我想，多做些事情，我一定会进步得更快。"

"心雨，祝贺你！"我由衷地说。

"谢谢你！"李心雨说。

短暂的沉默。

"小月，师范校这最后一年，你有什么打算吗？"李心雨问我。

我想了想，说："我也没什么特长，我就想着把所开设的科目都学好，将来分配到学校，不管哪一科我都能教，哪样都难不到我，我就满足了。"

"全才呀！这标准太高了！"李心雨说，"我相信你一定能够做得到。"

"我会一直记得你跟我说过的那句'不管未来如何，愿我们不负韶光'。"我说，"回寝室吧，还要洗漱呢，再晚就来不及了。"

我们俩手挽手，朝寝室走去。

4. 江月，扔毛线

"哎呀妈呀，江月，快来快来！"

下了晚自习，我刚回到寝室，正准备倒水洗脸，站在窗前弯着腰往下看的顾大英大声地喊了起来。她这一喊，在寝室里的唐虹和马长芬以最快的速度挤到了窗前，就连那个正专心地举着小圆镜挤青春痘的林莉，也丢下小圆镜，挤到了窗前，一个个的动作都比我还快。吴亚妮和李心雨应该是上厕所去了，没能赶上趟儿。

"叫我做什么？"我站在她们身后问。

"让开让开，让江月挤进来。"顾大英把离她最近的林涛给推开，给我让出一个空位来，"快来这里，往下面看。"

我站在窗前，把小半截身子探出窗外，往下面看。呀，一楼的

119寝室，有人用晾衣竿挑着一张大概是八开的画纸，寝室里有人用手电筒射着画纸，所以能看得见画纸上写的几个大字：

江月，扔毛线团。

"呀，119的小师弟要毛线团做什么？"林涛问。

"江月，准备好毛线了吗？准备钓大鱼吧。"顾大英笑着说。

"哇，这是在让你开通一条专线吗？"林涛猜测着。

"友情专线，或者叫爱情专线，江月，不要打我，哈哈哈！"顾大英笑得有些夸张。

我却蒙了。119住的是哪些人呢？怎么会有人叫我扔毛线团呢？如果住的是我们班的男生，让扔个毛线团下去再钓个什么东西上来，开个玩笑，我倒是觉得没什么。

这时候，吴亚妮和李心雨也回到寝室里来了。见我们都挤在窗前，吴亚妮问："窗外有白马王子啊？全都围在那里看。"

"真的有白马王子哎。"林涛夸张地说，"白马王子在召唤江月。"

一听这话，李心雨兴奋了，她赶紧挤上来，把我和顾大英都挤得扁扁的，探出头去，朝大家看的方向看去。

"哇哦，果然在召唤。"李心雨笑着说，"小月，快准备毛线团。"

吴亚妮搞清楚情况后，竟然也来了兴致，她说："小月，要不要我替你找个毛线团？"

既然班长都有兴趣来配合楼下的男生开这个玩笑，我也无话可说了，由着她们去，反正现在还没有到熄灯时间，反正如果惹出什么笑话来，有整个419担着。我心一横，说："现在，你们个个都可以假扮成江月，你们想怎么干就怎么干吧。"

"鸭梨班长，这里有个毛线炸弹。"唐虹拿出一个毛线团，递给吴亚妮。

"让我来扔炸弹,哈哈哈!"顾大英一下抢过毛线团,从水泥桌上拿一个吃饭用的叉子,捆在毛线的一头,直接往窗下垂。

"为什么要捆一个叉子啊?"李心雨问。

"有两个作用,一是让毛线下落得更快一些,二是让楼下的知道,如果惹了我们,就敲他们一叉子,我们可是不好惹的。"吴亚妮替顾大英解释。

"到底了,到底了。"顾大英很兴奋。

"母大虫,你小声点,不要吓着了楼下的,万一他们把我们的毛线炸弹给没收了,就麻烦了。"林涛拐了拐顾大英说。

"嘿嘿,好,我闭嘴。"顾大英的声音果然小多了。

"快看快看,他们在上面捆了东西。"马长芬喊道。

顾大英把毛线往上提了提,说:"嗯,重一些了,是有东西。"

"放了这么根长线,不会钓上来一条大鱼吧?"吴亚妮笑着说。

"万一在上面捆了一个男生,怎么办?"顾大英停止往上拉的动作,很严肃地说,"赶紧想好处理方案,万一真的拉个男生上来,怎么处理?"

"送到德体处去,处分他。"吴亚妮说。

"这招够狠!"顾大英说完,快速地把毛线拉了上来。

"这东西用画纸包着的,像是一本书。"东西还没提上来,林涛便喊道。

"书里肯定夹有东西。"唐虹说。

就在顾大英把毛线拉上来的那一刻,我以最快的速度把毛线扯断,抢过毛线上捆着的书,爬到了属于自己的上铺。

"天啊，江月，你想独占我们钓上来的大鱼吗？"顾大英故意不依不饶。

"嘻嘻嘻，"林涛却笑了，她说，"人家119寝室本来召唤的就是江月的毛线，有你顾大嫂什么事呢？还是各自洗脸洗脚睡觉去吧。"

"好吧，我到床上做梦去。"顾大英故意做出一副无奈的样子。

寝室里的同学们都各自忙碌着，仿佛都不再在意我抢过来的东西。唯有李心雨，特意把脸靠到我的床沿上，朝我挤了挤眼睛。

顾大英钓上来的到底是什么呢？

我趴在床上，一直等到熄灯了，才把刚才抢过来的东西拿出来，借着月光，打量着我抢过来的"大鱼"。外包装是一张洁白的画纸，上面写着"江月亲启"，一看到这几个字，我就知道是杜大星的字，写得那么大气，那么有力。拆开包装，是一本书，《傲慢与偏见》。翻开扉页，里面夹着一张树叶书签，树叶书签上写着：赠江月，落款是LD。

我悄悄地笑了。记得前两天我在杜大星面前说过，喜欢《傲慢与偏见》这本书。今天，这礼物就送到了。

第二天起床来，顾大英唉声叹气地说："唉，昨天晚上做了个梦。"

"梦见白马王子了？"林涛问。

"梦见白马王子被抢了。"吴亚妮补一句。

"知我者，鸭梨班长也。"顾大英说。

我知道，顾大英是想知道昨天晚上我抢过来的东西是什么。我把书从床上拿下来，放在水泥桌上，说："这是我昨天抢的白马王子，你们谁想要，就抢去吧。"

"嘻嘻嘻——"李心雨只是笑，没有说话。

顾大英、林涛围过来，翻了翻书。顾大英说："唉，建立一条爱情专线，就为了传递一本书啊？真不够浪漫。"

"你是不是认为要传递一个王子上来才叫浪漫呀？"林涛问。

"真要传递一个王子上来，你也不敢收。"吴亚妮说。

"那是，必须在鸭梨班长的护送下，押到亨特儿校长的办公室去。"顾大英说。

"要我说啊，咱们419有母大虫，有鸭梨班长，哪个白马王子敢闯来啊？咱们非得让他从白马变成癞蛤蟆。"林涛说。

"哈哈哈！"

大家大笑着，一个接一个地出了寝室，朝操场跑去。

在操场跑步的时候，遇上了杜大星。他从后面赶上来，在我身边跑着。我加快速度，想跑到他的前面去，然而，我加速他也加速，我根本不可能把他甩到身后。我索性放慢速度，想让他跑到我的前面去，然而，他也跟着放慢速度。就这样，他一直在我的身边跑了两圈，才加快速度朝前跑去。

早操结束后，我进到教室里的时候，杜大星已经在背诵元曲《高祖还乡》了："车前八个天曹判，车后若干递送夫；更几个多娇女，一般穿着，一样妆梳……"

"谢谢啊！"我说这话的时候，尽量让自己显得大方些，自然些。是的，同学之间，尤其是同桌之间，送一本书作为礼物，是件很正常的事情。只不过，这送书的方式特别了些，借别班的寝室，专门开辟一条毛线专递，把书给送到了对方手里。

"不用谢。"杜大星说,"没吓着你吧?你这么胆小。"

噢,原来是专门为了吓我才这么干的,原来是为了给我练胆儿才这么干的。

"收到的是一本书,又不是人,有什么可怕的?"我故意让自己的口气变得像顾大英那样不拘小节。

"你们昨天晚上捉到豹子了?"杜大星问我。

"嗯?"我没反应过来。

"吃了豹子胆儿了,一夜之间,胆儿就变大了。"杜大星笑着说。

"呵——"我笑了。

5. 回赠以围巾

又进入了女生们织毛线的季节。

大家有的织毛衣,有的织围巾,有的织手套……每到晚上熄灯后,生活老师走了,值周老师走了,值周生巡查过了,大家便会各自搬出一根小板凳出来,坐在巷道里,开始织毛线。更有甚者,直接坐在床上摸黑织毛线,那是极为熟悉的高手了。其实,我也是这样的高手,我可以不用灯光,凭着手上的感觉,顺利地织毛线。

我到白沙的店里买了一些黑色的开司米毛线。李心雨也买了一些,她说她要给奶奶织双毛线袜子。

路上,李心雨问我:"你打算织成三股线还是四股线?"

"如果四股线,肯定要快些,但我怕织出来太硬了。"我说,"我还是织三股线吧，织宽一些，可以对折起来，这样，又厚又暖和，还很软。"

"三股线的话，估计你要织到寒假了。"李心雨说，"很快就要期末考试了，你如果天天晚上加班织围巾，那就等着下学期开学来天天晚上加班复习准备补考吧。"

我当然分得清学习和织围巾的关系，我说："我慢慢织，如果织不完，就放了寒假带回家去织。"

然而，我还是希望能早一些织完，这样的话，这条围巾便可以在这个冬天里发挥它的作用了。

我们寝室里，最先织毛线的是唐虹和马长芬，她们俩都用大的棒针织镂空的马夹，我见过这样的马夹，套在贴身毛衣外面，很是漂亮。而后，林涛也跟着她们学。林涛倒是巧手，很容易就学会了。受她们的影响，顾大英也开始学。顾大英毛手毛脚，动作虽快，错漏却多。她总想织得快一些，巴不得一天就织一件毛线马夹出来。

一天中午，顾大英在上铺生气地吼道："唐虹，快来！"

坐在下铺吃饭的唐虹以为出了什么事，赶紧起身来，一看，笑了起来，她说："顾大嫂，你看你，下面用细针来织，上面又换成粗针来织，下面小，上面大，而且稀得像渔网，还能穿吗？"

听唐虹这么一说，大家都围过去看顾大英织的马夹，都看得哈哈大笑起来。

"你不就是教我织渔网针吗？还说我这个稀得像渔网。"顾大英还不服气。

"渔网针，是指织出来的表面像网格一样，并不是说它稀得像渔网一样，漏风啊。"唐虹说。

"嘻嘻嘻——"我们在一旁笑。

"好吧,我承认,我装不来淑女。"顾大英一边说,一边把棒针取下来,开始一边拆一边绾毛线团。

拆着拆着,顾大英又吼起来:"快快快,死了死了。"

所有的人都"呼啦啦"起身来,朝顾大英那边看。

是什么死了呢?

是顾大英拆下的毛线打死结了。

"哎呀呀,你慢点拆,拆一点绾一点,就不会打结了。"唐虹一边帮着解死结,一边说,"真是笨。你只适合上梁山,伙同孙二娘做人肉包子。"

"哼,我要是跟孙二娘混了,你们这些人都要当心。"顾大英说。

"当心什么啊?"我问。

"当心我在夜间把你们都做成了包子。"顾大英说。

"哦哟,我好怕,我得织个东西把自己藏起来。"李心雨一边说,一边拿出毛线,开始起针织袜子。

顾大英看见了,问李心雨:"李心雨,你也要织马夹?"

"我织毛线袜子。"李心雨说。

"你要穿毛线袜子?恐怕要买大两码的鞋呢。"顾大英一副不可思议的样子。

"李心雨是给她奶奶织的袜子。"我说。

这下可启发了顾大英,她说:"我也要织袜子,我要来向你学习。"

顾大英说完,从上铺跳下来,坐到了李心雨的床边。

"你先去把大两码的鞋买回来再说。"一直没有说话的吴亚妮说话了。

"我才不穿这么厚的袜子呢。"顾大英说,"我给我外婆织。小时候,我穿外婆做的鸡婆鞋,现在,我要让外婆穿我织的毛线袜。"

"嗯,有孝心。"我夸奖着。

顾大英乐呵呵地看着李心雨起针织袜子,那神情,像个小学生一样。

现在,寝室里唯一没有织毛线的,就剩班长吴亚妮了。

"班长,你织毛线不?我这里针和线都有。"林涛对吴亚妮说。

"我也想织啊,可是,班上那么多事情,学校又经常通知开会,布置大事小事,我一天腿都跑断了,哪还有时间有心思来织毛线啊。"吴亚妮说,"你们好好地织,看着你们织出漂亮的马夹、围巾、袜子那些,我也很高兴。"

吴亚妮整天都有忙不完的事,还要把学习成绩搞好,真是不容易。

我的围巾也开始织了。开司米线的三股线并在一起,也偏细,得用细一些的毛衣针来织,织了一排又一排,总觉得长度没有增加。白天,我抓紧时间学习,下了晚自习回到寝室里,便以最快的速度洗漱完毕,爬到我的铺上,开始织围巾。熄灯后,我也可以凭着手上的感觉继续织。当然,为了保险起见,我会织一会儿就拿到有光的地方去检查一下,看有没有织漏的,早发现早补救,少浪费时间。

为了预防在紧张的复习阶段我也没能把围巾织好,为了在紧张的复习阶段我也能有时间织围巾,我现在就得为期末考试作打算。同学们通常是最后一个月至少是最后两周就要进入非常紧张的挑灯夜战阶段,我决定从现在开始,就进入期末复习。

晚自习后，回到寝室里，我依旧是以最快的速度洗漱，然后坐在我的铺上，一边背书，一边织围巾。熄灯后，端着小板凳，冒着被生活老师、值周老师逮住扣分的风险，坐在巷道里的灯下织围巾，因为有了灯光，我可以在膝盖上放一本书，一边织围巾一边复习，或是背古诗文背政治背历史，或是复习平时做起来有难度的物理题，甚至是音乐体育美术需要笔试的理论知识。

　　"江月，你真是一心二用啊！"坐在身旁的林涛悄声对我说。

　　"我脑子笨，笨鸟先飞嘛。"我说。

　　"你才不笨呢，你学哪样就像哪样。"邝琳玲说。

　　"我是万金油，多能，却不'专'。"我说。

　　"反正我是很佩服你的，哪科都不落后。"邝琳玲说，"而我呢，就光是体育一门学科，就把我给打垮了。"

　　这时候，邝琳玲的那句"妈呀，又是要命的体育课"又在我耳边响起，我禁不住"扑哧"一声笑了。

　　"看，又让你笑话了。"邝琳玲说。

　　"也没关系，师范校里又不是你一个人害怕体育，男生中也有害怕体育的呢。"我说。

　　"嗯，听你这么一说，我心里就平衡了。"邝琳玲笑着说。

　　……

　　李心雨的袜子很快就织好了。她笑嘻嘻地对我说："要不要我帮你织围巾？"

　　我白了她一眼，没有说话。

　　"嘿嘿，你不要翻我的白眼啊。"李心雨说，"老杜赠你书籍，你回赠以围巾，这样的友谊，令我羡慕，我甚至还有点嫉妒呢。"听了李心雨的话,我很高兴。我的确是在收获着又一份真诚的友谊。

织围巾的进展比想象的快。我想,我会在不耽误学习的情况下,在期末考试前把这条围巾织好,大大方方地送给我的同桌老杜。

期末考试的钟声已经敲响,全体同学挑灯夜战的时刻到来了。我织的围巾也接近尾声。

这天晚上,熄灯后,大家又把小板凳端到巷道里,有的织毛线,有的复习功课,有的一边织毛线一边复习功课。杨雁和顾大英不知道在聊什么,聊着聊着,便吼上了。

顾大英嚷嚷起来:"杨大嘴,你再乱说话,当心我拿针线把你的嘴缝起来。"

顾大英这么一嚷嚷,巷道里所有的同学都朝我们这边看。

"嘘——"吴亚妮赶紧招呼大家闭嘴。

这时候,杨雁赶紧做出求饶状,说:"饶了我吧,我不说了。我这张嘴还要留着唱歌呢。"

好久没有听到"杨大嘴"这个叫法了,我想笑,但憋着,没有笑出来。我看李心雨也和我一样憋得难受。

"你再敢说!我缝你的嘴。"顾大英小声威胁着杨雁,咬牙切齿的样子,很让人发笑。

过了一会儿,又听见丁小章跟杨雁拌上了嘴。杨雁说:"结对子洗衣服,有之;结对子看电影,有之;结对子打饭,有之……"

"嘻嘻嘻——"有好几个女生在偷笑。

"谈朋友,耍另(恋)爱,扣纪律分,有之!或者开除,有之!"吴亚妮学着陈书记的口吻教训着大家。

"鸭梨班长,您老人家不让我们谈恋爱,还不让我们开几句玩笑吗？"丁小章小声地抗议着。

"好好好，我换一句：再不认真复习，三科补考，有之。"吴亚妮说。

这下，大家都安静了，该织毛衣的织毛衣，该复习的复习。

经过我的一心二用，我成功地在不耽搁复习功课的情况下，把长长的软软的围巾给织好了。我拿一张报纸把围巾裹着，再在围巾里夹一张树叶书签，直接放进了杜大星的桌肚里。我虽然一个字也没留下，但我相信，杜大星会知道这围巾是我送的。

杜大星进教室里来了。我假装认真地做作业，不看他。他打开桌肚拿书的时候，看见了围巾，他一边翻开围巾一边念叨："咦，谁放错了……"然而，他很快就把桌盖给关上了。我想，他肯定是看到了那张树叶书签，知道围巾是我送的。

过了好一会儿，杜大星问我："今天是几号？"

我很奇怪，不问别的，竟然问今天是几号。当我告诉他今天是几号后，他从桌肚里拿出那张树叶书签，在上面写下了今天的日期。

6. 刘胜的锦囊

期末考试到了。

大凡有开学补考过科目的同学，或是准备不够充分的同学，在考试之前都会很着急，那简直就是一种煎熬。于是，开始各种准备：有人准备了许多小纸团儿藏在外套的口袋里，有人把公式写在手心上，更有甚者，先去找到自己的考室，找到自己的座位，提前半个小时进场，把不会背的古诗文、公式等一一写在桌面上……说实在的，这些小伎俩，均逃不过监考老师的眼睛，他们"身经百监"，哪能放过一个小妖怪？况且，几个小纸团，一个手板心，上面又能写多少答案呢？说不定所写的答案一个也用不上，因为你根本就猜不到出题老师的心思。

我们班的刘胜是比较着急的同学之一。在考试的前几天，他嚷嚷着要自制锦囊。

刘胜先是把一开的画纸裁成许多小纸片，在上面密密麻麻地写着他记不得的古诗文、公式等，甚至还有他不会做的各种物理题，当然，也还有地理历史上的一些知识点。然而，望着这么多的小纸片，又望了望自己衣服上的两个口袋，刘胜傻眼了。

"刘胜，你的口袋装不下这些纸片吧？"郭东笑嘻嘻地说。

"这个太显眼了，你一进考室，监考老师就会盯上你的口袋，然后把你捉拿归案。"杨雁说。

"外面的口袋会被看见，就缝个暗袋吧。"顾大英说，"我奶奶赶集的时候怕遇到扒手，便在衣服里面缝了个暗袋，很保险。"

顾大英的话提醒了刘胜，他开始打暗袋的主意。怎么缝呢？听说刘胜先是找同寝室的学习委员陈小峰帮忙，陈小峰说："我是学习委员，我不能帮你作弊。"刘胜又找李少培帮忙，李少培说："你直接陪着我补考三科得了，用得着这么费劲吗？"

听说刘胜一连找了好几个男生帮忙，都没有成功。有人怂恿他找女生帮忙，他便找杨雁。杨雁竟然大笑着开了一句玩笑："我又不是你的女朋友，凭什么帮你缝衣服？"这样一说，一向爱打趣的刘胜竟然也害起羞来，也不好再向别人开口说缝衣服暗袋的事情了。

然而，听说刘胜还是缝了一个暗袋，是他自己缝的。至于拿什么布来缝的，缝成什么样子，也只有他自己知道。据说，刘胜把所有的纸条都装进了那个暗袋里，像宝贝似的藏着。

"刘胜，我们在同一间考室，你的锦囊妙计，到时候也传给我一下啊。"郭东说。

"行，我把整件衣服都给你穿，怎么样？"刘胜说。

"算了，我可不敢要。"郭东又害怕了。

知道刘胜缝了锦囊后，有人劝李少培："李烧杯，你也缝个锦囊吧，省了三科补考的苦。"

"哈哈哈，三科补考，都补考两年共计四次了，难道我还怕？"李少培笑着说，"只有补考怕我的，哪有我怕补考的！"

好吧，既然不怕补考，既然以补考为荣，就再也没有人规劝李少培缝锦囊了。

正巧，我和李心雨都与刘胜在同一间考室。我们一边做题，一边关注着刘胜的举动，我是真担心他在翻锦囊的时候被监考老师逮个正着。要知道，这堂文选和写作考试的监考老师，可是全校闻名的胡司令——我们的体育老师，要是被他逮着，估计刘胜就只能剩半条命了，放心，另外那半条命，是被吓跑的，不是被打掉的。

然而，刘胜却纹丝不动，不像要作弊的样子。倒是坐在他身后的王先强，却一直抓耳挠腮，心神不宁。胡司令也觉出王先强有鬼，他眼睛望着天花板，慢条斯理地说："不要有小动作啊，小心我收拾你！"胡司令真要收拾起人来，可是没有谁不害怕的。王先强估计是放弃了什么念头，开始认真地答题，反而比之前显得安静老实了。

事后才知道，刘胜把那件缝有锦囊的衣服，借给王先强穿了，因为王先强的文选和写作成绩差，特别害怕的是作文。听说，王先强把刘胜抄写有古诗文的纸片留下后，还抄了几篇作文放在锦囊里备用，然而，却一样也没有用上。

听王先强本人说："古诗文默写填空，我想翻锦囊，没敢。古文翻译，我想翻锦囊，没敢。写作文时，我特别想翻锦囊，没敢。总之，我是白白地浪费了两份烧白加一份红烧肉。"

"哈哈哈，刘胜的锦囊还真值钱啊。"杨雁说，"早知道，我就帮他缝锦囊，还可以敲诈两份鱼香肉丝。"

听说，今年的物理考试题会很难。于是，在考物理之前，刘胜准备拍卖他的锦囊："谁要锦囊？降价了，贱卖了，二两稀饭加半斤馒头。"

"我来替你收藏吧，你得付我工资。"郭东说。

"收藏，不错的主意。"吴亚妮插话了，"我提议，把这件衣服捐给学校，拿到校史博物馆里去收藏，命名为'刘胜考试作弊之锦囊衣'。"

"哈哈哈，名留千古了。"丁小章说。

"应该换一个词，叫臭名昭著。"杜大星更正道。

"老杜，改得好！"丁小章朝杜大星跷起了大拇指。

名留千古也好，臭名昭著也罢，刘胜却并不介意，他笑着说："将来，你们的孙子孙女在学历史的时候，你可别忘了告诉他们：'刘胜是我的同学。'"

"哈哈哈！"

教室里又响起了笑声，算是给紧张的期末增添了一丝快乐。

三年级上期，就这样结束了。

放假回家的那一天，我的包裹很大。上次归宿假回家，妈妈叮嘱我把棉被带回家，春节期间会有稀罕客人来家里，需要住几天。我背着棉被，李心雨替我提着装有几件换洗衣服的包，走出了女生院。

刚走到校门口，便听到杜大星在后面喊："等一下。"

杜大星跑上来，对我说："把棉被给我。"

他并没有经我同意，便从我背上拿走了棉被，背在背上。这并不让我感到吃惊，让我惊喜的是：他的脖子上，围着我送给他的围巾。见我盯着围巾看，杜大星仿佛也有点不好意思，但他没有说话，只管背着棉被往前走。

我和李心雨跟在杜大星的身后。李心雨用肩膀碰了我一下，小声说："围上了。"

我瞥了李心雨一眼，没有说话。

"江月，你寒假怎么过？"杜大星问我。

我说："帮爸妈做点家务活儿。妈妈说春节期间会有稀客来，我就帮着做饭。"

"嗯，我也帮爷爷奶奶做饭。"杜大星说。

杜大星把我的棉被背到了汽车站，在我们准备各自去排队买票的时候，杜大星小声地对我们说："告诉你们一个好消息，我也是刚知道的。我在全国中师生硬笔书法大赛中，拿了一等奖。全国只有一个一等奖。"

"祝贺你，老杜！"李心雨高兴地说。

我没有说话，但我在心底里祝贺着他，祝贺着老杜，我的同桌。

第六章 各自珍重

1. 保送

三年级下学期开学第一天，我便收到了一份精美的礼物。

这是一本夹满了各种树叶的相册。

我取出一张树叶来，细细地打量着：这张是法国梧桐叶，就是学校操场边的那种，它不是新采摘的，是以前摘下来夹进书里或旧报纸里，水分已被吸干，叶片上用楷书写着一个字——朵。细看，在叶子的一个角落，写着年月日以及"LD"，我想，那一定是采摘叶子的时间吧？我翻到相册位于中间的页面，再取出一张来，这张是银杏叶，很精美的银杏叶，一点瑕疵都找不到，叶片上用行书写着一个字——柔。在伞柄处也留下了年月日以及"LD"，与上一张树叶的时间不一样，相隔了两个月。我又陆续取了几张树叶出来，发现了一个规律：这些叶子，从前往后，是按时间顺序来排列的，而且，从第一张到最后一张的时间，正好相隔一年。

收到这份礼物，我很开心。杜大星知道我喜欢收藏树叶书签，用了一年的时间，采摘了这些树叶，并做成标本（我相信，做事严谨的杜大星，一定会以做标本的程序来制作这些树叶书签），按时间顺序排列，夹在相册里送给我。至于树叶书签上的单个的汉字，我只是大概看了下，汉字不同，而且是用不同的字体来书写的，楷书、行书、隶书、草书、篆书五大字体皆有，我只顾着欣赏这些写得无比精美的汉字，还没有研究它们的含义，也无从研究。

这时候，教室里没有几个人，杜大星不在，李心雨也没有来。我在座位上发了一会儿呆，便抱着这本珍贵的相册，回到了寝室里。我径直爬到我的上铺，我把相册锁进了箱子里。我不想把这份礼物告诉给任何人知道，包括李心雨。我看着上了锁的箱子，觉得自己有了一份从未有过的秘密，一份只有我和老杜知道的甜蜜的秘密。

补考成绩公布后，李少培补考那三科的分数，和第二学期初的补考一样，三科都刚好60分，绝对没有浪费掉一分。

"李烧杯，你简直是我们班我们年级甚至可以说是我们津师的传奇人物，你的事迹可以载入史册。"丁小章说。

班里还发生了一件有意思的事情：顾大英收到了一张汇款单，刘胜不小心说出了汇款单上的名字，是上一届毕业的师兄寄来的，有同学便开起了任耀飞的玩笑，让他抓紧点，多结几次对子，多洗几次衣裳。顾大英很是气恼，她说她会把钱如数汇回去。

除了顾大英的汇款单，我似乎觉得班里还有一股说不出来的东西在涌动着，不再如以前那般平静。

吃早饭的时候，听说邝琳玲谈恋爱了。

吃午饭的时候，听说苏杭收到了一封神秘的信。

吃晚饭的时候，听说刘胜帮别人传递了一封信。

……

中师三年级了，最后一学期了，快要毕业了，仿佛同学们都一下子长大了，那份朦胧的情感，便开始在心里涌动，想找机会表达了。

高老师一定是得到了某个信息。班会课上，他特意为大家上了一课，告诉大家，首先要遵守学校的纪律，谈恋爱的同学如果影响大了，是会被学校开除的，多年的努力就白费了。高老师还说："男女生交往一定要把握分寸，把握不好分寸是会受到惩罚的，这惩罚，包括身体和心理上的……以前，在学校也有这方面的例子……"从高老师那严肃的神情中，我们感觉到了事情的严重性。

这一天，杨雁不知道从哪里听到风声，她风风火火地跑进教室，大声说："听说要保送了，听说教务处在算成绩了……"

这个消息，像一颗炸弹，在班里爆炸开来，无声，却很有力。教室里的气氛突然变得奇怪起来。以往，要是谁带来一个什么消息，教室里会开一会儿玩笑，有时候会搞得全班同学都哈哈大笑。这一次，没有人开玩笑，都只是埋头做作业，就连刚刚一直在东张西望的郭东，听到这个消息，仿佛也很识趣地埋头做作业。

我在心里想："老杜能保送吗？"

"老杜，我觉得你有希望。"李心雨转过身来，小声地说了一句。

杜大星摇了摇头，说："不要对我抱任何希望。"

"嘻嘻嘻——"李心雨笑了。

"在笑我吗？"杜大星问。

"嗯。"李心雨说，"你刚才摇头的样子，让我想到了我们家隔壁那个老头儿……"

"噗——"我笑出了声儿来。

杜大星饶有兴趣地问李心雨："你们家隔壁的那个老头儿，头发白了吧？"

"白了一些。"李心雨说。

"嗯。"杜大星继续问，"那位老爷爷戴眼镜吗？"

"不戴眼镜。"李心雨说，"不过，他要看报纸的时候，就会戴眼镜。"

"那就是说，我和他一样了？"杜大星问。

"嗯，一样，简直就是一模一样。"李心雨忍住笑。

我也忍住笑，我以为这场口水战，李心雨打赢了。

"那位老爷爷姓什么？"杜大星问。

"姓胡。"李心雨说。

"你叫他胡爷爷？"杜大星问。

"嗯。"李心雨说。

"那么，你就叫我杜爷爷吧。"杜大星说。

"嗯……"李心雨不经意间回了一声，才发现上了当，假装生气地说，"老杜，你才几岁啊！"

"你不管我几岁，我总算是当上杜爷爷了。"杜大星一本正经地说。

我偷偷地笑，可不能让李心雨看出来，不然她会说我胳膊肘往外拐。

学校终于在一个课间时分向全校同学宣布了保送名单。今年学校有十个保送名额，我们班有两个同学获得了保送资格。一个是刘长发，他以总分年级第一且超过第二名20分的绝对优势进了保送名单。还有一个是杜大星，总成绩名列年级第四名。学校的陈书记在宣布名单的时候念道："……五个学期成绩总分第一名刘——长发……"念到这里，好多同学都忍不住笑了。

回到班里，高老师很高兴地对同学们说："刘长发和杜大星又为我们班争光了。全年级十个名额，六个班，我们班上占了两个啊！

一个第一名,一个第四名,真是不容易……被保送上大学的同学,不仅成绩优秀,操行成绩也很优秀,学校有规定,这些保送的同学,每学期的操行成绩不能低于九十分……"表扬过了刘长发和杜大星,高老师又开始给全班同学加油,"最后一学期了,希望大家好好表现,长知识,长本事,争取在毕业考试时消灭补考。大家都背着铺盖卷儿回家到分配的学校报到去了,班里却有谁还要回校来补考,那是个什么滋味,你们可以想象一下……我相信我们班每个同学都能顺利毕业。"

高老师讲完了话,让刘长发说说感受。一向不喜欢在公众面前高谈阔论的刘长发,这次被推到了前台。刘长发推了推鼻梁上的眼镜,说:"我要感谢的人很多,这个名单,可能要写满一页,我就不一一列出来了。我特别要感谢的人是柳婷婷……"说到这里,刘长发顿了顿,仿佛是在给大家一点怀念柳婷婷的时间。

刘长发继续说:"我的音乐比较差,如果不是柳婷婷很耐心地教我练琴,我可能进不了保送名单,就算是进了保送名单,也排不到第一名……"他面向大家,深深地鞠了一躬,便走下讲台,回到座位上去了。

轮到杜大星了。

"老杜,该你了。"郭东提醒着杜大星。

座位上的杜大星,先是把他的黑边眼镜从鼻梁上拿下来,用眼镜布擦了擦,重新戴上后,才走上了讲台。我以为杜大星第一句话会以"感谢"二字开头,然而,并不是这样的。

"其实,我一直在想,学校是不是把分数算错了。"杜大星这话一出,同学们都笑了,高老师也笑了。高老师看杜大星的眼神里充满了爱意。

杜大星继续说:"还是先按兵不动吧,万一学校再核算的时候发现算错了,把我的分数算多了,我就不在保送名单里了。"

"一向智慧的老杜,这会儿怎么这么不自信啊?"高老师笑着说,"你也太小看学校的计算能力了。"

高老师这么一说,杜大星微微一笑,说:"那我先给学校说声'对不起',然后再给大家说声'谢谢',最后,我给自己定个目标:在新的学校里好好学习,不要给津师抹黑。"

保送名单公布后,也掀起了一些风波。首先是有举报被保送人谈恋爱的,我虽然不知道学校的态度怎么样,但我感到特别紧张,我担心我影响到杜大星。我悄悄地观察过杜大星,我以为他会故意疏远我,然而,他并没有这样做。我甚至在我的物理书上用铅笔写了一行"你尽量疏远我吧,我怕有人举报你",我把物理书推到杜大星面前。他看了以后,不动声色,先是用橡皮擦把我写的那行字给擦掉,然后又写了一行字,把物理书还给我。我一看,他写的是:

越疏远,嫌疑越大。此地无银。

仔细想来,我和我的同桌杜大星有谈恋爱吗?我们仅仅是相互送过小礼物而已。我暗笑自己:"江月,你想得太多了,嘿嘿嘿!"

学校应该也没有查出什么来,可能是大家开玩笑开得有点过火了吧,因为没有听说哪位同学因为谈恋爱而被取消了保送资格。

在为杜大星高兴过后,我却又自卑起来。杜大星获得了保送资格,就意味着我们毕业后,他还要到大学里去深造,毕业后取得大学学历。而我,毕业时,拿着中师学历,回家乡的小学去当一名小学老师。想着想着,我有一种冲动,想要把送给他的围巾要回来,想要把我珍藏在箱子里的相册还给他……想着想着,我又开始骂自己:"江月,你这是在嫉妒老杜吗?不可以呀!"

而后,我又对自己说:"江月,最后一学期,加油干,为做一名优秀的人民教师而努力!"

不知不觉,我开始哼唱校歌:"……为了建设四化,我们要用心血浇灌千万棵桃李……"杜大星和李心雨也加入了哼唱的行列:"为了祖国的明天,我们要永远做个光荣的人民教师……"

2. 实习

"我有一个美丽的愿望,长大以后要播种太阳。播种一个就够了,会结出许多许多的太阳。一个送给南极,一个送给北冰洋,一个挂在冬天,一个挂在晚上……"

校园广播里播着儿童歌曲《种太阳》。

我很喜欢这首歌,喜欢一遍又一遍地唱。每当我唱起这首歌的时候,李心雨总喜欢对我说:"种吧,将来种一辈子太阳。"

舞蹈课上,美丽的舞蹈老师还教我们跳《种太阳》。以前,每每上舞蹈课,我都会有一丝害羞,总是担心自己跳得不好,不敢把动作做到极致。舞蹈老师曾说过我:"江月,动作要大一点,跳出来才够漂亮。"然而,我仿佛就是要和漂亮作对,总觉得舞蹈老师所说的大动作显得有点夸张,所以我总是害怕夸张地做漂亮的动作。还记得刚上三年级的时候,有几次舞蹈课都是学习跳华尔兹,录音机里播着慢三步舞曲《月亮河》，同学们男女生结对，以舞蹈老师为圆心围成圆圈，在舞蹈老师的示范下，学习跳华尔兹。

"哒哒哒，一二三；哒哒哒，一二三——"舞蹈老师喊着节奏，示范着，"一二三，跟我做；哒哒哒，慢下来；哒哒哒，转个圈……"

我的对子是杜大星，我不知道杜大星心里在想什么，总之我表现得极不自然，我不敢看他，我只盯着自己的脚尖，用眼角的余光看着舞蹈老师的示范，然后跟着做。然而，虽然我一直盯着脚尖，但还是在慌张中出错，有几次都踩到了杜大星的脚。

"踩伤了你要付医药费。"杜大星小声地提醒着我。

"我拿菜票赔。"我小声地应着。

"踩成重伤，不够赔。"杜大星打趣道。

可别小看杜大星，如果不出现在舞蹈课上，你不会知道他的节奏感竟然很强，在我不断出错的时候，他竟然一点儿也没有出错，这让我越来越紧张。

这两节课，舞蹈老师教我们跳《种太阳》。我喜欢这首歌，舞蹈也学得很快，动作也比以往自然。舞蹈老师当着全班同学说："江月，你从一开始就可以跳得这么美丽，但你以前一直放不开。以你的身材，如果你敢于大胆表现，你可以把新疆舞、藏族舞、蒙古舞等都跳得非常好。"舞蹈老师一说这话，全班同学都把目光集中到了我的身上，让我一阵脸红。

以前，我一直非常羡慕舞蹈老师。年轻的舞蹈老师身材高挑，头发及肩，她身材非常匀称，穿什么都好看，每到舞蹈课或下午课外活动锻炼的时候，她都会身着紧身衣，把身体的完美曲线无余地展现出来。

我也非常感谢舞蹈老师，自从学校开设舞蹈课以来，我们学了舞蹈基本功，学习了如何编排舞蹈，为以后走上工作岗位打下了基础。

学会了《种太阳》，我们便真的要去种太阳了，因为，我们的实习生活开始了。按学校的惯例，三年级的学生都要安排到学校去实习一个月。我们这一届学生的实习地点，都安排在老家附近的学校，我也拿着学校开出的证明，回到老家所在区里的一所中心小学实习。当年，我所在的初中一起考上师范校的同学里，李小玲、陈静、金靖、刘晓洋和我一起在同一所小学实习。

实习所在的小学，离我家有五六里路，按我平时走路的速度，走快点三十分钟能到，走慢点便需要近四十分钟，也不算远。如果坐公共汽车的话，需要五角钱车费，但我往往是省下这五角车费，尽量走路回家。除非遇到下雨天，我才坐车。回家的那条用碎石子铺成的马路，坑坑洼洼，下雨天会有积水，有车经过，便会溅起泥浆，如果你没来得及躲远，或者那里原本就比较窄根本就没地方可以躲，泥浆会溅你一身，头发上脸上都会有，那滋味儿，简直没办法形容。这种时候，手中如果有雨伞，会把雨伞撑开来挡住一部分泥浆，回到家里，便又开始洗雨伞。

"小月，把车费拿好，不想走路的时候就坐车。"妈妈递了十元钱给我。

我把钱揣进口袋里，心想："我这两条长腿，能围着师范校的操场跑圈，能拿年级女子组越野赛和1500米长跑的冠军，就一定能走这三四十分钟的路，每天走一个来回。"

我的确是做到了。每天早上，我早早地起床来，吃过早饭，便拔腿朝学校赶去。我通常是和班上的学生们一起走进校园，一起走进教室。

"江老师早!"

"小朋友早!"我会微笑着摸摸向我问好的小朋友的头,或者拍拍他们的背,牵着他们的手,走进教室。

中午,我们几个实习生都没有回家吃午饭,因为往返一两个小时的话,会误了下午的课,我们通常是在学校外面的一家小饭馆里吃午饭。我们四人通常是点一份炒菜和一份汤菜,便可以吃得很香,把肚子填得很饱。一份炒菜和一份汤菜的钱,五个人分摊,也很便宜。有时候我们会一人吃一份豆花饭,能吃得很饱,也不贵。

我们五人都在同一个乡,下午放学后通常是结伴回家。其实我知道,李小玲、陈静、金靖、刘晓洋早上都是从家附近的马路上等车坐车到学校,但下午放学的时候,他们都陪着我走路。

分班级的时候,我和金靖分到五年级,我实习语文,金靖实习数学。初中的时候,我和金靖不在一个班,但因为老家离得近,所以也较为熟悉。进入师范校后,他在我们教学楼楼上的班级,平时碰面的机会少,即使是碰面,也只是简单地点头表示打招呼。现在分到一个班级实习,接触的时间便多了起来。我们要一起到班上点名,要一起辅导学生预习和复习,要一起帮助班主任管理纪律,安排清洁卫生,还要负责批改一部分学生作业,等等。

实习一些天后,我发现先是李小玲和陈静坐车回家,留下金靖和刘晓洋跟我一起走路回家。过了几天后,便只剩下金靖和我一起走路回家了。金靖的话不多,我们总是走了老长一段路,他才会冒出一句话来,很多时候都是说得没头没脑,比如,"明天你几点从家里出发?"比如,"不知道明天老师会不会安排我们上课。"等等。

走到该分路的地方,我会很随便地跟他说一声:"我走这边了。"有好几次我都感觉到,金靖站在原地,看着我走了很远的路,他才继续前行。有一次,该分路走了,他却一直跟在我身后走,没有说话。我开玩笑似的问他:"你要到我家去吃饭?"他的脸红了,说:"我顺路,到我亲戚家去,我爸妈在那里等我。"我不知道他是不是要到亲戚家去,也无从考证通往他亲戚家的路是不是要从我家屋侧经过,我只是在心底里盘算着:"我不能和他一起走路回家了。"

第二天下午放学,我便和大家一起在车站等车。

"小月,你不走路回家了?"李小玲问我。

"懒得走,跟你们一起坐车回家。"我假装很随意地说。

公共汽车到了,眼见着他们一个个上了车,我假装很着急地说:"糟糕,我的教案丢在教室里了,你们先走,我回去找。"说完,我便回过头,假装很着急的样子要往学校走。

眼见着汽车卷起灰尘朝前奔去,我得意地想:"今天终于可以一个人走路回家了。"

就在我甩掉金靖自己走路回家的第二天,我收到了杜大星的来信。我读完了杜大星的信,最难忘的是那句"只希望实习早日结束,回到我们的驴溪河畔",于是,我也开始期待实习早日结束了。

在我尽量避开金靖选择独自走路回家的日子里,我发现金靖的话越发少了。在天气不错的时候,大家都会和我一起走路回家,几个人一边走一边聊天,近四十分钟的路,感觉很快便走完了。

一天,走着走着,我们三个女生便掉队了。

"江月,你没发现有人喜欢你吗?"李小玲问我。

"喜欢我的人多啊,我爸,我妈,还有外婆啊奶奶啊等等,他们都喜欢我。"我装傻。

"嘻嘻,你就假装不知道吧。"陈静说。

"那你们还明知故问?"我反问。

"你喜欢他吗?"李小玲问我。

我想了想,说:"我还没有到结婚年龄。"

"结婚年龄,哈哈哈!"

一听我这话,李小玲和陈静都大笑起来,笑得直不起腰。想起我嘴里蹦出来的"结婚年龄"四个字,我自己也不好意思地笑了。

走在前面的金靖和刘晓洋回过头来,不知道我们在笑什么。刘晓洋问:"你们笑什么啊?"

李小玲止住笑,说:"没什么,我们就是想笑。"

"那你们继续笑。"刘晓洋拉着金靖,继续往前走。

这几天,一直下着雨,无奈,我也只好和他们一起坐车回家。一上车,金靖便掏出钱来买车票。

"金靖,今天该你办招待哟。"陈静笑着说。

我懂陈静的意思,她是在提醒金靖,应该把我的车票买了。金靖笑了笑,说:"今天的票,我来买。"

这会儿,我已经掏出了车票钱,我想塞给金靖,但又担心他面子上挂不住,便把那张五角的钱捏在手心里,没有说话。我想:"等明天中午吃饭的时候,我付饭钱就是。"

有一天,我准备上课的时候,从书包里拿教案,杜大星给我写的信竟然滑落出来。金靖从地上捡起信,看了信封一眼,说:"你的信,掉了。"

我一把抢过信,以最快的速度塞进书包里,像做贼似的,我担心金靖误会我，其实我跟杜大星什么事儿也没有。我用眼角的余光看了金靖一眼，见他的脸上掠过尴尬的笑。信封上的字，一看就是男生写的，大气豪放。

3. 实习归来

在实习结束之前，学校利用教研课的时间，专门听我们几位实习生的课。

我的课上得很顺利，孩子们很配合，该预习的他们都预习过了，课堂上回答问题很积极。课虽然顺利，但我却是出了一身汗。下课后，穿着的贴身衣服都湿了。孩子们回答的问题不够完美，这让我有些不安。

"小江老师，课上得好啊！有点紧张，但这是正常的。"校长对我说，"你很善于启发孩子们思考，有些孩子虽然回答得不够好，但这才是最真实的课堂，如果孩子们都懂了，我们还教什么书上什么课呢？"

看来，校长看出了我的担心。我很高兴地说："谢谢校长！"

课后，语文组及时召开了语文教研会，对我的课进行评价，优点很多，缺点也不少。语文教研组长在总结时说："总的来说，小江老师的课上得不错，毕竟是第一次在这样的公开场合上课嘛，能讲得这么条理清晰已经是难能可贵了。想当年，我在实习的时候，一走上讲台，都忘词儿了……"

我想，教研组长是在给我信心，让我更有信心走上将来要面对一生的三尺讲台。

在我实习结束准备返校的头一天晚上，妈妈把一套新衣服放进了我的箱子里。妈妈说："小月啊，快毕业了，穿得好一点，给老师和同学们留个好印象吧。你都快十八了，再过两年……"

"哎呀，妈妈！"我打断了妈妈的话，我知道她又要说什么了，我羞于说那些事情。

"小月啊，男大当婚，女大当嫁。妈妈也想留你，不过也留不了一辈子啊。"妈妈说，"在你的同学中，如果有合适的，待人实诚的，可以开始考虑了……"

"哎呀，妈妈，我还小。"我开始转移话题，"我还有一双白网鞋没有干呢，我拿到炉灶下去烤。"说完，我起身拿白网鞋去了。

"小月，放在炉灶门口就好，不要塞太进去了，会烤黄。"妈妈叮嘱我。

"好。"我回答道。

同学们都结束实习，回校了。因为在路上堵了车，我到419寝室的时候，另外的几个同学都已经到了。

顾大英见我到了，大声地唱起了歌："你那美丽的麻花辫，缠呀缠住我心田，叫我日夜地想念，那段天真的童年。"

林涛接着唱："你在编织着麻花辫，你在编织着诺言，你说长大的那一天，要我解开那麻花辫。"

紧接着，大家一起唱："你幸福的笑容像糖那么甜，不知美梦总难圆，几番风雨吹断姻缘的线，人已去梦已遥远……"

我很开心。我知道，这是大家给我的见面礼。也正巧，今天的我,把头发梳成了麻花辫,这首《麻花辫子》唱得真是应景。

经过一个月的实习,我有一个很明显的感觉,就是女生们都长大了成熟了许多。班长吴亚妮一向稳重,实习归来,说起话来真真正正就是一个老师模样。一向口无遮拦的林莉说起话来也谨慎了许多;风风火火的顾大英似乎比以前温柔了许多;大嘴杨雁说话的时候,前半截音调还是那么高,后半截便调小了音量,似乎在说话的时候也在考虑是否得体……

班里的男生们也一个个都长高了长壮了。我的同桌杜大星小老头的模样更足了,显得更加老气横秋。杜大星说:"我去实习的时候,正巧班主任外出学习,我就代理了一个月的班主任。"

"哟,不错不错,当了一个月的保姆。"刘胜打趣道。

"不是保姆。"杜大星说,"我不过当了一个月的袋鼠妈妈而已。"

"把你的育儿袋展示给我们看看?"李少培起身来,要看杜大星的育儿袋。

杜大星两手一摊,说:"被那群娃挤破了,一人撕一块,留作纪念了。"

"高明。"李少培不得不服。

刘长发好像换了一副镜片,镜片应该是比以往更厚了,不知道他在家里熬了多少夜补了多少英语。郭东问:"我想知道刘长发有没有被安排上音乐课。"

我们以为刘长发会避开这个话题,哪知他却以抢答的速度回答道:"有啊。"

"果真有?"好几个同学异口同声地问。其实,应该是教室里所有的同学都感到惊讶,都想知道答案。

"果真有。"刘长发说，"每次上音乐课，我就先给学生们讲我的光荣历史。我先给他们唱一首歌：'刘长发，乐感差，唱歌跑调调，跑到了拉萨，去看布达拉。'"

"哇，刘长发，你好勇敢！"顾大英跷起大拇指，夸赞着刘长发。

"哼，你以为我还跑调啊？"刘长发用从未有过的骄傲的腔调说，"我现在唱歌已经不跑调了。"

"哇哦，三日不见，定当刮目相待？"刘胜大声说，"刘长发，唱首歌给我们听吧。"

"可以呀。"刘长发说，"我的歌喉，可不轻易示人，得先买门票。"

"哈哈哈！"

教室里响起了快乐的笑声。

有点娘娘腔的学习委员陈小峰，实习回来，在说话的时候，一本正经地要把娘娘腔摆脱掉，那样子很搞笑。他要说话前，总是咽一口口水，压低声音清清嗓子，才开始开口："嗯……那个……"他越想一本正经，看起来就越滑稽，通常是他还没有进入正题，同学们便笑开了。

在我们实习期间，高老师可没有闲着，他带着科任老师们行走在我们实习的学校之间，检查大家实习的情况。我们实习归来，高老师非常高兴，他告诉大家："根据我了解到的情况，我们班的同学实习都很认真，都取得了优异的实习成绩。这一个月，我相信大家都增长了见识，培养了独立工作的能力，也找到了自己的不足。在剩下的时间里，希望大家抓紧时间多学习知识，努力提高自己各方面的能力，走上工作岗位后，争取做一名优秀的人民教师……"

我以为实习回来后，一切都会回归到实习前的学习和生活，然而，事情却并不如我想象的那样。

一天，正在全神贯注地写字的杜大星突然小声地对我说："你这身衣裳和以前的不一样。"

这句简单的话，真把我吓了一跳。同桌快三年了，杜大星应该是第一次谈起我的着装吧？今天怎么突然提起衣裳来了呢？我突然想起实习结束后妈妈对我说过的话："小月啊，快毕业了，穿得好一点，给老师和同学们留个好印象吧……男大当婚，女大当嫁……在你的同学中，如果有合适的，待人实诚的，可以开始考虑了……"

想到这里，我的脸，"唰"一下红了，也烫了。

杜大星写了一会儿字，突然转过头来小声问我："实习的时候，有没有男生喜欢你？"

听了这话，我狠狠地瞪了他一眼，但没有说话。我在生气，他却在笑，不过没有笑出声来。他看出了我的生气，又小声说："看把你吓的。我听说好多同学在实习的时候都开始恋爱了。"

此刻，我不由得想到了金靖，那个寡言少语的男生，那个愿意陪着我走路回家的男生，那个上了车会抢着给我付车费的男生……我走神了。其实，我并不讨厌金靖，但我只把他当成一个同学，一个实习伙伴。兴许，金靖也只是把我当成一个知心朋友，处处关照，是我和我的实习伙伴们都想多了。

"有？"杜大星追问了一句。他大概是看出我在走神。

我斜了杜大星一眼，又埋头做作业，假装不理睬他。

"不问了，再问，我就成管得宽了。"杜大星自言自语。

这些天，我们班的管得宽先生的确也没闲着，他除了在努力学习以外，还在搜罗着我们年级的新鲜事。这所谓的新鲜事，大多离不开"谁和谁在实习回来后分手了""谁和谁又在闹别扭了""谁和谁在实习时对上眼了"，等等。

无意间，我看见顾大英和任耀飞结对子洗衣服。任耀飞开心地排队提水，洗衣服的顾大英面带羞涩。我和李心雨正巧在顾大英旁边的洗衣槽。我悄悄地问顾大英："是不是有情况？"

"哪有啊！就是想借用一下他那用不完的力气而已。"顾大英说这话的时候，脸更加红了。

"又在说我的坏话了？"任耀飞提着两桶水过来了，他大声说。

"没有没有，要是说你的坏话，你飞了，我们怎么办？"李心雨笑着说。

"嘿嘿——"任耀飞憨厚地笑着。

我和李心雨偷偷地笑了一会儿。

关于实习结束后所发生的分分合合的事件，高老师是这样说的："实习时间虽然短，但也算是走进社会，这也会改变一个人对人和事的看法。实习期间接触了更多的人，觉得新接触的人比此前的人更适合自己，也是正常的。再有，实习期间的搭档之间也容易产生感情。现在大家年龄都还小，思想有所变化也很正常，我希望大家处理好自己的思想，处理好自己的感情，在这一过程中逐渐走向成熟……"

"你实习期间的搭档是谁？"杜大星突然问我。

"金靖。"我脱口而出。

"哦，金靖。"杜大星说完后，若有所思。

实习结束，便如同敲响了毕业的钟声。津师校园里，又到了拍照留念的时节。

午间休息，下午放学，周末时间，都是同学们拍照的好时光。大家三五成群地约上，穿着好看的衣裳，到长江边，到竹林中，到操场边，到假山旁……或立，或坐，或倚，或躺……大家都想把生活了三年的驴溪半岛留在记忆里，把生活了三年的老师和同学留在记忆里。

除了自己或者是和要好的同学拍照留下记忆，还时兴同学间相互赠送单人照片。挑一张自我感觉良好的单人照片，送给尊敬的老师，送给喜欢的同学。你收到一张别人赠送的照片，你就得回赠一张表示礼貌表达心意。那些同学关系好的人，选出一张照片来，除了班里的同学每人送一张，年级上别的班也会送去一些，甚至还会送给低年级的师弟师妹们。所以，选出一张照片来，总得加洗许多张，或者是这回加洗的张数没够，接着又拿底片去加洗。这一段时间，仿佛每个同学除了学习都在拍照片，加洗照片，赠送照片，收到照片。

此前，男女生合影的不多，多数是大合影小合影或者是单人照。而现在，男女生不再避嫌，都希望在毕业前跟自己的同学合影留念。可能是我思想比较保守，我还是不太喜欢和男生合影。

"小月，走，照相。"李心雨拉起正在做作业的我。

"等等我，最后几个字。"我一边写字一边说。

我和李心雨走出教室。照相的老师正在图书楼那边给大家拍照。

"来，顾大嫂，我请你拍张照。"这个声音好熟悉。是杜大星的声音，他竟然也跑出来了。

顾大英笑嘻嘻地说："老杜，你不怕我母大虫用照片来威胁你吗?"

"我怕啊,怕得不得了!"杜大星说,"我天不怕地不怕,就怕顾大嫂找我来谈话。"

这下,在场的同学们都乐了。

随后,杜大星又开始邀请别的同学照相。

"杨雁,来,我们合个影。"杜大星对杨雁说。

杨雁看了我一眼,说:"老杜,你点错人了,我来帮你点个将。"

杨雁说完,便一边动手一边念:"点兵点将点到哪个就是我的虾兵虾将。嘿,是江月。"

我想,杨雁是早就预谋好的,她算着数来点,最后那个"将"字刚好落在我头上。

"江月,合影。江月,合影。"一旁的同学大声喊道。

"去吧。"李心雨小声对我说。

"可是,我怕人家说闲话。"我小声说。

"不怕,又不是没合过影,雪景的合影你忘了?而且这时候大家都在合影留念,谁会说闲话?"李心雨说完,便大声地对大家说,"为江月和杜大星三年同桌没有吵架而祝贺!"

这一招可真灵,同学们大喊:"祝贺不吵架!祝贺不吵架!"

"江月,同桌三年,我们不合影留念,就真是对不起津师,对不起驴溪半岛啊。"杜大星大声说。

就这样,我和杜大星合了影。

取相片的时间到了。我假装忘了时间,没有去取。杜大星把照片取回来了,他放了一张在我面前,说:"看吧,这笑,比哭还难看。"

"是我难看,又不是你难看。"我还嘴硬。

"不难看,有史以来最好看的一张。"杜大星说。

"本来就好看。"我继续嘴硬。

"我把这张照片带到大学里去,给大学的同学看。"杜大星说,"等我工作了,我把这照片带到学校去,让那里的老师和学生们都看。"

我瞪了他一眼,想从他手上抢过照片。他把照片藏到桌肚里,说:"我已经放一张到寝室里了,和底片一起锁在箱子里。"

我彻底没辙了。

我算了一下账:照相是一元五角一张,加洗是五角钱一张,照相的一元五角钱应该跟杜大星共同分担,再加上一张加洗的照片钱,我应该付一元二角五分钱。我找出一元三角钱,放在杜大星的面前,说:"照相的钱,你收下。"

杜大星一边清理着这钱,一边说:"行,我收下。如果我不收这钱的话,估计你要气得吃不下饭。"

我在心里笑着说:"同桌三年,亏你还知道我的脾气。"

4. 我来保管这幅画

这学期刚开学的时候,美术老师白青蓝给大家布置了一项作业:毕业前的一个月,每人上交一张工笔画,这张画的总分是七十分,期末的理论考试占二十分,平时成绩占十分,合起来刚好一百分。

这样一来，这张工笔画便是这学期考试的重头戏了，不重视都不行。

大家都非常重视这张工笔画，全年级上下都一片紧张。

"怕什么呀，就是一纸老虎，名副其实的纸老虎。"刘胜打趣道。

"不怕不怕，如果画不好，毕业后回来补考就是。"邝琳玲笑着说。

"补考不及格也没关系，迟一年拿毕业证书就是。"顾大英大声说。

"拿不到毕业证书没关系，迟一年转正就是。"丁小章说。

"迟一年转正没关系，工资少一点就是。"

"工资少一点没关系，穷一点就是。"

"穷一点没关系，喝西北风就是。"

"吉时已到，起稿！"

大家没完没了的"……没关系……就是……"，在郭东的"起稿"声中结束。

与素描、水粉、蜡笔画等相比，工笔画便显得极为复杂，这也是一学期才交一张画且占考试成绩百分之七十的原因。

起稿用的是铅笔和草稿纸。起好草稿，我一遍又一遍地修改着草稿，每修改一遍，都会仔细打量。

"不要吹毛求疵。"杜大星提醒我。

"草稿没起好，后面的工夫都白费。"我说。

"也是。"杜大星竟然这么轻易就投降。

杜大星拿出他的草稿来，对我说："你来帮我找找缺点。"

我看了看，说："我觉得比我这张好。"

"那么，我们交换草稿？"杜大星说。

"我不窃取人家的劳动成果,我怕被补考,怕拿不到毕业证书,怕迟一年转正,怕工资少,怕穷。"我一口气说了这么多。

"噗——"杜大星笑了。他很少这样忍不住笑。

"好,我饶了你,让你顺利毕业。"杜大星说。

待草稿修改到自我感觉完美了,我便拿备好的熟宣纸覆在草稿上,用铅笔把线条描下来,这道工序极为简单,只要你静心去做,便会一描成功。

起好稿后,便是描线。我通常用小楷笔来描线。与后面的染色相比,起稿和描线都算是最简单的工序了。再高明的画家,都不可能一次染成,都是一次次地慢慢地晕染。单是一个花骨朵的晕染,我都记不得自己到底是晕染了八次还是十次。而且,在晕染的时候一定要全神贯注,若是你开个小差,估计这画就又得从草稿开始了。

工笔画的工序繁多,工作量极大,所以,白青蓝老师对我们说:"画工笔画,足以修心养性。"一些做事急躁的同学,总是画着画着便开始扔画笔,揉宣纸,而后皱眉捶胸顿足。

听管得宽先生说,隔壁班发生了一件新鲜事。有位一向很讨厌绘画的同学,瞅着别人的工笔画快收工了,便故意给别人泼点墨,把一幅好画活生生给糟蹋了。追求完美的同学把这幅被泼了墨的当成废品,只得重画。然后,这位泼墨的同学便去讨要过来,作为自己的作业上交。虽然是废了的画,也比他自己一笔笔画一笔笔勾一笔笔晕染要轻松得多呀。

这事儿传到我们班后,顾大英第一个发言:"谁要是废了我的画,我就废掉那个人。"

"哎哟哟,我可得赶紧收起那点小心思,我怕被废。"刘胜夸张地缩到桌子下面,一副很害怕的样子。

其实,刘胜已经把工笔画作业完成了。

"其实刘胜巴不得被废呢,他至今都没有找到一个可以废他的人。"郭东话里有话。

"哈哈哈!"全班同学哈哈大笑。

然而,说到废画,我们班也发生一件大家都不想发生的事情。我们班上的一幅绝美的工笔画,还真在最后关头被废了。

一天,顾大英风风火火地冲进教室,而且准备朝讲台上冲,她大声说:"我要宣布一件大事……"

就在这时候,只听"哐当"一声,随后又听到一声尖叫:"哎呀——"

"哐当"声,是调色盘被打翻到地上的声音。调色盘是塑料的,没有碎,但是颜料撒了一地。

"哎呀"的尖叫声,是班长吴亚妮发出来的。吴亚妮不是个大惊小怪的人,平常不容易听到她的尖叫声。

这是怎么了?

风风火火的顾大英把吴亚妮的调色盘碰到了地上,还把吴亚妮刚画好的画给带到了地上,而且刚好覆盖在颜料上……

在临近交作品的时间,吴亚妮的画,就这样被废了。

"哎呀,班长,对不起……"一向不会慌的顾大英此刻也慌神了,她知道这画的重要性。

吴亚妮没有说话,只是捡起染了颜料的画,放在书桌上。

"废了……我赔你一幅。我画得很快。"顾大英说,"我马上去画,肯定来得及。"

若是平时，吴亚妮肯定会说："不用你操心，我自己来解决。"吴亚妮就是这么一个大度的人，从来不和同学们计较什么。

哪知，吴亚妮却生气了，她对顾大英说："时间这么紧，你是神笔马良啊？"

看得出，吴亚妮不是一般的生气。

脾气一向很急的顾大英听到这话，也生气了："你的意思是，你是神笔马良？"

我赶紧扯了扯顾大英的衣服，小声说："班长的意思是没有谁能像神笔马良一样画得又快又好。不要生气，班长应该是担心美术不及格会影响毕业……"

也许是我的话提醒了顾大英，她意识到了事情的严重性，她压住火气，说："对不起，班长！我来想办法。"

其实，我心里隐隐感觉到，吴亚妮这么生气，不是怕美术成绩影响毕业，而是会影响毕业时的留校，因为留校也是要看成绩的。

吴亚妮画的是一幅工笔花鸟画，画得很投入，也画得非常好，如果顺利交上去，肯定能拿一个高分。如果是别的同学的画被废了也许还不太愁，重新赶一张，或将就这张交上去，无非就是拿一个不太满意的分。但是吴亚妮不同，她如果想留校当老师的话，这学期成绩就必须科科优秀。

"唉，平时，鸭梨班长都是为大家着想为班级着想，可没有发过这么大的脾气呀。"

"班长希望能留校，害怕美术拿不到高分，所以才生这么大的气。"

"想留校，也不应该发这么大的脾气呀。"

"你们说，是不是母大虫故意搞的鬼？"

"母大虫不是那样的人。"

……

议论归议论，其实吴亚妮在收拾好调色盘后，便没再说什么了。

顾大英开始实施抢救行动。她趁吴亚妮不在的时候，在寝室里开了个小会。

"大家愿意帮我这个忙吗？"顾大英问。

"需要我们做什么？"我问。

"你尽管讲，我们一起努力补救。"李心雨说。

"谢谢大家！"顾大英说，"我悄悄地把班长的草稿偷来了，我们来一场绘画接力赛，争取在最短的时间内接力出一幅最好的工笔画。大家愿意帮我这个忙吗？"

"愿意！"我们几个都点头表示同意。

接下来，我们进行分工：我主要负责起稿，李心雨主要负责勾线，唐虹和马长芬主要负责花与叶的晕染，林涛和顾大英主要负责鸟的晕染，等等。为了赶时间，晕染花、叶、小鸟的工序可以同时进行，这就需要把画放在寝室的水泥桌上来画。

我们419寝室通力合作，很快就把这幅工笔画给画好了。顾大英又把这幅画拿到班上，避开吴亚妮，让班里的美术成绩好的同学给"修修补补"，最后呈现在大家面前的，是一幅集集体智慧于一体的工笔画，和吴亚妮那幅画相比，应该也不相上下。

然而，在交作业的时候，吴亚妮还是把那幅被染废了的画给交上去了。而且，在交了作业后，吴亚妮还给顾大英道了歉，说："对不起啊！那天我太冲动了。你也不是故意的，那事儿就算过去了。"

知道吴亚妮把被弄脏了的画交上去了以后,我们大家都很着急。顾大英赶紧跑到白青蓝老师那里,把她弄废了班长的画的事情说了一遍,白青蓝老师说:"难怪啊,我说嘛,一向办事细致认真的吴亚妮竟然交了一幅脏兮兮的画来。你放心吧,我就假装没有看见那些不该有的颜色。"

当顾大英把白青蓝老师的话告诉给大家的时候,大家都很高兴。

然而,该怎样处置我们集体画出来的画呢?

"把它送给高老师吧。"吴亚妮提议。

"你们要把什么东西送给我呀?"

说曹操,曹操到。高老师走进教室。顾大英把画拿到高老师面前,说:"这是集我们集体智慧的画,送给您,留作纪念。"

"多亏有人打翻了调色盘,我才有机会得到这么一幅精致的工笔画。"高老师笑着说,"我来保管这幅画吧,等到多年以后你们同学聚会的时候,我就带上它,让大家一起来回忆往事,这也是你们同学之间友谊的见证。"

5. 喝了这坛酒

三年的师范时光,眼看就要结束了。刚入学的时候,觉得三年时光是多么漫长,一天天地期盼着毕业这一天的来临。而今,毕业在即,我们又多想回到刚入学的时光,如果真是那样,我们定不会期待毕业,可以再一次慢慢地享受中师时光。

毕业晚会，同学们并没有另外花时间去精心准备节目，用丁小章的话来说就是："上了三年师范校，个个都身怀绝技，如果还要花时间准备节目的话，那我建议他从一年级重新读过。"是的，这三年里，琴棋诗书画，吹拉弹唱跳，不敢说全能，但铁定不会只能一两样。如果只能一两样，绝对不是一名合格的中师生，将来也不会是一名合格的人民教师。

比如我自己。琴，我会基础，简单的曲谱拿到手就可以弹出来。棋，我学会了跳棋、象棋、军棋和围棋。诗，我不太会写诗，但我读了不少诗。书，我的三笔字虽然不如杜大星那么出色，但还算拿得出手。画，素描、水粉、蜡笔画、工笔画都会基本功，虽然不大可能成为画家，但可以算得上是绘画爱好者。至于吹拉弹唱跳，在音乐课和舞蹈上接受了熏陶，吹拉弹这三样，总要会一两样才行，唱歌和跳舞都是要考试的，不能不行。

毕业晚会的布置也很简单，杜大星和郭东负责前后两块黑板的布置，"毕业晚会"四个大字看得人好心酸。大家一起动手把书桌围成两个长方形，中间留一个空间用于发言和表演。桌子上摆了些花生糖果。

高老师把他窖藏了三年的广柑酒从地里挖出来，搬到教室里。看到这坛酒，我更是心酸，喝了这坛酒，我们就要各走一方了。

毕业晚会开始了。班长吴亚妮拿着话筒，想说点什么，但却一个字也没有说出来。她把话筒递给了高老师。

高老师说："从你们入学报到起，我就开始等待着这一天的到来。一年级的那个冬天，我用广柑泡了这坛酒，把它埋在地下，然后就开始数着日子等待毕业晚会的到来。同学们，这三年，我把大家管得比较紧，不让抽烟不让喝酒不让谈恋爱，这不让那不让。今晚，我们不抽烟，但可以喝酒。喝了这坛酒，你们会更有勇气面对离别，更有勇气面对未来的新生活……喝了这坛酒，大家便天各一方，各自珍重……"

高老师哽咽了……

学校的领导和我们班的任课老师们也陆续来过我们班，因为全年级各班都在举行毕业晚会，领导和老师们也只能挨着班级走，跟同学们道别。

陈书记跟我们讲："同学们，毕业后，你们就可以谈朋友耍另（恋）爱了……"

亨特儿校长跟我们讲："严师出高徒。将来，你们一定要严格要求你们的学生……不过，还要严中有爱……"

校团委游书记来了，他说："感谢大家这三年来对我们团学委工作的支持……欢迎你们常回驴溪半岛看看……"临走时，游书记在苏杭的耳边小声地叮咛了几句，还轻轻地拍了拍苏杭的肩膀。

柯韵老师来了，她先是给我们唱了几句校歌，然后说："同学们，不管你们走到哪里，你们都永远是驴溪半岛最亲爱的孩子……"

白青蓝老师来了，他说："在津师的历史上，永远有你们奋斗的痕迹……"

……

老师们一一来过。

我们的毕业晚会，没有节目单，没有节目串词，都是谁拿到话筒就由谁来说几句，或唱几句，或跳一曲，或哭一场……

杜大星的节目有些出乎我的意料。我一直以为，杜大星会在黑板上表演写几行字，这几天他一直在练草书。然而，杜大星却拿着话筒说："我没有音乐家的歌喉，但今天我特别想自弹自唱一首歌。大家不要在意我弹得好不好唱得好不好，只把歌词听明白就行。李春波新发行的专辑里有一首《小芳》，我想弹唱给大家听。"

"老杜，你也赶上时髦了？"刘胜打趣道。

"我再不赶时髦，就要被大家抛弃了。"杜大星说完，抱着吉他，自弹自唱。

村里有个姑娘叫小芳

长得好看又善良

一双美丽的大眼睛

辫子粗又长

"哇，辫子粗又长！"郭东说这话的时候，用手指着我。大家都朝我这边看，吓得我赶紧低下头，假装谁也看不见。

杜大星的歌在继续：

……

谢谢你给我的爱

今生今世我不忘怀

……

多少次我回回头看看走过的路

衷心祝福你善良的姑娘

多少次我回回头看看走过的路

你站在小河旁

……

"江月,听见没有?你一定要站在小河旁,否则人家找不到。"杨雁大声说。

"蒹葭苍苍,白露为霜。所谓伊人,在水一方。"李心雨吟起了诗,她吟完这几句,大声说,"歌声在,佳人就一直在。老杜,继续唱。"

这李心雨,平日挺内敛,却竟然在毕业晚会上疯了起来。

杜大星自弹自唱,把《小芳》唱完了。当他回到座位上来的时候,我假装生气,不理他。

"江月,应一个。"邝琳玲大声喊着。

随后,大家都跟着喊了起来:"江月,应一个。江月,应一个……"

我原本是想给大家讲一个故事,讲我才读的《老人与海》,告诉大家,在逆境中坚强,哪怕一无所获,也不枉此生。我还想告诉大家海明威的一句名言:"一个人可以被毁灭,但不能被打败。"然而,在这种情况下,怕是不适合讲故事了。

"唱首歌,应一应《小芳》。"有人提议。

但我一时不知道该唱什么歌。

"跳支舞吧,请个人一起跳,跳华尔兹。"有人提议。

"一年级的时候,美术老师表扬你素描不错,给我们来个速描吧,'迅速'的'速'。"李少培说。

我想,素描,总比唱歌跳舞好吧。我同意了。

一支粉笔,一块小黑板,便是我全部的道具。

"你们继续表演,我画好就来。"我说完,把小黑板拿到教室的角落里,开始画画。

画什么呢?我一直在纠结。画山?不行。画水?不行。画花草?

不行。我一扭头,看见了窗外的象形假山。就画假山吧,我们曾在那里吃饭,聊天,那是我们共同的美好记忆。

素描,速描,的确很快。我迅速地勾勒出假山的形状,而后勾勒出在假山旁吃饭的同学,男生女生都有,戴眼镜没戴眼镜的都有。我在勾勒的时候,听见苏杭在唱《耶利亚女郎》:"耶利亚神秘耶利亚,我一定要找到她……"我想,此刻的苏杭,一定在思念柳婷婷。柳婷婷在天上能听见苏杭为她唱的歌吗?想到这里,我又在小黑板上添了一个身影,一个扎着长辫子的女孩子,脸上挂着骄傲的神情。

画好了。我把画展示在大家面前。

"假山!我们的假山!"

"我们在假山旁吃饭。"

"这个肯定是老杜,戴着眼镜,那么瘦,还有那吃相,一定是老杜。"

"哎哎哎,用不着点破吧?这么重要的作品,能缺得了老杜吗?"

"这个长辫子是谁呀?是江月自己吗?"

"不是江月,是柳婷婷。"

"为什么?"

"那骄傲的神情,唯柳婷婷独有。"

……

当我正在为如何保存这幅画而焦急的时候,不知道是谁把照相的老师请来了。"咔嚓——"我的画被拍了下来。

照相的老师说:"这张相片,我加洗出来,每个同学送一张,不收钱。我会把加洗好的照片放在你们高老师那里,你们领毕业证书的时候记得领照片。"

"谢谢老师!"同学们由衷地表示感谢。

毕业晚会上,有的同学唱歌,有的同学跳舞,有的同学聊天,有的同学喝酒,有的同学在笑,有的同学在哭……

晚会结束的时候,杨雁领着大家唱了一曲《难忘今宵》,唱得大家都哽咽了。

6. 你若安好,便是晴天

真正分别的这一天,终于到来了。

这一天一大早,全年级两百多名同学都在阶梯教室集中,等待着毕业分配安排。

王校长来了。整个阶梯教室都安静下来了。大家都在等待着王校长宣布毕业分配安排。

我和李心雨相视一笑,我们也在等待,也想知道自己的申请书交上去后,上级把自己分配到了哪里。

王校长翻开那个大大的文件夹,一个一个地宣读:"……吴亚妮,优秀学生干部,留校任教……"

念到这里的时候,我们班的同学自发响起了掌声,我们都在为班长吴亚妮喝彩,都在为我们优秀的班集体喝彩。

"今年,我们学校仍旧有一部分同学志愿申请到条件非常艰苦的山区小学任教,在此,我提议,大家用热烈的掌声对他们的选择表示赞赏！"王校长的话音一落，阶梯教室里便响起了热烈的掌声。

我和李心雨也在鼓掌，为自己鼓掌，也为和我们一起志愿申请到山区工作的同学鼓掌。

"这些同学在递交了申请书后，由教育局统一调配，他们的去向如下："校长开始宣布，"……分配到柏林区的有江月、李心雨……"

这时候，班上所有的同学都朝我们投来诧异的目光。我特别注意到，杜大星意味深长地看了我一眼。

散会后，杜大星挤过人流，挤到我身旁，说："没想到你会有这样的决定，你这个决定也可能会影响我将来的决定。"

杜大星在说这话的时候，脸上也没有什么特别的表情，语气也不紧不慢，这也算是他一贯的风格，但却让我感到不安，我想了好久，都没有想明白他所说的话的含义。

"江月、李心雨，你们俩真是给我们大家一个突然袭击呀！"杨雁说。

我和李心雨都笑了笑，没有说话。我回想起了递交申请书之前的情景。

在一个星期一的早晨，早操结束后，学校把三年级的同学全体留下，陈书记给大家讲话："同学们，你们马上就要毕业了，走上三尺讲台，成为一名光荣的人民教师……你们即将面临工作的分配，多数同学都会回到自己的家乡当老师……我们有许多山区小学缺教师，有的山区小学甚至连一个正式教师都没有……每年，我们师范校都会有一批同学志愿申请到山区小学工作，如果有这种志愿的同学，可以向学校递交申请书……偏远山区，交通不便，条件艰苦……到山区小学任教，是一件非常光荣的事情……"

解散后,我也不知道为什么,脑子里便有了一种想法:向学校申请,到山区去当老师。

去食堂打早饭的时候,李心雨问我:"喂,你是不是想写申请?"

"你怎么这样说呢?"我问。

"知小月者,心雨也。"李心雨笑着说。

"我也不确定。"我说。

我说的是实话。当我听见陈书记讲到志愿申请到山区工作的时候,我的脑子里是有个念头一闪而过。我原本想让这个念头真的是一闪就过了,但是,这个念头又回来了,在我的脑子里,停留了一个早自习。

在假山旁吃早饭的时候,李心雨问我:"要不要我陪你一起去?"

李心雨笑了,她小声地对我说,"我跟你一起写申请书。"

我想了想,说:"其实,我也不确定是不是要去。"

"先考虑几天呗。"李心雨说,"我们都好好地考虑几天。"

时间很快就到了星期五,我和李心雨打了晚饭,端到人少的小操场边上去吃。

"小月,你想好了没有?"李心雨问我。

"我想好了。你呢?心雨。"我问李心雨。

"我也想好了。"李心雨说。

"不过,我要回去跟爸爸妈妈商量一下。"我说。

"嗯,我也要跟我奶奶商量一下,能得到大人的同意是最好的了。"李心雨说。

星期六这一天,我和李心雨一起向高老师请假,高老师说:

"江月,李心雨,你们有这样的志愿,我很高兴,也很欣慰,国家培养了你们,你们申请到最需要你们的地方去,真是好样儿的……你们回家后,一定要好好地和家人商量,能得到他们的支持是最好的……"

我回到家里,爸爸妈妈都感到惊讶,因为这毕竟不是学校放归宿假的时间。

"小月,学校怎么归宿放假了?"妈妈问我。

还没有开口,我的心就"怦怦"直跳。我有点害怕把自己的想法说出来,我一直知道,爸爸妈妈肯定不希望我申请到偏远的山区工作,他们一直希望我毕业后能分配回来,在家附近的小学当老师,可以天天回到家里来。

但是,我必须说,而且争取说服爸爸妈妈,得到他们的支持。我鼓起勇气,对爸爸妈妈说:"爸爸,妈妈,我想和你们商量一件事……"

"小月,有男朋友了?"妈妈笑着打断了我的话。

或许,在妈妈看来,有男朋友这件事,对我和他们来说,都是一件非常重要的事情。

"不是。"我接着说,"学校在号召同学们志愿申请到山区小学当老师,我也想去。"

一听我说想申请到山区小学当老师,爸爸妈妈刚才还挂在脸上的笑容,马上就没有了。

"小月,山区很远啊。"妈妈说。

"小月,你是没有去过山区啊,交通不方便,赶场不方便,有些地方到车站都要走几个小时。"爸爸说。

"爸爸，妈妈，我知道那些地方条件非常艰苦。如果条件好，就不会缺老师了。"我说，"这些年，我们学校年年都有申请到山区工作的同学……我不怕条件艰苦，到了那里，吃住都在学校，又不用每天去坐车……我的好朋友李心雨也想申请，我们一起去，如果能分配到同一所学校的话，我们可以相互照顾……"

我给爸爸妈妈说了许多，我迫切地希望他们能支持我，同意我申请到山区去工作。

"小月啊，山区需要老师，我都听懂了，不过我是怕你吃不了那份苦……"妈妈爱怜地看着我。

"妈妈，我不怕吃苦。"我笑着说，"别人能吃的苦，我也能吃。而且，在学校当老师，又不用上山坡做农活，苦什么苦啊！"

爸爸沉默了好一会儿，才说："小月啊，你读师范这三年，国家发生活费，国家培养了你，你理当服从分配。山区缺少老师，国家动员大家去，你愿意去，就去吧……"

说服了爸爸妈妈，可以申请去山区当老师了，我很高兴，但同时也很难过。爸爸妈妈养我这么大，我却要离开他们，到一个未知的远方去工作……想到这里，我忍住快要流出来的眼泪，进了自己的屋。

回到师范校，我和李心雨一起，向学校递交了志愿到山区工作的申请书。

毕业分配，很多同学都如愿回到了自己的家乡，有些会分配到中心小学校，有些会分配到村小。我相信，不管分配到了哪里，大家都会在三尺讲台上默默无闻地耕耘着，奉献着，为教育奠基，为孩子们的成长奠基。

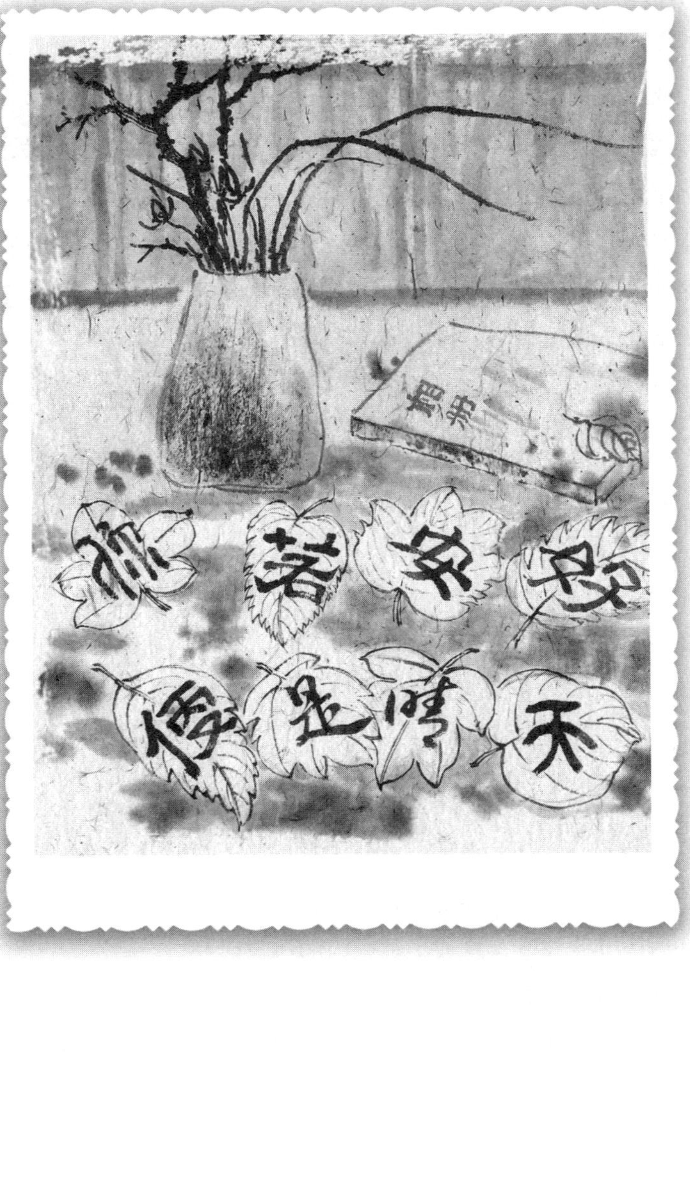
你若安好
便是晴天

暑假里，有一次我坐车进城到新华书店里去买书，竟然碰到了刘长发，他买的是我看不懂的书，这让我又生出些许自卑来。刘长发说，他要考研，读博，做博士后……

我想，杜大星是不是也有如刘长发一样的远大理想？我接连几次没有回杜大星的信，或许也是因为我的自卑。

杜大星又来信了，他在信里说："那本相册还在吗？里面的叶子还在吗？还记得叶子上写的字吗？你把它们摆出来，可以连成一段话……"

杜大星送我的那本相册，我一直锁在箱子里，毕业后拿出来看过几次，总觉得杜大星离我越来越远，或许是内心的自卑在作怪吧。我把相册拿出来，再把里面的叶子取出来，摆弄着，排列着，果然排成了一首诗：

最是那一低头的温柔

像一朵水莲花不胜凉风的娇羞

道一声珍重，道一声珍重

那一声珍重里有蜜甜的忧愁

沙扬娜拉

我读过，这是徐志摩的诗。我问自己："当时收到相册，你怎么没发现树叶上的字能排成一首诗呢？"

还剩下几张树叶，摆成了林徽因的一句话：

你若安好，便是晴天。

看着这些，我在心里默念："从此天各一方，各自珍重……"